星际逃杀

GREAT ESCAPE

刘慈欣 刘洋 等◎著

海豚出版社
DOLPHIN BOOKS
CICG 中国国际传播集团

图书在版编目（CIP）数据

星际逃杀 / 刘慈欣等著. -- 北京 : 海豚出版社，2023.3
ISBN 978-7-5110-6238-3

Ⅰ. ①星… Ⅱ. ①刘… Ⅲ. ①幻想小说－小说集－中国－当代 Ⅳ. ① I247.7

中国版本图书馆 CIP 数据核字（2022）第 228079 号

星际逃杀
刘慈欣　刘洋　等◎著

出 版 人　王　磊
责任编辑　梅秋慧　李文静
特约编辑　孙光雨　李　雷
装帧设计　天下书装
责任印制　于浩杰　蔡　丽
法律顾问　中咨律师事务所　殷斌律师
出　　版　海豚出版社
地　　址　北京市西城区百万庄大街 24 号
邮　　编　100037
电　　话　010-68325006（销售）　010-68996147（总编室）
印　　刷　天津市天玺印务有限公司
经　　销　新华书店及网络书店
开　　本　880mm×1230mm 1/32
印　　张　9.5
字　　数　220 千
版　　次　2023 年 3 月第 1 版　2023 年 3 月第 1 次印刷
标准书号　ISBN 978-7-5110-6238-3
定　　价　45.00 元

目　录

Contents

全频带阻塞干扰

文 / 刘慈欣

以深深的敬意献给俄罗斯人民，他们的文学影响了我的一生。

——刘慈欣

在战场电磁干扰形式的选择上，本手册主张采用对某一特定频率或信道进行的瞄准式干扰，而不主张采用同时干扰一个较宽频带的阻塞式干扰，因为后者对己方的电磁通信和电子支援措施也会产生影响。

——摘自 1993 年美国陆军《电子战手册》

1月5日，斯摩棱斯克前线

失陷的城市已经看不见了，战线在一夜之间后退了40公里。

在凌晨的天光下，雪原呈现出寒冷的暗蓝色。在远方的不同方向，被击中的目标冒出的一道道黑色的烟柱，笔直地向高空升去，好像是连接天地的一条条细长的黑纱。顺着烟柱向上看，卡琳娜吃了一惊——刚刚显现晨光的天空被一团巨大的白色乱麻充塞着，这纷乱的白色线条仿佛是一个精神错乱的巨人疯狂地划在天上的。那是歼击机的混乱尾迹，是俄罗斯空军和北约空军为争夺制空权一夜激战之后留下的。

来自空中和远方的精准打击也持续了一夜。在非专业人士看来，打击似乎并不密集，爆炸声每隔几秒钟甚至几分钟才响一次。但卡琳娜知道，每一次爆炸都意味着一个重要目标被击中，几乎不会打空。这一声声爆炸，仿佛是昨夜这篇黑色文章中的一个个闪光的标点符号。凌晨到来时，卡琳娜不知道防线还剩下多少力量，甚至不知道防线是否存在，似乎只有她一人在抵抗。

卡琳娜少校所在的电子对抗排是在半夜被摧毁的，当时这个排所在的位置落下了六颗激光制导炸弹。卡琳娜所乘的那辆装载干扰机的BMP-2装甲车还在燃烧。这个排的其他电子战车辆现在都变成了散落在周围雪地上的一堆堆黑色金属块。卡琳娜所在的弹坑中的余热正在散去，她感到了寒冷。她用手撑着坐直身子，右手触到了一团黏糊糊的、冰冷绵软的东西，看上去像一个沾满了黑色弹灰的泥团。她突然意识到那是一块残肉。她不知道它属于身体的哪一部分，更不知道属于哪个人。在昨夜的那次致命打击中，阵亡了一名中尉、两名少尉和八名士兵。卡琳娜呕吐起来，但除了酸水什么也没吐出来。她拼命把双手在雪里擦，想把手上的血迹擦掉，但黑红色的血在寒冷中很快便在她手上凝固了，血迹还是那么醒目。

令人窒息的死寂已持续了半个小时，这意味着新一轮的地面进攻就要开始了。卡琳娜调大了别在左肩上的对讲机的音量，但传出的只有“沙沙”的噪声。突然，几句模糊的话语传了出来，仿佛是大雾中掠过的几只鸟儿。

“……06 观察站报告：1437 阵地正面，M1A2 坦克 37 辆，平均间隔 60 米；‘布莱德雷’运兵车 41 辆，距 M1A2 坦克攻击前锋 500 米；M1A2 坦克 24 辆，‘勒克莱尔’8 辆，正在向 1633 阵地侧翼迂回，已越过同 1437 的接合部。1437，1633，1752，准备接敌！”

卡琳娜克制住因寒冷和恐惧引起的颤抖，使地平线在望远镜视野中稳定下来。她看到天边出现了一团团模糊的雪雾，给地平线镶上了一道毛茸茸的边儿。

这时卡琳娜听到了身后传来发动机的轰鸣，一排 T90 式坦克越过她的位置冲向敌人，在后面，更多的俄罗斯坦克正在越过高速公路的路基。卡琳娜又听到了另一种轰鸣，敌人的攻击直升机群在前方的天空中出现了，它们队形整齐，在黎明惨白的天空中形成一片黑色的点阵。卡琳娜周围的坦克启动了，随着一阵低沉的爆破声，阵地笼罩在一团白色的烟雾中。透过白雾，她看到俄罗斯的直升机群正从头顶掠过。

坦克上的 125 毫米口径炮疾风骤雨般响了起来，白雾变成了疯狂闪烁的粉红色光幕。几乎与此同时，敌人的第一批炮弹落了下来，白雾中粉红色的光芒被爆炸产生的刺眼蓝白色闪电代替。卡琳娜伏在弹坑底部，感到身下的大地在密集的巨响中像一张震动的鼓皮，身边的泥土和小石块被震得飞起好高，落满了她的后背。在爆炸声中，还可隐约听到反坦克导弹发射时的嘶鸣。卡琳娜感到整个宇宙都在这撕人心肺的巨响中化为了碎片，向无限深处坠落……就在她的神经几乎崩溃时，这场坦克战结束了，它只持续了约三十秒钟。

当白雾和浓烟散去后，卡琳娜看到面前的雪地上散布着被击中的俄罗斯坦克，燃起一堆堆裹着黑烟的熊熊大火。她举目望去，远方同样有一大片被击毁的北约坦克，看上去只是雪原上一个个冒出浓烟的黑点。但更多的敌军坦克裹在由履带搅起的一团团雪雾中，正越过那一片残骸冲过来。“艾布拉姆斯”那凶猛的扁宽前部不时从雪雾中露出来，仿佛是一头头从海浪中冲出的恶龟，滑膛炮炮口的闪光不时亮起，好像恶龟闪亮的眼睛……低空，直升机的混战仍在继续，卡琳娜看到一架“阿帕奇”在不远的半空爆炸，一架米-28拖着漏出的燃料，摇晃着掠过她的头顶，在几十米之外坠地，炸成了一团火球。近距空空导弹的尾迹，在低空拉出了无数条平行的白线……

卡琳娜听到“咣”的一声，转身一看，不远处一辆被击中后冒出浓烟的T90式坦克后部的底门打开了，她没看到人出来，只见门下方垂下一只手。卡琳娜从弹坑中跃出，冲到那辆坦克后面，抓住那只手向外拉。车内响起一声沉闷的爆炸，一股灼热的气浪把卡琳娜向后冲了几步远。她的手中抓着一团黏软的很烫的东西，那是从坦克手的手上拉脱的一团烧熟的皮肤。卡琳娜抬头看到一股火焰从底门中喷出。车内已成了一座小型的炼狱。在那暗红色的透明火焰中，阵亡坦克手的身影清晰可见，像在水中一样波动着。

卡琳娜又听到两声尖啸，这是她左前方的一个导弹班把最后两枚反坦克导弹发射了出去，其中一枚有线制导的“赛格”导弹成功地击毁了一辆“艾布拉姆斯”，另一枚无线制导的导弹则被干扰，向斜上方冲去，失去了目标。导弹班的六个人撤出掩体，向卡琳娜所在的弹坑跑来。一架“科曼奇”直升机向他们俯冲下来，那棱角分明的机体看上去像一只凶猛的鳄鱼。一长排机枪子弹打在雪地上，击起的雪和土如同一道突然立起又很快倒下的栅栏。这栅栏从那支小小的队伍中穿过，击倒了其中四人，只有一名中尉和一名士兵到达了弹坑。这时卡琳娜才注意到那名中尉戴着坦克防震帽，可能来自一辆已被击毁的坦克。他们每人手中拿着一管反坦克火箭筒。跳进弹坑后，中尉首先向距他们最近的一辆敌坦克射击，击中了那辆M1A2坦克的正面，诱发了它的反应装甲，火箭弹和反应装甲的爆炸声混在一起，听起来很怪异。坦克冲出了爆炸的烟雾，反应装甲的残片挂在它前面，像一件破烂衣衫。那名年轻的士兵继续对着它瞄准，手中的火箭筒随着坦克的起伏而抖动，一直没有击发。当距他们只有四五十米的坦克冲进一片低洼地时，那名士兵只能站到弹坑边缘向斜下方瞄准。他手中的火箭筒与那辆“艾布拉姆斯”的120毫米口径炮同时响了。坦克的炮手情急之中发射的是一发不会爆炸的贫铀穿甲弹。初速每秒800米的炮弹击中了那个士兵，把他上半身打成了一团飞溅的血花！卡琳娜感觉到细碎的血肉有力地打在她的钢盔上，“噼啪”作响。她睁开眼睛，看到就在她眼前的弹坑边缘，那名士兵的两条腿如同两根黑色的树桩，无声地滚落到弹坑底部她的脚下。他身体被粉碎的其他部分，在雪地上溅出了一大片放射状的红色斑点。火箭击中了“艾布拉姆斯”，聚能爆炸的热流切穿了它的装甲，车体冒出了浓烟。但那个钢铁怪兽仍拖着浓烟向他们冲来，直冲到距他们20米左右的地方才在车体内的一声爆炸中停了下来，那声爆炸把它炮塔的顶盖高高掀飞了。

紧接着，北约的坦克阵线从他们周围通过，地皮在履带沉重的撞击下微微颤抖。但这些坦克对他们俩所在的弹坑未加理会。当第一波的坦克冲过去后，中尉一把拉住卡琳娜的手，拽着她跃出弹坑，来到一辆已布满弹痕的吉普车旁。在两百多米远处，第二道装甲攻击波正快速冲过来。

“躺下装死！”中尉说。卡琳娜于是躺到了吉普车的轮子边，闭上了双眼，“睁开眼更像！”中尉又说，并在她脸上抹了一把不知是谁的血。随即他也躺下了，与卡琳娜形成直角，头紧挨着卡琳娜的头。他的钢盔滚到了一边，粗硬的头发扎着卡琳娜的太阳穴。卡琳娜大睁着双眼，看着几乎被浓烟吞没的天空。

两三分钟后，一辆半履带式“布莱德雷”运兵车在距他们十几米处停了下来，从车上跳下几名身穿蓝白相间雪地迷彩服的美军士兵。他们中大部分平端着枪呈散兵线向前去了，只有一个朝这辆吉普走来。卡琳娜看到两只沾满雪尘的伞兵靴踏到了紧靠她脸的地方。插在伞兵靴上的匕首刀柄上，82空降师的标志清晰可辨——一匹帕加索斯飞马。那个美国人俯身看她，他们的目光相遇了。卡琳娜尽最大努力使自己的目光呆滞无神，对着那双透出惊愕的蓝色瞳仁。

“Oh，God!”（“哦，天哪！”）卡琳娜听到了一声惊叹，不知是惊叹这名肩上有一颗校星的姑娘的美丽，还是她那满脸血污的惨相，也许两者都有。他接着伸手解她领口的衣扣。卡琳娜浑身起了鸡皮疙瘩，把手向腰间的手枪移动了几厘米，但这个美国人只是扯下了她脖子上的识别牌。

他们等的时间比预想的长。敌人的坦克和装甲车源源不断地从他们身旁轰鸣着通过，卡琳娜感到自己的身体在雪地上都快冻僵了。这时她竟想起了一首军旅诗歌中的一句，那首诗是她在一本记述马特洛索夫事迹的旧书上读到的：“士兵躺在雪地上，就像躺在天鹅绒上一样。”她得到博士学位的那天，曾把这句诗写到日记上。那也是一个雪夜，她站在莫斯科大学科学之宫顶层的窗前。那夜的雪也真像天鹅绒，雪雾中，首都的万家灯火时隐时现。第二天她就报名参军了。

这时，一辆敌方吉普车在距他们不远处停了下来，三名北约军官在车上抽着雪茄聊天。卡琳娜和中尉的周围空旷起来，他们跳上己方吉普车，中尉把车发动了，沿着早已看好的路飞快驶去。他们身后响起了冲锋枪的射击声，子弹从他们头顶飞过，其中一颗打碎了后视镜。吉普车迅急拐进了一个燃烧着的居民点，敌人没有追过来。

“少校，你是博士，对吗？”中尉开着车问。

“你在哪儿认识的我？”

“我见过你，当时你和列夫森科元帅的儿子在一起。”

沉默了一会儿，中尉又说：“现在，他的儿子可是世界上离战争最远的人了。”

“你这话什么意思，你要知道……”

“没什么意思，说说而已。”中尉淡淡地说。他们的心思都不在这个话题上，他们都在想着还抱有的那一线希望——但愿整个战线只有这一处被突破。

1月5日，近日轨道，“万年风雪”号

米沙感到了一个人独居一座城市的孤独。

“万年风雪”号太空组合体有一座小城市那么大，体积相当于两艘巨型航空母舰，可容纳5000人同时在太空生活。当组合体处于旋转重力状态时，里面甚至有一个游泳池和一条小河，这在当今的太空工作环境中，可以说是绝无仅有的奢侈。但事实是，“万年风雪”号是自“和平”号以来俄罗斯航天界一贯的节俭思维的结果。它的设计思想是赋予一个构造拥有在太阳系进行太空探索的所有功能。虽一次性投资巨大，但从长远看还是十分经济的。“万年风雪”号被西方戏称为“太空的瑞士军刀”，它可作为空间站在地球各个高度的轨道上运行，还可以很方便地移动到绕月轨道上，或作行星际探索飞行。“万年风雪”号已去过金星和火星，并探测过小行星带。巨大的体积，等于把一个研究院搬到了太空中。就太空科学研究而言，它比西方那些数量众多但小巧玲珑的飞船具有更大的优势。

当“万年风雪”号准备开始前往木星的为期三年的航行时，战争爆发了。它上面的一百多名乘员几乎全都返回了地面——他们大部分是空军军官——只留下了米沙一个人。这时“万年风雪”号暴露出了它的一个缺陷：它目标太大，且没有任何防御能力。没有预见到后来太空军事化的进程，是设计者的一个失误。战争爆发后，“万年风雪”号只能进行躲避飞行。去外太空是不行的。在木星轨道之内，有大量的北约无人航行器，它们的体积都不大，武装或非武装，每一艘对“万年风雪”号都是致命的威胁。于是，它只好驶向近日空间。“万年风雪”号引以为傲的主动制冷式热屏蔽系统，使它可以比目前人类的任何太空航行器都更接近太阳。现在“万年风雪”号已到达水星轨道，距太阳5 000万公里，距地球1亿公里。

虽然“万年风雪”号上的大部分舱室已经关闭，但留给米沙的空间仍大得惊人。透过广阔的透明穹顶，比从地球上看去大三倍的太阳发出耀眼的光芒。太阳表面的耀斑和紫色日冕中奇丽的日珥清晰可见。有时他甚至还可以看到光球表面因对流而产生的米粒组织。这里的宁静是虚假的。飞船外面，太阳抛出的粒子流和射电波的狂风巨浪在呼啸，“万年风雪”号就是这动荡海洋中漂浮的一粒小小的种子。

一束细如游丝的电波把米沙同地球连接起来，也把那遥远世界的忧虑带给了他。他刚刚得知，莫斯科近郊的控制中心已被巡航导弹摧毁，对“万年风雪”号的控制转由设在古比雪夫的第二控制中心执行。他每隔五个小时接收一份从地球传来的战争新闻，每到这时，他就想起了父亲。

1月5日，俄罗斯军队总参谋部

米哈伊尔·谢米扬诺维奇·列夫森科元帅觉得自己面对的是一堵墙，他面前实际是一幅平铺的莫斯科战区全息战场地图。而以前当他面对挂在墙上的宽大纸质地图时，却能看到广阔而深邃的空间。不管怎样，他还是喜欢传统的地图。记不清有多少次，要找的位置在地图的最下方，他和参谋们只好趴在地上看。现在想起来，他不禁微微一笑。他又想起多次演习前，在野战帐篷中用透明胶带把刚发下来的作战地图拼贴起来，他总贴不好，倒是第一次随他看演习的儿子一上手就比他贴得好……发现自己又想起了儿子，他警觉地打住了思绪。

作战室中只有他和西部集群司令两人，后者一根接一根地抽着烟，他们凝神盯着全息地图上方变幻的烟团，仿佛那就是严峻的战局。

西部集群司令说："北约在斯摩棱斯克一线的兵力已达 75 个师，攻击正面有 100 公里宽，已多处突破。"

"东线呢？"列夫森科元帅问。

"第 11 集团军的大部分人倒向右翼联盟了，这您是知道的。右翼联盟的军队已达 24 个师，但他们对雅罗斯拉夫尔的攻击仍然是试探性的。"

地面的一次爆炸把微微的震动传了下来，作战室里充满了随着顶板上的挂灯而轻轻摇晃的影子。"现在，已有人谈论退守莫斯科，凭借城市外围建筑和工事进行巷战了，像七十多年前一样。"

"胡说八道！我们一旦从西线收缩，北约就有可能从北部迂回，在加里宁同右翼军队会合，到时候莫斯科将不战自乱。下一步作战方针，第一是反击，第二是反击，第三还是反击。"

西部集群司令叹了一口气，无言地看着地图。列夫森科元帅接着说："我知道西线力量不够，准备从东线抽调一个集团军加强西线。""什么？现在雅罗斯拉夫尔的防守已经很难了。"列夫森科元帅笑了笑："现在有相当多的指挥官只从军事角度考虑问题，严峻的形势让我们钻进去出不来了。从目前的态势看，你认为右翼联盟的军队没有力量攻下雅罗斯拉夫尔吗？"

"不是，我认为像第 14 集团军这样的精锐部队，集中了如此密集的装甲和低空攻击力量，在没有遭受太大损失的情况下，一天推进不到 15 公里，显然是有意放慢速度。"

"这就对了。他们在观望，在观望西线战局！如果我们在西线夺回战场主动权，他们就会继续观望下去，甚至有可能在东线单方面停火。"

西部集群司令把刚拿出的一根烟夹在手上，忘了点火。

“东线的几个集团军的叛变确实是在我们背后捅了一刀，但一些指挥官在心理上把这当作借口，使我们的作战方针趋向消极。这种心态必须转变！当然，应当承认，要从根本上扭转战局，莫斯科战区的力量还不够，我们的希望寄托在增援的高加索集群和乌拉尔集群。”

“较近的高加索集群要完成集结并进入出击位置，最少也得一个星期。考虑到争夺制空权的因素，时间可能还要长一些。”

1月5日，莫斯科

卡琳娜和中尉的吉普车开进城时已是下午三点多，空袭警报刚刚响过，街上空荡荡的。

中尉长叹一口气说：“少校，我真想念我那辆T90啊！四年前从装甲学院毕业的时候，我正好失恋了，可刚到部队的我一看到那辆坦克，心情一下子由阴转晴了。我摸着它的装甲，光溜溜、温乎乎的，像摸着女孩子的手。嗨，这才是男人真正的伴侣！可今天早上，它中了一颗‘西北风’。唉，可能现在火还没熄灭呢……”

这时，城市西北方向传来密集的爆炸声。这是现代空袭中很少见的、野蛮的地毯式轰炸。

中尉仍沉浸在早上的战斗中，“唉，不到三十秒钟，整整一个坦克营就完了。”

“敌人的伤亡也很大。”卡琳娜说，“我观察了战果，双方被击毁的装甲的数量相差并不大。”

“敌我坦克的对毁率大约是1∶1.2吧！直升机差一些，但也不会超过 1∶1.4。”

“尽管如此，战场的主动权仍在我们这边——我们在数量上占很大优势，仗怎么会打成这样呢？”

中尉扭头看了卡琳娜一眼：“你是搞电子战的，还不明白为什么？你们的那套玩意儿，什么第五代C3I，什么三维战场显示，还有动态态势模拟、攻击方案优化之类的，在演习中还像那么回事，可一到实战中，我面前的液晶屏上最常显示的就两句——COMMUNICATION ERROR（通信错误）和COULD NOT LOG IN（无法登录）。就说今天早上吧，我对正面和两翼的情况完全不清楚，只接到一个命令——接敌。唉……假如再投入一半的增援兵力，敌人就不会在我们的位置突破。整条战线的情况，大都如此。”

卡琳娜知道，在刚刚过去的战斗中，双方在整个战线上投入的坦克总数可能超过 10 000 辆，还有数目相当于一半坦克的武装直升机。

他们的车驶入了阿尔巴特街，昔日的步行街现在空空荡荡，古玩店和艺术品商店的门前堆着充作工事的沙袋。

“我的那辆钢铁情人不亏本儿。”中尉仍沉浸在早上的战斗中不可自拔，“我肯定打中了一辆‘挑战者’，但我最想打中的是一辆‘艾布拉姆斯’，知道吗？一辆‘艾布拉姆斯’……”

卡琳娜指着一家古玩店的门口：“那儿，我爷爷就死在那儿。”

“可这里好像没有遭到空袭。”

“我说的是二十年前的事了，那时我才四岁。那个冬天真冷啊！暖气停了，房间里结了冰，我只好抱着电视机取暖，听总统在我怀中向俄罗斯人民许诺一个温暖的冬天。我哭着喊冷、喊饿，爷爷默默地看着我，终于下了决心，拿出他珍藏的勋章，带着我走了出去，来到这条街。那时这儿是自由市场，从伏特加到政治观点，人们什么都卖。一个美国人看上了爷爷的勋章，但只肯出40美元。他说:“红旗勋章和红星勋章都不值钱，但如果有赫梅利尼茨基勋章，我肯出100美元；光荣勋章150美元；纳希莫夫勋章200美元；乌沙科夫勋章250美元；最值钱的胜利勋章你当然不可能有，那只授给元帅，但苏沃洛夫勋章也值钱，我可以出450美元……”爷爷默默地走开了。我们沿着寒风中的阿尔巴特街走啊走，后来爷爷走不动了，天也快黑了，他无力地坐到那家古玩店的台阶上，让我先回家。第二天人们发现他冻死在那里了，一只手伸进怀中，握着他用鲜血换来的勋章，睁大双眼看着这个他在七十多年前从古德里安的坦克群下拯救出的城市……”

1月5日，俄罗斯军队总参谋部

一个星期以来，列夫森科元帅第一次走出了地下作战室，踏着厚厚的白雪散步，同时寻找着太阳。这时太阳已在挂满雪的松林后面落下了一半。在元帅想象中，有一个小黑点正在夕阳那橘红色的表面缓缓移动。那是“万年风雪”号，元帅的儿子在上面。他是这个星球上离父亲最远的儿子了。

这件事在国内引起了许多流言蜚语，国际上，敌人更是大肆炒作。《纽约时报》用大得吓人的黑体字登出了一个标题:《战争史上逃得最远的逃兵!》。下面是米沙的照片，照片的注脚是：在俄国政府煽动三亿俄罗斯人用鲜血淹没入侵者时，他们最高军事统帅的儿子却乘着这个国家唯一一艘巨型飞船，逃到了距战场一亿公里的地方。他是目前这个国家最安全的人了。

但列夫森科元帅问心无愧。从中学到博士后，米沙周围几乎没有人知道他父亲是谁。航天控制中心作出这个决定，仅仅是因为米沙的研究方向是恒星数学模型。“万年风雪”号这次接近太阳，对他的研究是一次难得的机会，而组合体不能完全遥控飞行，上面至少得有一个人。总指挥也是后来从西方的新闻中才得知米沙的身份的。

另一方面，不管列夫森科元帅是否承认，在他的内心深处，确实希望儿子远离战争。这并不仅仅是出于血肉之情。列夫森科元帅总觉得自己的儿子不属于战争。是的，他是这个世界上最不属于战争的人了。但他又知道自己这种想法有问题：谁是属于战争的呢？

况且，米沙就属于恒星吗？他喜欢恒星，把全部生命投入到了对它的研究上面。但他自己却是恒星的反面，他更像冥王星，像那颗寂静、寒冷的矮行星，孤独地运行在尘世之光照不到的遥远空间。米沙的性格，加上他那白皙清秀的外表，很容易使人觉得他像个女孩子。但列夫森科元帅心里清楚，儿子从本质上一点儿不像女孩子——女孩都怕孤独，但米沙喜欢孤独。孤独是他的营养，他的空气。

米沙是在民主德国出生的。儿子的生日对元帅来说是一生中最暗淡的一天。那天傍晚，还是少校的他，在西柏林蒂加尔登苏军烈士墓前，同部下一起为烈士们站四十多年来的最后一班岗。他的前面，是一群满脸笑容的西方军官，和几个牵着狼狗来换防的吊儿郎当的德国警察，还有那些高呼“红军滚出去”的光头新纳粹。他的身后，是上尉连长和士兵们含泪的眼睛。他控制不住自己，只好也让泪水模糊了这一切。天黑后回到已搬空的营地，在回国前的最后一夜，他得知米沙出生了，但妻子因难产而死……回国后日子也很难。同从欧洲撤回的40万军人和12万文职人员一样，他没有住房，和米沙住在一间冬冷夏热的临时铁皮屋里。他昔日的战友为了生活什么都干，有的向黑社会出售武器，有的甚至到夜总会跳脱衣舞。但他一直像军人一样正直地生活着，米沙也在艰辛中默默地长大。同别的孩子不同，他似乎天生就懂得忍受，因为他有自己的世界。

早在上小学的时候，米沙每天都在自己的小房间里静悄悄地一人度过整晚。元帅起初以为他在看书，但有一次，他无意中发现，儿子站在窗前一动不动地看着星星。

“爸爸，我喜欢星星。我要看一辈子星星。”他这样对父亲说。

十一岁生日那天，米沙首次向父亲提出了一个要求：想要一架天文望远镜。这之前，他一直用列夫森科元帅的军用望远镜观察星星。后来，那架天文望远镜就成了米沙唯一的伴侣。他在阳台上看星星可以一直看到东方发白。有几次，他们父子俩一起在阳台上看星星，元帅总是把望远镜对准夜空中看起来最亮的一颗星，但儿子不以为然地摇摇头，“那颗没意思，爸爸。那是金星，金星是行星，我只喜欢恒星。”

但对其他男孩子喜欢的东西，米沙却一点儿兴趣都没有。隔壁空降兵参谋长家的小胖子，偷拿父亲的手枪玩，结果走火把大腿打穿了。参谋部将军们的那些男孩子，如果能让爸爸领到部队的靶场上打一次枪，就算是最高的奖赏了。但男孩子对武器的这种天生的迷恋，在米沙身上丝毫没有出现。从这点来说，他确实不像男孩子。元帅对此很不安，他几乎无法容忍自己的儿子对武器无动于衷，以至于后来做出了一件至今想起来仍让他觉得很不好意思的事。有一次，他把自己的那支马卡诺夫式手枪悄悄放到了儿子的书桌上。放学回来后不久，米沙就拿着枪从他的小房间出来——他拿枪的姿势像女人那样，小心地握着枪管——把枪轻轻地放到父亲面前，淡淡地说：“爸，以后别把这东西乱放。”

在米沙的前途问题上，元帅是一个开明的人。他不像周围的那些将军，一心让儿子甚至女儿延续自己的军旅生涯。但米沙离父亲的事业确实太远太远了。

列夫森科元帅不是一个脾气暴躁的人，但作为全军统帅，他不止一次在上万名官兵面前斥责一位将军。但对米沙，他却从来没有发过火。这固然因为米沙一直默默地沿着自己的轨道成长，很少让父亲操心，更重要的是，米沙似乎生来身上就有一种非同寻常的超脱的气质，这气质有时甚至让列夫森科元帅感到有些敬畏。就如同他在花盒中随意埋下一粒种子，却长出了绝世珍稀的植物。他敬畏地看着这株植物一天天成长，小心地呵护着它，等着它开出花朵。他的期望没有落空，儿子现在已是世界上最出色的天体物理学家。

这时太阳已在松林后面完全落下去，地上的雪由白色变成浅蓝色。列夫森科元帅收回了思绪，回到了地下作战室。开作战会议的人都到齐了，包括西部集群和高加索集群的主要指挥官。另外还有电子战指挥官，从少将到上尉都有，大部分是刚从前线回来的。作战室里正在进行一场激烈的争论，争论的双方是西部集群的陆战部队和电子战部队的军官们。

“我们正确判明了敌人主攻方向的转变。”塔曼摩的费列托夫师长说，“我们的装甲力量和陆航低空攻击力量的机动性也并不差，但通信系统被干扰得一塌糊涂，C3I 指挥系统几乎瘫痪！集团军中的电子战单位，级别从营升到了团，从团又升到了师，这两年在这上面的资金投入比常规装备的投入还多，就这么个结果？！”

负责指挥战区电子战的一位中将看了身边卡琳娜一眼。同其他刚从前线归来的军官一样，她的迷彩服上满是污渍和焦痕，脸上还残留着血迹。中将说："卡琳娜少校在电子战研究方面很有造诣，同时也是总参派往前线的电子战观察员，她的看法可能更有说服力一些。"像卡琳娜这样的年轻博士军官大多心直口快，无所顾忌，往往被人当枪使，这次也不例外。

卡琳娜站起来说："上校，话不能这么说！比起北约，我们这些年对C3I 的投入微不足道。"

"那电子反制呢？"师长问，"敌人能干扰我们，你们就不能干扰他们？！我们的C3I 瘫痪了，北约的却运转得很好，像上了润滑油似的。今天早上我对面的陆战一师能快速转变攻击方向就是证明！"

卡琳娜苦笑了一下："提起对敌干扰，费利托夫上校，不要忘了，就是在你们师的阵地上，你的人用枪顶着操作员的脑袋，逼停了集团军电子对抗部队的干扰机！"

"怎么回事？"列夫森科元帅问，这时人们才发现他进来了，纷纷起身敬礼。

"是这样，"师长向元帅解释说，"对我们的通信指挥系统来说，他们的干扰比北约的更厉害！在北约的干扰中，我们还能维持一定的无线通信，可他们的干扰机一开，就把我们全盖住了！"

卡琳娜说："可同时敌人也全被盖住了！这是我军目前实施电子反制可供选择的唯一战略。北约目前在战场通信中，已广泛采用诸如跳频、直接序列扩频、零可控自适应天线、猝发、单频转发和频率捷变等技术。我们用频率瞄准方式进行干扰根本不起作用，只能采用全频带阻塞干扰。"

第 5 集团军的一位上校质问："少校，北约采用的可全是频率瞄准式干扰，频带还相当窄，而我们的C3I系统也普遍采用了你提到的那些通信技术，为什么他们对我们的干扰那样有效呢？”

“原因很简单。我们的C3I系统是建立在什么样的软硬件平台上？UNIX操作系统，LINUX操作系统，甚至WINDOWS 2010，CPU是INTEL（英特尔）和AMD（美国超威半导体公司）！这是用人家养的狗给自己看门！在这种情况下，敌人可以很快掌握诸如跳频规律之类的电子战情报，同时用更多更有效的纯软件攻击加强其干扰效果。总参谋部曾经大力推广过国产操作系统，但到了下面阻力重重，你们集团军就是最顽固的堡垒……”

“好了，你们所说的问题和矛盾正是今天会议要解决的，开会！”列夫森科元帅打断了这场争论。

当大家在电子沙盘前坐好后，列夫森科元帅叫过一位少校参谋，这个身材细高的年轻人双眼眯缝着，好像不适应作战室的光线。“介绍一下，这位是邦达连科少校，他的最大特点就是深度近视。他的眼镜与众不同，别人的眼镜镜片在镜框里边，他的镜片在镜框外面，哈，就像茶杯底那么厚啊！但我们现在看不到镜片——早上少校的吉普车遇到空袭，给砸了，好像隐形眼镜也弄丢了？”

“报告首长，那是五天前在明斯克丢的。我的眼睛是在半年内变成这样的。这变化早些的话，我进不了伏龙芝军事学院。”少校立正说。

虽然谁也不知道元帅为什么介绍这位少校，人群中还是响起了低低的笑声。

“战争爆发以来的事实说明，虽然白俄罗斯在战场上失利，但在空中和陆上常规武器方面，我们并不比敌人差多少；但在电子战方面，我们的差距之大出乎意料。造成这样的局面有很深远的历史原因，这不是我们今天要讨论的。我们要明确的是以下一点：目前，电子战是我军夺回战争主动权的关键！首先我们必须承认敌人在电子战方面的优势，甚至是压倒性的优势，然后我们必须以我军现有的电子战软硬件条件为基础，制定出一套行之有效的战略战术。这套战略战术的目的，是要在短时间内，使我军和北约在电子战方面形成力量上的平衡。也许大家认为这不可能——我军上世纪末以来的战争理论，主要是基于局部有限战争，对目前在军事上如此强大的敌人的全面进攻，确实研究得不够。在这样严峻的形势下，我们必须以一种全新的方式思维。下面我要介绍的是统帅部新的电子战战略，可以看作这种思维的结果。”

灯灭了，电脑屏幕和电子沙盘都关闭了，重重的防辐射门也紧紧关闭，作战室瞬间被淹没在伸手不见五指的黑暗之中。“是我让关灯的。”黑暗中传来元帅的声音。时间在黑暗和沉默中慢慢流逝，这样过了大约有一分钟。“大家现在有什么感觉？”列夫森科元帅问。没有人回答。浓重的黑暗使军官们仿佛沉没在夜之海的海底，呼吸都有些困难。“安德烈将军，你说说看。”“今天在战场上的感觉。”第5集团军军长说。黑暗中又响起了一阵低低的笑声。“别的人呢？大概都与他有同感吧？”元帅说。“当然。您想想，耳机里除了沙沙声什么也没有，屏幕上一片空白，对作战命令和周围的战场态势一无所知，可不就是这种感觉嘛！这黑暗，压得人喘不过气来啊！”“但并非所有人都是这种感觉。邦达连科少校，你呢？”列夫森科元帅问。邦达连科少校的声音从作战室的一角传来：“我的感觉不像他们这么糟糕。在亮着灯的时候，我看周围也是模模糊糊的。”“你甚至还有一种优越感吧？”列夫森科元帅问。“是的，元帅您可能听说过，在纽约大停电时，是瞎子带领人们走出摩天大楼的。”“但安德烈将军的感觉也是可以理解的。他有一双鹰眼，还是个神枪手，喝酒时常用手枪在十几米外开酒瓶盖。想想他和邦达连科少校在这里用手枪决斗，可是一件很有意思的事。”黑暗中的作战室又陷入了沉默，指挥官们都在思考。灯亮了，人们眯起了双眼，与其说是不能适应突然出现的亮光，不如说是对元帅刚刚的暗示感到震惊。

列夫森科元帅站起来说：“我想，刚才我已把我军的电子战新战略表达清楚了——全频段大功率的阻塞干扰，在电磁通信上，制造一个双方‘共享’的全黑暗战场！”

“这样将使我军的战场指挥系统全面瘫痪！”有人惊恐地说。“北约也一样！瞎，大家一起瞎，聋，大家一起聋，在这样的条件下同敌人达到电子战的力量平衡。这就是新战略的核心思想。”“总不至于让通信员骑摩托车传达作战命令吧？！”“要是路不好，他们还得骑马。”列夫森科元帅说，“我们粗略估计了一下，这样的全频段阻塞干扰，至少可覆盖北约 70% 的战场通信系统，这就意味着他们的 C3I 系统将全面瘫痪。同时还可使敌人 50%~60% 的远程打击武器失去作用，尤其是‘战斧’巡航导弹——现在这种导弹的制导系统同上个世纪的相比有了很大的改变，那时的‘战斧’主要使用地形匹配和小型测高雷达来导航，现在这种导航方式只用作末端制导，而在其运行过程中大多时候依靠全球卫星定位系统。通用动力公司和麦克唐纳·道格拉斯公司认为他们所做的这种改进是一大进步。美国人太相信来自太空的导航电波了，但 GPS 系统的电波传输一旦被干扰，‘战斧’就成了瞎子。这种对 GPS 的依赖在北约大部分远程打击武器中都存在。在我们所设想的战场电磁条件出现时，敌人就会被迫同我们打常规战，我们自己的优势就会充分发挥出来。”

“我心里还是没底。”被从东线调往西线的第12集团军军长忧心忡忡地说，“在这样的战场通信条件下，我甚至怀疑我的集团军能不能从东线顺利调到西线。”

“你肯定能！”列夫森科元帅说，“这段距离，对库图佐夫来说很短，我不信今天的俄罗斯军队离了无线电就走不过去了！被现代化装备惯坏的，应该是美国人，而不是我们。我知道，当整个战场都处于黑暗中时，你们心中肯定会感到恐惧。要记住，敌人比你们恐惧十倍！”

看着卡琳娜的身影混在穿迷彩服的军官中，消失在作战室的出口，列夫森科元帅不禁担心起来。她将重返前线，而她所在的电子战部队将是敌人火力最集中的地方。昨天，在同1亿公里远的儿子那来回延时达5分钟的通话中，元帅曾告诉他，卡琳娜很好，但在今早的战斗中，她就险些没回来。

米沙和卡琳娜是在一次演习中认识的。那天元帅和儿子一起吃晚饭，同往常一样，他们默默地吃着，米沙早逝的母亲在远处的相框中默默地看着他们。米沙突然说：“爸爸，我想起明天就是您的五十一岁生日了，我应该送您一件生日礼物。我是看见那架天文望远镜才想起来的，那件礼物真好。”

“送我几天时间吧！”

儿子抬头静静地看着父亲。

“你有你的事业，我很高兴。但做父亲的想让儿子了解自己的事业，这总不算过分吧！明天，你和我一起去看军事演习怎么样？”

米沙笑着点点头。他很少笑。

这是本世纪国内规模最大的一场演习。演习开始的前夜，米沙对公路上那滚滚而过的钢铁洪流没什么兴趣。一下直升机，他就钻进野战帐篷，用透明胶带替父亲粘贴刚发下来的作战地图。第二天，在整个演习过程中，米沙也没表现出丝毫的兴趣。这早在列夫森科元帅的预料之中，但有一件事使他感到莫大的安慰。

上午进行的演习项目是装甲师进攻高地，米沙同一群地方官员一起坐在观摩台的北侧。这次观摩台的位置虽在安全距离之外，但应那些猎奇的地方官员的要求，比过去大大靠前了。图-22轰炸机群掠过高地上空，重磅航空炸弹雨点般地落下，使那座山头顷刻间变成了喷发的火山口。这时，那群地方官员才明白真实战场同电影里的区别。在那地动山摇的巨响中，他们用双臂抱住脑袋伏在桌子上，有几位女士甚至尖叫着往桌下钻。但元帅看到，只有米沙一个人仍直直地坐着，仍是那副冷漠的表情，静静地、无动于衷地看着那座可怕的火山，任爆炸的火光在他的墨镜中狂闪。一股暖流冲击着列夫森科元帅的心田。儿子，你的身上到底流着军人的血啊！

这天晚上，父子俩在白天的演习现场散步。远处，各种装甲车辆的前灯如繁星洒满山谷和平原，空气中还残留着淡淡的硝烟味。

“这场演习要花多少钱？”米沙问。

“直接费用大约3亿卢布。”

米沙叹了口气：“我们的课题组想搞第三代恒星演化模型，申请了35万经费都批不下来。”

列夫森科元帅把他早就想对儿子说的话说了出来：“我们两个的世界相差得太远了。你的恒星，最近的也有4光年吧，它同地球上的军队与战争真的是毫不相干。我对你的事业知之不多，但为之感到骄傲。作为军人，我也是最想让儿子了解自己事业的人。哪一个父亲不把对儿子讲述自己的戎马生涯当作最大的幸福？而你对我的事业却总抱着冷漠的态度。事实上，我的事业是你的事业的基础和保障。一个国家，如果没有足够数量和质量的武装力量保证它的和平的话，像你从事的这种纯基础研究根本不可能进行下去。”

“爸爸，您说反了。如果人们都像我们这样，用全部的生命去探索宇宙的话，就能领略到宇宙的美——它的宏大和深远后面的美，而一个对宇宙和自然的内在美有深刻感悟的人，是不会去进行战争的。”

“你这种想法真是幼稚到家了！如果战争是因为人们缺乏美感造成的，那和平可太容易了！”

“您以为让人类感受这种美就那么容易吗？”米沙指指夜空中灿烂的星海，“您看这些恒星。人们都知道它们是美的，但有多少人能够真正体会到这种美的最深层次呢？这无数的天体，它们从星云到黑洞的演化是那么壮丽，它们喷发的能量是那么巨大，但您知道吗，只用数目不多的几个优美的方程式就能精确地描述这一切。用这些方程式建立的数学模型能极其精确地预言恒星的一切行为。甚至我们对自己星球上大气层建立的数学模型，精确度都要比它低几个数量级。”

列夫森科元帅点点头：“这是可能的，据说人类对月球的了解比对地球海底的了解还要多。但你所说的对宇宙和自然深层次美的感受还是制止不了战争。没有人比爱因斯坦更能感受这种美了，原子弹不还是在他的建议下造出来了吗？”

“爱因斯坦在他的后期研究中没什么建树，很大程度上是由于他过多地介入了政治。我不会走他的老路。但，爸爸，到了国家需要我的时候，我也会尽自己的责任的。”

米沙在演习区待了五天。元帅不知儿子是什么时候认识卡琳娜的。第一次看到他们在一起的时候，他们已经谈得很融洽了。他们谈恒星，而卡琳娜对此知道得很多。卡琳娜只是个天真烂漫的女孩，但因为拥有博士学位，她早早就扛上了一颗校星，他对此心里多少有些别扭。不过除此之外，他对卡琳娜的印象还是很好的。第二次见到米沙和卡琳娜在一起时，列夫森科元帅发现他们的关系已更加亲密了。他们谈话的内容让他很意外——他们在谈电子战。当时他们俩在距元帅的吉普车不远的一辆坦克边，并没有避开别人的意思。

元帅听到米沙说："你们现在只专注于一些纯软件的、高层次的东西，比如C3I、病毒攻击、数字战场等，可你想到没有，你们可能握着一把木头做的剑。"看着卡琳娜惊奇的目光，米沙继续说："你想过这些东西的基础吗？也就是位于网络七层协议最下面的物理层？对于民用网络，可以使用光纤和定向激光之类的东西作为通信媒介。但对用于战场的C3I系统，它的各个终端是快速移动和位置不定的，只能依赖电磁波来进行信息联系，而电磁波这东西，你知道，在干扰下就像薄冰一样脆弱……"

元帅真的吃惊不小。他从未与儿子交流过这些，米沙更不可能偷看他的机密文件，但米沙却把元帅在电子战上多年来形成的思想简明准确地表达了出来！米沙的这番话对卡琳娜的影响很大，居然使她偏离了原来的研究方向，研制出了一种代号"洪水"的电磁干扰装置。"洪水"可以装入一辆装甲车，能同时发出3KHz（千赫）到30GHz（吉赫）的强烈电磁干扰波，覆盖除毫米波之外的所有电磁通信波段。这种武器在西伯利亚某基地进行的第一次实验就为军队惹来了一屁股官司——"洪水"使附近一座城市的电磁波通信全部中断，手机不通了，传呼机不响了，电视机和收音机收不到信号。对银行和股市的影响更是灾难性的，地方上把造成的损失说成了天文数字。"洪水"的灵感来自一种电磁炸弹，原理是使用高爆炸药在一次性线圈中产生强烈的电磁脉冲。

所以“洪水”工作起来如同火箭发动机一样，产生的音响能震破附近的窗玻璃，这就决定了它只能遥控操作，而距它二三千米处的操作人员还得穿上防微波辐射的防护服。“洪水”在总装备部和总参谋部的电子战指挥机构引起了很大的争论。很多人认为它没什么实战价值，在有限战场上使用它，就如同在巷战中使用核武器，对敌我的杀伤力一样大。但在元帅的坚持下，“洪水”还是批量生产了二百多台。现在，在统帅部新的电子战战略中，它将担当主要角色。

儿子爱上了一个军中的姑娘，元帅深感意外。他的结论是，米沙对卡琳娜的感情同她的职业无关。后来米沙带卡琳娜到家里来过几次，第一次卡琳娜穿着一件亮丽的连衣裙，走时元帅听到米沙对卡琳娜说：“下次穿军装来。”这事使元帅否定了自己先前的结论。他现在知道，米沙爱上卡琳娜，与她是一名少校军官并非一点关系都没有。与演习第一天上午感到的别扭不同，现在元帅觉得卡琳娜肩上的那颗校星无比美丽。

1月6日，莫斯科战区

强烈的电磁波在战区上空很快聚集，最后形成了巨大的电磁台风。战后人们回忆，当时在远离前线的山村里，人们看到动物和鸟儿骚动不安；在实施灯火管制的城市，人们能看到电视天线上感应出的微小火花……从东线调往西线的第12集团军的一个装甲团正在急速行军，团长站在停在路边的吉普车旁，满意地看着漫天雪尘中急速行进的部队。敌人的空袭远没到预料的强度，所以部队可以在白天赶路了。这时，三枚“战斧”导弹从他们头顶掠过，冲压发动机低沉的“嗡嗡”声清晰可闻。不一会儿，远处响起了三声爆炸。团长身边的通信员拿着只听得到“沙沙”声的耳机无事可做，转头看看爆炸的方向，然后惊叫起来，让他看，他让通信员不要大惊小怪，但旁边的一位少校营长也让他看，他就看了，然后困惑地摇了摇头。“战斧”不是每枚都能命中目标，但像这样三枚相距上千米落到空无一物的田野上，真是少见。

两架苏-27 孤独地飞行在战区 5000 米上空。它们本来属于一支歼击机中队，但这支中队刚刚在海上同一组北约的F-22 发生了遭遇战，混战中，它们和中队失散了。在以前，重新会合是轻而易举的事。但现在，无线电联络不通了，原来对高速歼击机来说很狭小的空域现在变得如宇宙一样广阔，要想会合如同大海捞针。这对长僚机只能紧贴着飞行，距离之近像在进行特技表演。只有这样，他们才能听到对方的无线电呼叫。

“左上方发现可疑目标，方位 220，仰角 30！”僚机报告。长机飞行员沿那个方位看去，冬日雪后的晴空一碧如洗，能见度极高。两架飞机向斜上方靠近目标观察。那个目标与他们在同一个方向飞行，但速度慢了许多，所以他们很快追上了它。

当他们看清目标后，真觉得白天见了鬼。那是一架北约的E-4A 预警机，是歼击机最不可能遇到的敌方飞机，就像一个人不可能看到自己的后脑勺一样。E-4A 预警机上的雷达监视面积可达 100 万平方公里，环视一圈只需 5 秒钟。它能发现远离防区 2000 公里处的目标，可以提供 40 分钟以上的预警时间。它能发现 1000~2000 公里范围内的 800~1000 个电磁信号，每次扫描可询问和识别 2000 个海陆空各类目标。预警机无须护航，它强有力的千里眼可使自己远远地避开歼击机的威胁。所以长机飞行员理所当然地认为这可能是一个圈套。他和僚机向四周的空域仔细搜索了一遍，明净寒冷的空中看不到任何东西，长机决定冒一次险。

“雷球，雷球，我将发起攻击，你向317方位警戒，但注意不要超出目视距离！”

看着僚机向着长机飞行员认为最可能有埋伏的方位飞去后，他打开油门，猛拉操纵杆。苏-27拖着加速产生的黑烟，如一条仰起头的眼镜蛇向斜上方的预警机扑去。这时E-4A也发现了向它逼近的威胁，急忙向东南方向作逃脱的机动飞行。干扰热寻导弹的镁热弹不断地从机尾蹦出，那一串小小的光球仿佛是它那被吓出壳的灵魂。预警飞机在歼击机面前如同自行车在摩托车面前一样，是无法逃脱的。这时长机飞行员才感到他刚才给僚机的命令是多么自私。他在E-4A的后上方远远跟着它，欣赏着即将到手的猎物。E-4A背上蓝白相间的雷达天线罩线条优美，像一件可人的圣诞玩具。它那粗大的白色机身，如同摆在盘子里的一只肥美的烤鸭，令他垂涎欲滴，又不忍下刀叉。但直觉使他不敢拖延。他首先用20毫米口径机炮做了一个点射，击碎了E-4A的雷达天线罩。他看到，西屋公司制造的AN/PY-3型雷达的天线的碎片飞散在空中，如圣诞节银色的纸花。他接着用机炮切断了E-4A的一个机翼，最后，射速达每分钟6000发的双管机炮射出的死亡之刃，将已经翻滚下坠的E-4A拦腰斩断。苏-27盘旋着跟随两块坠落的机体，飞行员看到人员和设备不停地从机舱中掉出来，就像从盒中掉出的糖果一样，有几朵伞花在空中绽开。他想起了在刚过去的空战中，一个战友被击落时的情景：一架F-22三次从战友的降落伞上方掠过，把伞冲翻了，他看着战友像一块石头一样渐渐消失在了大地的白色背景中。他克制住了这样做的冲动，同僚机会合后，双机编队以最快的速度脱离这个空域。

他们仍觉得这可能是个圈套。

走散的飞机并不止那两架。在廊房战线的上空，一架隶属于美国陆军骑一师的“科曼奇”在漫无目的地飞着，飞行员沃克中尉却倍感兴奋。他刚从“阿帕奇”转飞“科曼奇”不久，对这种20世纪末才大量装备陆军的武装攻击直升机不太适应。他不喜欢“科曼奇”的没有脚踏的操纵系统，而且觉得它的双目头盔瞄准镜不如“阿帕奇”的单目镜舒服，但他最不适应的还是坐在前面的攻击指挥员哈尼上尉。他们第一次见面时，哈尼说：“中尉，你要清楚自己的位置，我是这架直升机的大脑，你只是它电子和机械部件的一部分——你要尽一个部件的责任！”而沃克最讨厌作为一个部件而存在。记得一位年近百岁的参加过“二战”的前海军飞行员参观他们的基地时，看了看“科曼奇”的座舱，摇摇头说：“唉，孩子们，我当年那架野马式，座舱里的仪表还不如现在微波炉上的多。我最好的仪表是它！”他拍了拍沃克的屁股，“我们两代飞行员的区别，就是空中骑士和电脑操作员的区别。”沃克想当空中骑士，现在机会来了。在俄罗斯人那近乎变态的疯狂干扰下，这架直升机上的什么“作战任务设备一体化系统”、什么“目标探测系统”、什么“辅助目标探查分类系统”、什么“真实视觉场面发生器”，还有“资料突发系统”，全休克了！只剩下那两台1200马力的T800型引擎还在忠实地转动着。哈尼平时全凭那些电子玩意儿发号施令，现在他那张喋喋不休的臭嘴也随着这些东西沉默下来。这时，内部送话系统传来了哈尼的话音：

“注意，发现目标，好像在左前方，好像在那个小山包旁边，有一支装甲部队，好像是敌人的，你……看着办吧！”

沃克差点笑出声来。哈，这小子，听他以前是怎么指挥的：“发现目标，方位 133，90 式坦克 17 辆，89 式运兵车 21 辆，向 391 方位以平均时速 43.5 公里运动，平均间隔 31.4 米。按 AJ041 号优化攻击方案，从 179 方位以 37° 倾角进入……”现在呢？“好像”有装甲部队，“好像”在“山包那边”。这用你说？我早看见了！还让我看着办。你是废物了，哈尼，现在是我的天下，我要用屁股当仪表做一个骑士了！这架“科曼奇”在我的手中将不辜负它那英勇的印第安部落的名字。

“科曼奇”向着那显而易见的目标冲去，把机上的 62 枚 27.5 英寸口径“蜂巢”火箭全部发射了出去。沃克陶醉地看着那群拖着火尾的小蜜蜂欢快地向目标飞去，把敌人的车队淹没在一片火海之中。但当他迂回飞行观察战果时却发现事情不对，地面上敌人的士兵没有隐蔽，而是全都站在雪地上冲他指点着，像是在破口大骂。沃克飞近一些，清楚地看到一辆被击毁的装甲车上的标志，那是个三环同心圆，中间是蓝色，然后是一个白圈儿和一个红圈儿。沃克眼前一黑，感到世界变成了地狱，破口大骂起来：

“你个白痴，你瞎眼了？！”

但他还是聪明地远远飞开，以防那些暴怒的法国佬还击：“你个狗娘养的，你现在大概想着到军事法庭上怎样把责任推给我。你推不掉的，你是负责目标甄别的，你要明白这一点！”

“也许……我们还有机会补救，”哈尼怯生生地说，“我又发现了一支部队，就在对面……”

“去你的吧！”沃克没好气地说。

“这次没错，他们正在同法国人交火！”

沃克又来了精神，驾机向新目标冲去，看到对方主要是步兵，装甲力量不足，这倒证实了哈尼的判断。沃克把仅剩的四枚“地狱火”导弹发射了出去，然后把加特林双管机枪的射速调到每分钟1500发并开始射击。他感觉机枪通过机体传来的微微振动，看到地面敌人的散兵线被撒上了一层白色的“胡椒面”。但一名老练的武装直升机飞行员的直觉告诉他有危险。他扭头一看，只见一枚肩射导弹刚刚从左下方一名站在吉普车上的士兵肩上发射出来。沃克手忙脚乱地发射了诱饵镁热弹，又向后方作摆脱飞行，但晚了些，那枚导弹拖着蛛丝般的白烟击中了“科曼奇”的机头下部。沃克从爆炸带来的短暂昏眩中醒来时，发现直升机已坠落到了雪地上。沃克拼命爬出全是白烟的机舱，在雪地上抱住一棵刚被螺旋桨齐腰砍断的树，回头看见前舱中被炸成肉浆的哈尼上尉。他又看到前方一群端着冲锋枪的士兵正在向他跑来。沃克颤抖着抽出手枪放到面前的雪地上，然后掏出俄语会话本读了起来：

“吾已放下武器，吾是战俘，日内瓦……”

他后脑勺挨了一枪托，肚子上又挨了一脚，但他翻倒在雪地上时却大笑起来——他可能被揍个半死，但不会全死，因为他看到了那些士兵衣领上波兰军队的鹰形领章。

1月7日，明斯克，北约军队作战指挥中心

“把那个该死的军医叫来！”托尼·帕克上将烦躁地喊道。当那名瘦高的上校军医跑到他面前时，他恼怒地说：“怎么搞的？你折腾了两次，我的假牙还在嗡嗡响！”

“将军，这是我见过的最奇怪的事，也许是您的神经系统有问题，要不我给您打一针局部麻醉？”

这时，一位少校参谋走过来说：“将军，请把假牙给我，我有办法的。”帕克于是取下假牙，放到了少校递过来的纸巾上。

关于将军掉的两颗门牙，媒体的普遍说法是在波斯湾战争中他所在的坦克被击中时造成的，只有将军自己知道这不是真的。那次是断了下颚，牙则是早些时候掉的。那是在克拉克空军基地，当时的世界好像除了火山灰外什么都没有——天是灰的、地是灰的，空气也是灰的，就连他和基地最后一批人员将要登上的那架“大力神”的机顶上也落了厚厚、白白的一层。火山岩浆的暗红色火光在这灰色的深处时隐时现。那个菲律宾女职员还是找来了，说基地没了，她失业了，房子也压在火山灰下，让她和肚子里的孩子怎么活？她拉着他求他一定带她到美国去，他告诉她这不可能，于是她脱下高跟鞋朝他脸上打，打掉了他的两颗门牙。看着灰色的海水，帕克默念，我的孩子，现在你在哪儿？你是和你的母亲在马尼拉的贫民窟度日吗？你的父亲现在在某种程度上是为你而战。俄罗斯的民主政府上台后，北约的前锋将抵达中国边境，苏比克和克拉克将重新成为美国在太平洋上的海空军基地，那里将比 20 世纪更加繁荣，你会在那儿找到工作的！如果你是个女孩，说不定像你妈妈（她叫什么来着，哦，阿莲娜）一样能认识个美国军官……

修牙的少校回来了，打断了将军的胡思乱想。将军拿过了纸巾上的假牙装上，几秒后惊奇地看着少校：“嗯？你是怎么做到的？”

“将军，您的假牙响是因为它对电磁波产生了共振。”

将军盯着少校，分明不相信他的话。

“将军，真是这样！也许您以前也曾暴露在强烈的电磁波下，比如在雷达的照射范围里，但那些电磁波的频率同您的假牙的固有频率不吻合。而现在，空中所有频带的电磁波都很强烈，于是产生了这种情况。我把假牙进行了一些加工，使它的共振频率提高了许多，它现在仍然共振，但您感觉不到了。”

少校离开后，帕克将军的目光落到了电子作战图旁的一个座钟上。钟座是骑着大象的汉尼拔塑像，上面刻着“战必胜”三个字，原来摆放在白宫的蓝厅，当时总统发现他的目光总落在那玩意儿上，就亲自拿起了在那儿放了一百多年的座钟赠给了他。

“上帝保佑美国，将军，现在您就是上帝！”

帕克沉思了很久，缓缓地说：“命令全线停止进攻，用全部空中力量搜寻并摧毁俄罗斯人的干扰源。”

1月8日，俄罗斯军队总参谋部

“敌人停止进攻了，你好像并不高兴。”列夫森科元帅对刚从前线归来的西部集群司令说。

“是高兴不起来。北约的全部空中力量已集中力量打击我们的干扰部队，这种打击确实是很奏效的。”

“这在我们的预料之中。”列夫森科元帅平静地说，“我们的战术在开始时会使敌人手足无措，但他们总会想出对付的办法的。用于阻塞式干扰的干扰机，由于其强烈的全频带发射，很容易被探测和摧毁。好在我们已争取了相当长的时间，现在全部希望都寄托在两个集群的快速集结上了。”

“情况可能比预想的严峻，”西部集群司令说，“在我们失去电子战优势之前，可能没有给高加索集群进入出击位置留下足够的时间。”

西部集群司令走后，列夫森科元帅看着电子沙盘上的前线地形，想起了正处于敌人密集火力下的卡琳娜，由此又想起了米沙。那天，米沙回到家里，脸上青一块紫一块的。这之前元帅已听到传言，说他儿子是那所大学中唯一一名反战分子，结果被学生们打了。

“我只是说不要轻言战争，我们真的不能同西方达成一种理智的和平吗？”米沙向父亲解释说。

元帅用从未有过的严厉口吻对儿子说：“你知道自己的身份。你可以不说话，但以后绝不许出现类似的言论。”

米沙点点头。

又过了几天，晚上一进家门，元帅就告诉米沙：“俄共上台了。”

米沙看了父亲一眼，淡淡地说：“吃饭吧！”

再往后，西方宣布俄罗斯新政府为非法，杜波列夫组织右翼联盟发动了内战。这些列夫森科元帅都不需要告诉米沙了。父子俩每天晚上都像往常一样默默地吃饭。直到有一天，米沙接到航天基地的通知，收拾起行装走了。两天后，他乘航天飞机登上了在近地轨道运行的“万年风雪”号。

又过了一周，战争全面爆发。这是一场由空前强大的敌人从预料不到的方向发起的旨在彻底肢解俄罗斯的世界大战。

1月9日，近日轨道，“万年风雪”号掠过水星

由于“万年风雪”号的速度太快，它不可能成为水星的卫星，只能从这颗行星面对太阳的那一面高速掠过。这是人类第一次用肉

眼直接对水星表面进行近距离观察。米沙看到，水星表面高达两公里的峭壁，蜿蜒数百公里，穿过布满巨大坑穴的平原。他还看到了被行星地质学家称作“不可思议的地形”的名叫“卡托里萨”的盆地，其直径达1300公里。它的不可思议之处在于，在水星的另一面，有一个面积相仿的盆地正对着它。人们猜测，这是一颗巨大的彗星撞击了水星，强烈的震波穿过了整个星体，在两个半球同时形成了极其相似的两个盆地。米沙还发现水星表面有许多明亮的光斑。当他在屏幕上把那些光斑放大后，激动得屏住了呼吸。

那是水星上的水银湖泊，每个面积平均达上千平方公里。

米沙想象着水星那漫长的白天，在1800℃的高温下，站在水银湖岸边的情形。即使在狂风中，水银湖也会很平静，更不要说水星没有大气、没有风。湖的表面如广阔的镜子平原。太阳和银河毫不失真地投射在上面。

“万年风雪”号掠过水星后，将继续靠近太阳，一直航行到它那由核聚变制冷装置支持的绝热层所能忍受的极限距离。太阳的高温将是它最好的掩护。北约的任何太空航行器都不可能飞进这个酷热的地狱。

看看广阔的宇宙，再想想1亿公里之外的母星上的那场战争，米沙再次哀叹人类目光的狭隘。

1月10日，斯摩棱斯克前线

看着敌人渐渐靠近的散兵线，卡琳娜明白了为什么当周围的干扰点相继被摧毁后，只有她这里幸存下来——敌人想夺取一台完整的“洪水”。

由三架“科曼奇”和四架“黑鹰”组成的直升机群轻而易举地发现了这台“洪水”的位置。由于“洪水”巨大的电磁发射，对它的遥控只能通过光缆，敌人顺着光缆发现了卡琳娜所在的距那台“洪水”3000米的遥控站。这是一间被废弃的孤立的小库房。

四架运载着四十多名敌人步兵的“黑鹰”在距库房不到二百米处降落了。当时遥控站中除卡琳娜之外，还有一名上尉和一名上士。上士听到引擎声响，刚拉开库房的门，就被直升机上的狙击手射出的一颗子弹掀开了头盖骨。敌人随后的火力很谨慎也很节制，显然怕伤了库房里他们想得到的设备，卡琳娜和那名上尉因此得以多坚守了一段时间。

现在，在卡琳娜的左前方，上尉的冲锋枪声沉默了，这枪声是这里唯一的安慰。她看到在作为掩体的树桩后面，上尉一动不动，一圈殷红的鲜血正在他周围的雪地上扩散开来。卡琳娜处在库房前由几个沙袋堆成的简易掩体后面，脚下散落着八个冲锋枪弹匣，滚烫的枪管在沙袋上面的积雪中发出“嘶嘶”的声音。每当卡琳娜射击时，对面的敌人就卧倒，子弹在他们前面溅起一团团雪花，而半圆形包围圈未受攻击方向的敌人则跃起快步推进一段距离。现在，卡琳娜只剩下三个弹匣了，她开始打单发，这没有经验的举动等于在告诉敌人她子弹不多了，使他们更快更大胆地向前推进。卡琳娜再次换弹匣时，听到沙袋顶上厚厚的积雪“吱”地响了一声，有什么东西从中飞快地钻了过来，她感到右肋被什么猛推了一下，没有疼痛，只有一阵很快扩散的麻木感，温热的血顺着右侧身体流下去。她坚持着，几乎是漫无目标地打完了这个弹匣。当她伸手拿起沙袋顶上最后一个弹匣时，一颗子弹打断了她的前臂，弹匣掉到雪地上。卡琳娜站起身，回头向库房门走去，身后的雪地上留下了一条细细的血迹。当她拉开门时，又一颗子弹穿透了她的左肩。

由瑞特·唐纳森上尉率领的美国海军陆战队“海豹”突击队小分队谨慎地靠近库房。唐纳森和两名陆战队员越过那名俄罗斯上士的尸体，踹开门，冲进帐篷，发现里面只有一名年轻的女军官。她坐在他们的目标——“洪水”遥控仪旁边，一只被打断的手臂无力地垂在控制台上，对着显示屏上映出的影子，用另一只手整理着自己的头发，不断滴下的鲜血在她的脚下积成了小小的血洼。她对着冲进来的美国人和那一排枪口笑了一下，算是打了招呼。唐纳森长出了一口气，但这口出来的气再也没有吸回去——他看到她整理头发的手从控制台上拿起了一个墨绿的、椭圆形的东西，把它悬在半空。唐纳森立刻认出了那是一枚气体炸弹，由于是用来装备武装直升机的，因此体积很小。那东西可由激光近炸引信引爆，在距地面半米处发生两次爆炸，第一次扩散气体炸药，第二次引爆炸药雾，他现在就是一支箭也飞不出它的威力圈。

他朝她伸出一只手向下压着：“镇静，少校，镇静下来，不要激动。”他朝周围示意了一下，陆战队员们的枪口垂了下来，“您听我说，事情没您想的那么严重，您将得到最好的医疗，您将被送到德国最好的医院，然后，会作为第一批交换的战俘……”少校又对他笑了一下，这使他多少受到了一些鼓励，“您完全没必要采用这么野蛮的方式，这是一场文明的战争，它本来会很顺利的，这一点在20天前我越过波俄边境时就感觉到了。当时你们的大部分火力都被摧毁，只有零星的机枪声恰到好处地点缀着我们这场光荣而浪漫的远征。您看，一切都会很顺利的，没必要……”

“我还知道另一次更美妙的开始。”少校用纯正的英语说，她轻柔的声音如同来自天堂，能让火焰熄灭，钢铁变软，“美丽的沙滩，棕榈树上挂着欢迎的横幅。到处是漂亮的姑娘，留着齐腰的长发，穿着沙沙作响的丝裤，在年轻的士兵中穿梭，用红色和粉红色的花环装点着他们，羞怯地对着目瞪口呆的士兵们微笑……上尉，您知道那次登陆吗？”

唐纳森困惑地摇摇头。

“那是1965年3月8日上午9点，在岘港，美国首批海军陆战队士兵登上越南土地的情景，也是越战的开端。”

唐纳森觉得自己一下子掉进了冰窟，刚才的镇静瞬间消失了，他的呼吸急促起来，声音开始颤抖：“不，别这样，少校。您这样对待我们是不公平的！我们没有杀过多少人，杀人的是他们。”他指着窗外半空中悬停着的直升机说，“是那些飞行员，还有那些在很远的航空母舰上操作电脑指引巡航导弹的先生们，但他们也都是些体面人。他们所面对的目标都是屏幕上漂亮的彩色标记，他们按一下按钮或动一下鼠标，耐心地等一会儿，那些标记就消失了。他们都是文明的先生，他们没有恶意，真的没有恶意……您在听我说吗？”

少校笑着点点头，谁说死神是丑恶恐怖的。死神真美。

“我有一个女朋友，她在马里兰大学读博士，她像您一样美丽，真的，她还参加反战游行……”我真该听她的，唐纳森想，“您在听我说吗？您也说点什么吧，求求您说点什么……”

美丽的少校最后对敌人微笑了一次：“上尉，我尽责任。”

赶来增援的俄军104摩步师的一支部队这时距那个“洪水”遥控站还有半公里，他们首先听到了一声沉闷的爆炸，并远远看到那间宽阔田野中孤零零的小库房隐没于一团白雾之中。紧接着是一声比刚才响百倍的巨响，地动山摇，一团巨大的火球在库房的位置出现，火焰裹在黑色的浓烟中高高升起，顷刻化作高耸的蘑菇云，如绽放在天地之间的一朵绝美的生命之花。

1月11日，俄罗斯军队总参谋部

“我知道你想要什么东西，别废话，要吧！”列夫森科元帅对高加索集群司令说。

“我想让前两天的战场电磁条件再持续4天。”

“你应该很清楚，我们的战场干扰部队现在有70%已被摧毁，我现在连4个小时都无法给你了！”

“那我的集群无法按时到达出击位置，北约的空中打击大大迟滞了部队的集结速度。”

“要是那样的话，你就把一颗子弹打进自己脑袋里去吧！现在敌人已逼近莫斯科了，已到了70年前古德里安到过的位置。”

在走出地下作战室的途中，高加索集群司令在心里默念：莫斯科，坚持啊！

1月12日，莫斯科防线

塔曼摩步师师长费利托夫上校清楚，他们的阵地最多只能再承受一次进攻了。

敌人的空中打击和远程打击渐渐猛烈起来，而俄军的空中掩护却越来越少了。这个师的装甲力量和武装直升机都所剩无几，最后的坚守几乎全靠血肉之躯了。

师长拖着被弹片削断的腿，拄着一支步枪走出掩体。他看到战壕挖得不深，这也难怪，现在阵地上大部分是伤员。但他惊奇地发现，在战壕的前面构起了一道整齐的约半米高的胸墙。师长很奇怪这胸墙是用什么材料这么快筑起的，这时他看到被雪覆盖的胸墙上伸出几条树枝一样的东西，走近一看，那是一只只惨白僵硬的手臂……他勃然大怒，一把抓住一位上校团长的衣领。

“混蛋！谁让你们用士兵的尸体筑掩体的？！”

“是我命令这样干的。”参谋长的声音从师长身后平静地响起，“昨天晚上进入新阵地太快，这里又是一片农田，实在没有什么别的材料了。”

他们沉默着，互相对视着。参谋长额头绷带中流出的血在脸上一道道地冻结了。这样过了一会儿，他们两人朝这堵用青春和生命筑成的胸墙走去。师长的左手拄着用作拐杖的步枪，右手扶正了钢盔，向着胸墙行军礼，仿佛在最后一次检阅自己的部队……

他们路过一个被炸断双腿的小士兵，从断腿中流出的血把下面的雪和土混成了红黑色的泥，这泥的表面现在又冻住了。小士兵正躺着把一颗反坦克手雷往自己怀里放，他抬起没有血色的脸，朝师长笑了笑：“我要把这玩意儿塞进‘艾布拉姆斯’的履带里。”

寒风卷起道道雪雾，发出凄厉的啸声，仿佛在奏一首上古时代的战歌。

“如果我比你先阵亡，请你也把我砌进这道墙里。这确实是一个好归宿。”师长说。

“我们两个不会相差太长时间的。”参谋长用他那特有的平静口吻说。

1月12日，俄罗斯军队总参谋部

一个参谋来告诉列夫森科元帅，航天部部长急着要见他，事情很紧急，是有关米沙和电子战的事。

听到儿子的名字，列夫森科元帅心里一震。他已得知卡琳娜阵亡的消息，但他无法想象1亿公里之外的米沙同电子战有什么关系，他甚至想象不出米沙现在和地球有什么关系。

部长一行人走了进来，他没有多说话，径直把1张3英寸光盘递给了列夫森科元帅："元帅，这是我们1小时前收到的米沙从'万年风雪'号上发回的信息。后来他又补充说，这不是私人信息，希望您能当着所有相关人员的面播放它。"

作战室中的所有人听着来自1亿公里以外的声音："我从收到的战争新闻中得知，如果电磁干扰不能再持续三到四天的话，我们可能会输掉这场战争。如果这是真的，爸爸，我能给您这段时间。

"以前，您总认为我所研究的恒星与现实相距太远，我自己也是这么认为的，现在看来我们都错了。我记得对您提起过，恒星产生的能量虽然巨大，但它本身却是一个相对单纯和简单的系统，比如我们的太阳，组成它的只是两种最简单的元素：氢和氦；它的运行由核聚变和引力平衡两种机制构成。同我们的地球相比，它的运行状态在数学模型上比较容易把握。现在，我们对太阳已经建立了十分精确的数学模型，其中也有我做的工作。通过这个数学模型，我们可以对太阳的运行作出十分精确的预测，这就使我们可以利用一个微小的扰动，在短时间内局部打破太阳运行的平衡。方法很简单：用‘万年风雪’号精确撞击太阳表面的某点。

“也许您认为，这不过是把一块小石头投入海洋，但事实不是这样的。爸爸，这是一粒沙子掉进了眼睛里！

“根据数学模型我们得知，太阳是一个极其精细而敏感的能量平衡系统，如果计算得当，一个微小的扰动就能在太阳表面和内部产生连锁反应。这种反应扩散开来，其局部平衡就会被打破。历史上有过这样的先例。最近的记载是在1972年8月初，在太阳表面一个很小的区域发生了一次剧烈的电磁爆发，对地球产生了巨大的影响。飞机和轮船上的罗盘指针胡乱跳动，远距离无线电通信中断。在北极地区，夜空中闪动着炫目的红光。在乡村，电灯时亮时灭，如同处于雷暴中心。这种效应持续了一个多星期。现在比较可信的解释是：当时一颗比‘万年风雪’号还小的天体撞击了太阳表面。这样的太阳表面平衡扰动在历史上一定是多次发生，但大部分发生在人类发明无线电接收装置以前，所以没被人类察觉。那些天体对太阳表面的撞击都是随机的、偶然的，因而所能产生的平衡扰动在强度和范围上都是有限的。

“但‘万年风雪’号对太阳的撞击点是经过精确计算的，所产生的扰动比上面提到的自然产生的扰动要大几个数量级。这次扰动将使太阳向太空喷发强烈的电磁辐射，包括从极低频到甚高频的所有频带的电磁波。同时，太阳射出的强烈的X射线将猛烈撞击对短波通信十分重要的电离层，从而改变电离层的性质，使通信中断。在扰动发生时，地球表面除毫米波外的绝大部分无线电通信将会中断。这种效应在晚上可能相对弱一些，但在白天甚至超过了你们前两天进行的电磁干扰。据计算，这次扰动大约可持续一周。

“爸爸，以前我们两个人一直生活在相距遥远的两个世界，互相交流很少。但现在，这两个世界已融为一体，我们在为一个共同的目标而战，我为此感到自豪。爸爸，像您的每一个士兵一样，我在等着您的命令。”

航天部部长说：“米哈伊尔博士所说的都是事实。去年，我们向太阳发射过一个探测器，它依据数学模型的计算对太阳表面进行了一次小型的撞击实验，证实了模型所预言的扰动。博士和他的研究小组还提出了一个设想——将来也许可以用这种方法适当改变地球的气候。”

列夫森科元帅走进一个小隔间，拿起直通总统的红色电话。过了一会儿，他从隔间走了出来。历史对这一时刻的记载是不同的，有人说他马上说出了那句话，也有人说他沉默了一分钟之久，但那句话的内容一样。

“告诉米沙，照他说的去做吧。”

1月12日，近日轨道，“万年风雪”号冲向太阳

“万年风雪”号的10台核聚变发动机全部打开，每台发动机的喷口都喷出了长达上百公里的等离子体射流，它在最后修正轨道和姿态。

在“万年风雪”号的正前方，有一道巨大的美丽日珥。那是从太阳表面盘旋而上的灼热的氢气气流，像一条长长的轻纱，飘浮在太阳火的海洋上空，变幻着形状和姿态。它的两端连着日球表面，形成了一座巨大的拱门。“万年风雪”号从这高达40万公里的凯旋门正中缓缓地、庄严地通过。前方又出现了几道日珥，它们只有一头同太阳相连，另一头伸进了太空深处。发动机闪着蓝光的“万年

风雪”号像穿行在几棵大火树中的一只小小的萤火虫。后来，那蓝光渐渐熄灭，发动机停止了，“万年风雪”号的轨道已精确设定，剩下的一切都将由万有引力来完成。

当飞船进入太阳上层的大气日冕时，上方太空黑色的背景变成了紫红色，这紫红色的辉光弥漫了这里的所有空间。在下方，可以清楚地看到太阳色球中的景象。在那里，成千上万的针状体在闪闪发光。那些东西在19世纪就被天文学家观察到了，它们是从太阳表面射向高空的发光的气体射流，这些射流使得太阳大气看上去像一片燃烧的大草原，每棵草都有上千公里长。在这燃烧的大草原下面就是太阳的光球，那是无边无际的火的海洋。

从“万年风雪”号上发回的最后的图像中，人们看到米沙从巨大的监视屏前起身，打开了透明穹顶外面的防护罩，壮丽的火的海洋展现在他的面前。他想亲眼看看他童年梦幻中的世界。火之海在抖动变形，那是半米厚的绝热玻璃在熔化。很快，那上百米高的玻璃壁化作一片透明的液体滚落下来。像一个初见海洋的人陶醉地面对海风，米沙伸开双臂迎接那向他呼啸而来的6000℃的飓风。在摄像机和发射设备被烧熔之前发回的最后几秒钟图像中，可以看到米沙的身体燃烧起来了，最后变成了一把跳动的火炬，和太阳的火海融为一体……

接下来的景象只能猜想了：“万年风雪”号的太阳能电池板和突出结构首先熔化，在飞船的表面形成一个个银色的小球。当“万年风雪”号越过色球和日冕的交界处时，它的主体开始熔化。当它深入色球2000公里后，整个飞船完全熔化了。一个个分开的金属液珠合并成一个巨大的银色液球，精确地沿着那已化为液体的计算机所设定的目标高速飞去。太阳大气的作用开始显现——液球的周围出现了一圈淡蓝色的火焰，向后拖了几百公里长，颜色由淡蓝渐变为黄色，尾部变成美丽的橘红色。

最后，这美丽的火凤凰消失在浩渺的火海之中。

1月13日，地球

人类回到了马可尼之前的世界。

入夜，即使在赤道地区，夜空也充满了涌动的极光。

面对一片雪花的电视屏幕，大多数人只能猜测和想象那块激战中的广阔土地上的情形。

1月13日，莫斯科前线

帕克将军推开了企图把他拉上直升机的82空降师师长和几名前线指挥官，举起望远镜继续看着远方。那里，俄罗斯人的坦克滚滚而来。

“定标4000米，9号弹药装填，缓发引信，放！”

从来自后方的射击声，帕克知道，还有不到30门105毫米口径榴弹炮可以射击，这是他目前唯一可以用于防守的重武器了。

一个小时前，这个阵地上唯一一支装甲力量——德军的一个坦克营——以令人钦佩的勇气发起反冲锋，并取得了显著的战果：在距此8公里处击毁了相当于他们坦克数目一倍半的俄罗斯坦克。但由于数量上的绝对劣势，他们在俄罗斯人的钢铁洪流面前如正午太阳下的露珠一样消失了。

“定标 3500 米，放！”

炮弹飞行的嘶鸣过后，在俄罗斯人的坦克阵前掀起了一道由泥土和火焰构成的高墙。但就如同塌下的泥土只能暂时挡住洪水，洪水最终将漫过来一样，爆炸激起的泥土落下后，俄罗斯人的装甲前锋又在浓烟中显现了。帕克看到他们的编队十分密集，如同在接受检阅。在前几天用这种队形进攻是自取灭亡，但现在，在北约的空中和远程打击火力几乎全部瘫痪的情况下，这是可以采用的队形，可以最大限度地集中装甲攻击力量，以确保在战线上点的突破。

防线配置的失误在帕克将军预料之中，因为在这样的战场电磁条件下，要想准确而快速判明敌人的主攻方向几乎是不可能的。对下一步的防守他心中一片茫然。在C3I 系统全面瘫痪的情况下，快速调整防御布局是十分困难的。“定标 3000 米，放！”“将军，您在找我？”法军司令若斯凯尔中将走了过来。

他身边只跟着一名法军中校和一名直升机飞行员。他没穿迷彩服，胸前的勋章和肩上的将星擦得亮亮的，但却戴着钢盔，提着步枪，显得不伦不类。

“听说在我们的左翼，幼鹿师正在撤出阵地。”“是的，将军。”“若斯凯尔将军，在我们的身后，70 万北约部队正在撤退，他们的成功突围取决于我们的坚固防守！”“是取决于你们的坚固防守。”“我听不明白。”“您什么都明白！你们向我们隐瞒了真实战局，你们早就知道右翼联盟的军队要在东线单方面停火！”“作为北约军队最高指挥官，我有权这样做。将军，我想您也明白，您和您的部队有接受指挥的职责。”……“定标 2500 米，放！”……“我只遵守法兰西共和国总统的命令。”“我不相信现在您能收到这样的命令。”

“几个月前就收到了。在爱丽舍宫的国庆招待会上，总统亲自向我说明了在这种情况下法国军队的行为准则。”“你们这些戴高乐的杂种，这几十年来你们一直没变！”帕克终于失去了控制。

“话别说得这么难听，将军。如果您不走，我也会一个人留下来，我们一起光荣地战死在这广阔的雪原上。拿破仑在这儿也失败过，我们不丢人。”若斯凯尔向帕克挥动着那支FAMS法军制式步枪说。

……

“定标2000米，放！”

……

帕克慢慢转过身，面对一群前线指挥官：“请你们向坚守阵地的美军部队传达我下面的话——我们并非生来就是一支只能靠电脑才能打仗的军队，我们原本是由庄稼汉组成的军队。几十年前，在瓜达卡纳尔岛，我们在热带丛林中一个地洞一个地洞地同日本人争夺；在溪山，我们用圆锹挡开北越士兵的手榴弹；更远一些的时候，在那个寒冷的冬夜，伟大的华盛顿领着没有鞋穿的士兵渡过冰封的特拉华河，创造了历史……”

“定标1500米，放！”

“我命令，销毁文件和非战斗辎重……”

“定标1200米，放！”

帕克将军戴上钢盔，穿上防弹衣，并把那把9毫米口径手枪别在左腋下。这时榴弹炮的射击声沉默了，炮手正把手榴弹填进炮膛，接着响起了一阵杂乱的爆炸声。“全体士兵，”帕克将军看着已像死亡屏障一样在他们面前展开的俄罗斯坦克群说，“上刺刀！”战场的浓烟后面，太阳时隐时现，给血战中的雪野投下变幻的光影。

回家

文 / 灰狐

一群人站在新墨西哥州的沙漠中，仰着头翘首以盼。炎热的风卷着粗大的砂砾打在他们的脸上，通过抬起的下巴灌进衬衫领口里。用于纳凉的帐篷就在不远处，但是没人动过躲进去的念头。除了偶尔伸出舌头舔舔干燥的嘴唇，他们像雕像一样，保持着同一种姿势看着西方的天空。

谁都不想错过这个机会。

“来了！”一个声音喊道，马上翻译成各国语言扩散开，就像一颗投进湖水的石子。

一个亮点出现在天空中，越来越大，很快就变得同沙漠中的夕阳一样耀眼。

那是火星基地的返回舱，自从 15 年前，320 名科学家和先驱者离开地球开拓火星之后，这是第一艘从火星返回的飞船。这艘飞船完全是由火星基地的人设计制造的，它代表着火星基地经过15年的发展，已经能够自给自足，并且拥有先进的生产能力。

返回舱继续飞快地降落，通过摄像师的长焦镜头，已经可以看到它的清晰图像。它呈梭子形，有着流线型的外表，光滑的表面反射着火焰一样耀眼的夕阳。在它的外层，似乎包裹着一层淡蓝色的半透明膜，进入大气层时，这层膜将返回舱同大气层隔离开来，并没有由于摩擦而产生火光，在场的没人能够说出那是什么。

正在人们议论这项技术时，返回舱仍以肉眼可见的速度向着沙漠中的着陆场坠落。但是，它的外表面没有任何可见的缓冲装置，直到现在也没有抛出降落伞，或者使用反冲引擎来减速。它笔直地以200米/秒的速度直冲过来。

敏感的人已经感觉到照这样的轨迹，返回舱会直接砸进等候的媒体席当中。人群开始沉不住气了，开始只是窃窃私语，但随着重达9吨的返回舱以肉眼可见的速度越来越近，恐慌开始扩散，不少人落荒而逃。

好在仍有很多经得住压力的记者守住岗位，用手中的摄像机拍摄下了现场的画面。

即使技术最新的好莱坞大片也无法复制那样的场景。

在距离地面不足一公里时，包裹着返回舱的淡蓝色空气膜已经变得几乎不可见了，这时组成返回舱外表面的乳白色材料突然放出柔和的绿光，在场的人们感觉耳膜受到了奇怪的压迫感，就像是飞机起飞时的感觉。就在众人错愕的一瞬间，飞速坠落的返回舱所蕴含的巨大动能仿佛突然消失了一般，它稳稳地停在了半空，然后缓缓地降落在各国媒体面前。

确切地说，降落在摄像机前。

坐在电视机前看这场直播的沈岩终于松了一口气，但心里好像仍然有什么东西堵在那里。

如果返回舱确实带着那些闻所未闻的技术，它一定能够安全平稳地着陆，而不是在屏幕前炫耀技巧，让 80 亿观众提心吊胆。

“我说死老头子，你干吗皱着眉头，顺利着陆，你就不能露个笑脸吗？”老伴拍了沈岩一巴掌，沈岩挤出一丝笑容，继续看电视。

现场的工作人员已经打开了舱门，迅速将三名从火星返回的科学家抬出舱外。

“哎呀！他们怎么把儿子放在轮椅上了，是不是咱儿子残疾了，他们不要咱儿子了，才给送回来的？”这回老伴不仅皱起了眉头，还带上了哭腔。

“你胡思乱想什么，他在太空一直处于失重状态，现在回到地球，有了重力，身体各部分都不能很快适应，所以需要一个过程。嗨，跟你说多了你也不懂，平时让你多学点儿东西你就是不听，只会看些个奇闻怪事，好跟那些老婆子们去八卦。”

“就你知道……”

老伴后面的话沈岩没注意听，他盯着屏幕上那个国字脸、浓眉毛的小伙子发呆。十五年前儿子离开的时候才刚刚长出胡子，现在……他简直认不出来了。

直播结束了，节目转回了演播室，几个专家在七嘴八舌地分析返回舱用了什么技术着陆。

沈岩从沙发上站起来，揉了揉腰。他走到门厅处，嵌在墙上的电子日历上，两周后的一天早就用醒目的红色标示出来了，那是儿子沈雪松回家的日子。

透过窗户，可以看到窗外的马路边上，几个人正举着“滚回火星”之类的标语沉默地站着。反火星联盟的人已经开始聚集了，两周后恐怕还会更多。

15年前，沈雪松离开的时候，火星代表着希望和未来。但是15年过去了，地球和火星基地之间的联系越来越少。火星成了阴谋论爱好者最重要的谣言来源，谣言催生了怀疑，怀疑酝酿出恐惧，反火星联盟就是由这样一群心怀恐惧的人组成的。

沈岩用指节无意识地敲打着窗台，还有两周，他还没有做好迎接儿子归来的准备。

看来地球上的人同样没有做好迎接火星的准备。

事情比沈岩预计的还要复杂，返回舱的“炫技”吸引了全世界的眼球。各国就这些技术的归属权展开了激烈的争论，沈雪松和其他两名科学家在M国“保护性”滞留了41天，最后由3位科学家以及火星基地指挥部一致决定，将返回舱所有的技术细节通过地球上最大的信息公司“格林菲斯”全部公开，任何人都可以免费获取，一场全球性的混乱争论这才渐渐消散。

返回舱着陆后的第47天，沈岩终于在机场的接机口看到了自己的儿子。

当沈雪松在6名穿着黑西装的安保人员的簇拥下向自己走来时，沈岩这个曾经在枪林弹雨中闲庭信步的老兵居然开始不住地发抖。

“爸，我回来了。”15年未见，沈雪松的嗓音变得低沉而沙哑，但语气里带着的谨慎和不耐烦却丝毫未变。

“回来就好，嗯，回来就好。”沈岩慌忙回应，当他意识到时，发现自己已经张开双臂准备拥抱儿子了，但是沈雪松对他的动作却无动于衷，他只好顺势拍在儿子肩膀上，同时咳嗽两声来掩饰自己的尴尬。

“多耽误了几天，等着急了吧。”沈岩问。

“没什么，地球上的人还是这么急功近利，勾心斗角，每个人都忙忙碌碌，跟15年前没什么两样，多等几天还是一样。”沈雪松说，他看看四周，已经有人认出了他，人群正向这边聚集过来。“咱们还是回家吧。”他缩缩脖子，想把脸藏在外衣领子里。

“好，咱们走吧。”沈岩向保安队长点点头，一行人坐上早已停在外面的两辆长城T79混合动力越野车，快速离开了机场。

他们行驶在高架桥上，身下的T市正在晨光的照耀下慢慢苏醒，汽车、城铁、行人、商贩，嘈杂的声音渐起，一派生机勃勃。这些年，T市发生了翻天覆地的变化，甚至连一直生活在这里的沈岩有时候都会感慨变化的速度太快。

而沈雪松却对窗外的景物丝毫不感兴趣，他靠在座椅上，眼睛盯着前方空气中某个虚无的点，一言不发。

沈岩把窗户调暗，伸手去按前面椅背上的显示屏：“看看新闻吧，这两天全是说你们的事。”

沈雪松没有反对，屏幕亮了。

“……今天，是人类历史上最关键的时刻，第一次有‘外星人’登上人类的脱口秀节目。有请德约科夫博士！”正在直播的是一期访谈节目，嘉宾则是沈雪松的同事，三名火星科学家之一的德约科夫博士。

沈岩用胳膊顶顶儿子，“过几天你也得参加这种节目，做好准备了吗？”

沈雪松点点头，眼睛盯着屏幕。

德约科夫从后台走出来，他身材高大，肩宽背厚，看上去像一头熊，而不是一个科学家。

“我以为只有你吊着脸，看来你们火星基地的人都一个德行。”沈岩说。沈雪松敷衍地答应着。

“你好！”主持人与德约科夫握手，“欢迎来到地球，以和平的名义。”

电视里传来夸张的爆笑音效，主持人对自己的开场白很满意。

“请问摇滚乐和细菌，你怕哪一种？”主持人问，这次用上了《火星人玩转地球》和《世界大战》里的段子。

“嗯……”德约科夫认真地想了想，“是细菌。”

“那你不会用激光……”主持人的话说了一半就中断了，画面剧烈晃动起来，几秒钟之后，屏幕上出现了信号中断的标志。

沈岩拍拍显示屏，没有反应。

“哼，国产货。”他抱怨。

驾驶室的隔音板缓缓下降，露出保安队长的脸。他严肃地看着沈岩和沈雪松，游移了几次之后，把目光落在了沈岩身上，“沈队长，接到总部的消息，德约科夫的访谈现场发生了爆炸，具体情况未知，但德约科夫博士生还的概率极低。总部决定升级安保措施，并且将您一家转移到安全地点。30分钟后会加派一支小队和我们会合。”

“明白了。”

小窗缓缓关闭，沈岩转头看着儿子，发现沈雪松脸色苍白，满头都是汗水。

“你怎么了？”沈岩把胳膊放在儿子的手臂上，“他们国家一直很乱，和咱们这儿不一样。加强安保只是走个形式，你别害怕。”

沈雪松像触电一样甩开沈岩，“别说了！你什么都不知道！”

在沈岩的印象中还没见过儿子这样，在最初的震惊过去之后，从胸口涌起的是愤怒。“我不知道？当然了，你什么都不和我说，我怎么能知道！15年前你离开地球的时候，我就是最后一个知道的，还是从别人嘴里。你和我说过吗？你把这个家放在眼里过吗？”

“你眼里还有家？”沈雪松反驳道，“我小的时候，你天天执行任务，一年就只有十几天在家，你眼里还有家？”

“这15年你没有一天在家！”

“五十步笑百步！”沈雪松冷笑。

“不许你这样跟我说话！”沈岩吼道，转过身，瞪着沈雪松。

透过儿子消瘦的颧骨，他的余光好像捕捉到了什么东西。他偏过头，透过茶色玻璃向外看去，一个黑影正在逼近。

一辆飞驰的大卡车。

沈岩整个胃都缩了起来，“小心！”他吼道，同时蹿起来扑到正准备反驳的沈雪松身上。

一声巨响，卡车撞在T79的车尾，两吨重的车像玩具一样横着飞了出去，然后开始在水泥路面上打滚。

头部、侧位、腿部安全气囊同时爆开，其目的是保护乘客不受致命伤害。但迅速爆开的气囊仍然像大锤一样打在沈岩的头部，他晕了过去。

一阵让人牙酸的金属撕裂声唤醒了沈岩，他睁开眼，蒙眬中看到光线从头顶上照下来。几只手从光线中显现，抓住沈雪松的胳膊，将他拖出车外。沈岩想拉住儿子，但是却控制不了四肢，只能眼睁睁看着儿子消失在光柱中。

再次清醒过来时，他发现自己躺在车厢外的地面上，一个年轻人正用力掐他的人中。

沈岩推开年轻人的手，自己爬起来，向周围看去，撞击现场留下了满地碎片，从破碎车体中流出的电池液发出刺鼻的味道。一些人正努力从第二辆安保车里救出人来。现场的外围，无数的人举着手机正在拍摄这场事故。

沈岩第一次对那些爱看热闹的人产生了好感，他走向人群，一个穿着冲锋衣的小伙子跨坐在摩托车上，拍个不停。

“拍到了吗？”

“拍着了，妈呀，我就听到‘嗵’的一声，吓我一跳，我赶紧……”

没等小伙子说完，沈岩劈手夺下他的手机。

视频在事故发生没多久就开始拍了，4个穿着牛仔裤工装夹克的人走向他们的车，其中两个掏出液压工具卸掉扭曲的车门，从中拖走了昏迷中的沈雪松。整个过程用时不到两分钟。

这是计划好的，他们有备而来，而且很专业。沈岩浑身颤抖，不是因为撞击之后的惊恐，而是因为愤怒，有人竟然敢在他生活的城市，在他的家门口劫走他的儿子，而且是在今天，儿子回家的第一天。

他看完视频，接着又看了一遍，那四个人身材高大，皮肤发白，似乎不是黄种人。一个境外团伙？沈岩皱起了眉头，这出乎他的意料。在视频的最后，四名劫匪将沈雪松塞进一辆黑色的福特超级锐界，顺着东岭南路离开了。

那是出城的路，不过现在这个时间正是堵车的高峰期，也许还能追上。

他把手机塞回小伙子手里，顺手接过他的摩托车。

“能借我用一下吗？”他冲着小伙子微笑，小伙子眼珠转转，举起手机和沈岩合了一张影。沈岩没有躲闪，拍完之后，他对小伙子点点头，顺着东岭南路追去。

从额头上流下的不知道是汗还是血，顺着皱纹渗进了沈岩的眼睛里，他抬手擦掉了，脑子里突然浮现出儿子对他说过的话。

“你什么都不知道！”

这句话让沈岩疑惑，他重新回忆了他们两个人之间的争吵。在他和沈雪松之间，所有的话题都会回归到谁更不在乎家这个问题上，但沈雪松第一次提“你什么都不知道”的时候，并不是指这个。

那么到底是什么？

沈岩追了二十多公里，远远地看到道路的尽头排起了长龙，堵车了。

他燃起了一丝希望，加快了速度。

可是很快他的希望就破灭了。

超级锐界被扔在路边，但空无一人。沈岩仔细检查了车里，没有任何线索，车子被很专业地清理过。

儿子到底招惹了什么人。沈岩从福特车上下来，环顾四周，这里是一个十字路口，有一座城市公园，一个小型购物中心，一个地铁站，两栋写字楼。劫匪可以从任何地方离开，直到这时，沈岩不得不承认，他找不到儿子了。

路上的车在缓慢行进，一辆面包车慢慢靠过来，车窗摇下，司机看着这个头发有些泛白、满脸是血的中年男人。

“需要帮忙吗？”司机问。

“什么？”沈岩还沉浸在自责和迷茫之中。

“你需要帮忙吗？”

“帮忙？”沈岩浑身一震，“对，我需要帮忙。”

他掏出手机，转身背对那个热心的司机，拨了一个他以为永远都不会再拨的号码。

“喂，是谁？”电话很快就通了，一个严肃的声音问道。

“老徐，是我，沈岩。”

电话那头沉默了片刻，“你他妈疯了！这是国安委的内部号码，你没有权限打。”

“你给我闭嘴，我的儿子被绑架了，我要你帮我把他找回来。”

这次沉默的时间更长，“什么？雪松不是刚刚回国吗？我还没有得到消息，需要再调查一下。”

“徐昊，你什么时候这么婆婆妈妈的了？你给我听清楚，我儿子被绑架了！”

“好吧，你需要什么帮助？”

“我要几个分析员，T市南区所有的监控视频，我现在在东岭南路和开发路的交叉口，劫匪在这里弃车转移了，我要找到他们。”

“我这就安排，你有怀疑对象吗？反火星联盟？”

“不，他们从来没有发生过暴力事件。劫匪似乎是外国人。”

“这样更好，我这就开始办……老沈，这事交给我们吧，你回家去。”

“这不可能。”

“你已经五十多了。”

“不需要你提醒，给我查清楚他们在哪儿，剩下的你就不用管了。我知道这里面有外国人，你不好办。”

“你等我电话。”

沈岩挂断电话，将摩托车放在路边，掏出200元钱塞在坐垫下面，车主会通过GPS找回车子。

他走进购物中心一层的快餐店，此时有几个顾客正在吃早点，没人注意到他。他在洗手间里洗掉了脸上的血迹，对着镜子沉思。他告诫自己要冷静，无论是解救人质，还是捕捉重点人物，他都做过，而且做得很好，他很自信，到现在还活着就是最好的证明。

可这次情况不同，被绑架的是他的家人，他的儿子。沈岩无法冷静，此刻他只想把眼前这面镜子砸碎来发泄。

手机及时响起阻止了沈岩的怒火，他接起电话。

“有一个好消息和一个坏消息。”

“你觉得我现在有心情开玩笑吗？”

“坏消息是他们避开了所有的监控，我们没有找到他们。”

“那么好消息呢？”

“感觉到了希望，对吗？”

“我宰了你！”

“我们的监听网络前一段捕捉到了一些流言，但始终拼凑不到一起，今天雪松被劫正好是这一大堆拼图的最后一片。”

“到底是谁干的？！”

“格林菲斯。”

“一个信息公司为什么要这么做？”

“前几天格林菲斯公布了火星返回舱的技术数据，你知道这些资料值多少钱吗？”

“你直说吧，我现在没心思猜。”

“是整个未来！火星返回舱所使用的技术有 429 项远远超过了地球现在的水平，如果这些资源，哪怕其中的一两项，被某个企业或者国家独占，这个世界的格局就要改变了。”

“嗯。”沈岩对这些不感兴趣。

“你知道技术的好处吗？虽然监控里没有那些人的踪迹，但是网络上有 1047 段那场车祸的视频，所有的角度都有，而且七成以上是高清的。”

“你就直接说结论吧。”

“劫持雪松的是欧洲的雇佣兵‘赤色小队’的成员，他们有时候会给格林菲斯干点儿脏活。有传言说他们正在计划一项名为‘盗火者’的行动。”

黑色头罩被拿开，外面的光亮让沈雪松一时睁不开眼睛。一个高大的身影站在他面前，沈雪松想抬头，可是肩膀传来一阵疼痛，他只好低着头，盯着眼前那双大号的高腰军靴。

“你好。”头顶上传来瓮声瓮气的声音，“沈博士，或者叫你……普罗米修斯？”

听到这个称呼，沈雪松慢慢直起了腰，以缓慢的速度变换着姿势，让自己能够和那人对视。

“我叫保罗·克罗克，你好像并不怎么惊讶？”

“德约科夫是你……”好友惨死的画面突然浮现在沈雪松的眼前，让沈雪松胸中燃起一股怒火。他动动手脚，发现手腕和脚踝都被尼龙手铐系在一起。不过这不要紧，只要“礼物”还在，这些都难不倒他。

“不，不，不。”保罗摆摆手，“我并没有谋杀你的朋友，重要的是，我的老板在看到德约科夫的事之后，才下决心由我出马来营救你。”

“营救？”

“没错，可能我的手段有些过激，不过当务之急是只有你和我们在一起，那个杀掉德约科夫的家伙才没办法对你动手。”

“我不相信你。”

“无所谓，我接到的任务是找到你，不是跟你交朋友。”

座位突然颤动了一下，沈雪松的注意力从保罗身上挪开，才发现两边圆形的舷窗和窗外波涛般的云朵。

“这是在飞机上？”

“没错，我的老板不想在你的国家出现，所以只能请你去其他地方了。”

沈雪松突然泄了气，在飞机这样狭小的空间里，即使他挣脱了手铐，也无处可逃。他叹了口气，收回“礼物”，只能等到飞机着陆再想办法。

经过八个小时的飞行，空客A330平稳地降落在了斯德哥尔摩阿兰达机场。沈岩长出了一口气，这次飞行很顺利，不需要高跳低开，不需要翼装潜入，也没有遭到炮火打击，连一丝大气湍流都没有遇到。但邻座中年妇女不停地在炫耀她周游世界的经历，以及前排男人浓厚的体味，比之前那些任务加起来还让他紧张。安全提示灯还没有熄灭，他已经松开安全带在出舱口等待了。

关于“盗火者”行动的内容，徐昊知道的也很少，只是怀着一丝希望让沈岩独自到瑞典追寻线索。沈岩必须自己完成所有的事情，连乘坐的客机都是他自己掏腰包买的票。

现在八个小时已经过去，沈岩心中的愤怒已经化为平静，但没有线索让他无计可施。一下飞机，他就给徐昊去了电话。

“有新消息吗？”

“一架从东京起飞的私人客机一个半小时前降落在了斯德哥尔摩，注册信息是格林菲斯旗下的一家分公司。”

“是雪松他们吗？”

“从时间线上看应该没错，但是没有足够的证据。”

“这么长时间你们在干什么？”

“我的人都在全力运作了，你应该知道这种事情没那么简单。”

“好吧，你给我尽全力就是了。”

“老沈，我现在手里有三份关于德约科夫事件的报告，这些报告表明，爆炸现场检测不到任何爆炸源。这次爆炸很可能是……”

“火星来的技术。”沈岩补充道。

“你心里有个准备，雪松不知道卷入什么事情里了。”

“嗯……”

“还有，通过对视频的分析，劫持者里领头的叫保罗·克罗克，是‘赤色小队’的骨干，这次他亲自出马，说明雪松在他们计划中有很重要的地位，暂时应该不会为难他。”

“你这么一说我不知道是该紧张还是该放松。”

“你先去格林菲斯公司的机场去看看，我再查查。”

“好的。”

从机场乘坐 20 分钟地铁就可以到达斯德哥尔摩市中心。一路上，各种疑问压在沈岩的心头，让他连呼吸都感到困难。

出了地铁站，纯净的阳光让他睁不开眼，但吸了几口北欧寒冷的空气之后，他乱成一团的脑子逐渐冷静下来。

他环顾四周，仍然一筹莫展。

这是一个以生活节奏慢而著称的城市，站在街头放眼望去，可以轻而易举地分辨出外地游客和本地人，斯德哥尔摩人从步伐、神态甚至说话的语气中都透露着满足而悠闲的懒散。

他在街边报亭买了份地图，开始思考下一步的行动，是租车前往私人机场探查一番，还是直接去格林菲斯在本地的分部。

中国和瑞典有 7 个小时的时差，时间又回到了上午 10 点左右。这给沈岩一种这一天永远不会过去的错觉。尤其是在这座城市，时间的流动仿佛变得极慢。街边的露天咖啡厅里，许多人正在享受上午的阳光，连他们面前咖啡杯里冒出的蒸汽，也慢悠悠地不愿飘散。

有那么一瞬间，沈岩感到很疲惫，他真想坐下来，喝点儿苦得让人难受的咖啡，吃上一口肥腻的热狗。

这时，马路对面一个人吸引了他的注意。那是一个西装革履的男人，正值壮年，打扮得像是金融行业的精英。那人坐在公交车站等车，公文包就放在身边，双手飞快地在手机屏幕上点按，但双眼却看着别的地方。

一个跟踪他的人。

沈岩又小心地打量了一圈，在离他一百米左右的地方，一个捧着热狗穿着兜帽运动服的人靠墙站着，热狗早就凉了，但那个人却没咬上一口。

情报会自己送上门的，沈岩心中暗喜，他迈开步子，沿着中心大道向下走去。

走了有六七百米，那两个人装作若无其事的样子仍然跟在沈岩身后。这下确定了，沈岩微微一笑，转身走进街边一条小巷。

西装男犹豫一下，快走几步来到巷子口，巷子里空无一人，早就没了沈岩的影子。他转身向“兜帽”使个眼色，手摸着后腰走进了小巷。

“兜帽”扔掉手里的热狗，也跟了过来。他刚走进巷口，隐身在他头顶房檐的沈岩一跃而下，用手刀砍在他的脖颈处，“兜帽”哼了一声栽倒在地。

听到身后的声音，西装男急忙转身，这时沈岩已经快步逼近到他的面前。西装男后退一步，动作麻利地掏出别在腰后的手枪。

但是沈岩比他还快一些，枪还没有举起，西装男的手腕就被沈岩牢牢地捏住了。他连忙抡起左拳打向那张黄色的脸。沈岩架开这一拳，顺势用手掌根砸在西装男的鼻梁上。他鼻子一酸，眼泪瞬间模糊了他的双眼。紧接着，一阵天旋地转，当西装男明白过来的时候，发现自己已经被摔在了地上，那个小个子亚洲人正拿着自己的枪，枪口正对着自己的脸。

沈岩用枪指着西装男，从他敞开的衣服里，沈岩看到一枚闪闪发光的警徽。

“警察？”沈岩一愣，他抬抬枪口，示意西装男站起来，“警察为什么盯着我？”

西装男鼻血横流，他啐了一口带血的吐沫，不说话。

“沈队长。”一个声音在巷口响起，“放下枪吧，一场误会。”

沈岩用枪指着西装男，小心翼翼地回过头。

一个三十多岁的男人站在巷口，身穿深色长风衣，双手插在衣兜里。在他身后跟着两个人，一个正在扶起被打晕的“兜帽”，一个正用枪指着沈岩。

这个人沈岩认识，在十七国联合反恐部队时共事过一段时间。

“奥图·尼尔森。”沈岩收起枪，送回到西装男手里，又拍拍他的肩膀。他面向奥图，“五个人？贵国对我的迎接有些过于隆重了。”

“看来还不够，”奥图责备地看着两个被击败的手下，“来吧，喝杯热巧克力，咱们叙叙旧。”

沈岩耸耸肩，“客随主便。”

他们来到路边的一个咖啡厅，二楼的阳台上阳光充足，四周摆放的盆栽植物在阳光照耀下显得晶莹翠绿，几个顾客正在享受悠闲的上午时光。可是四个魁梧的便衣警员一上来，顾客们就悄悄地消失了。

“说吧，为什么跟着我？”沈岩用餐刀切开一块烤薄饼放进嘴里，“在飞机上我就饿了，你不来点儿吗？”

“不用了。”奥图笑笑，“你的名字一出现在乘客名单上，情报部所有的警报就响了。”

“我一个退休的老头子，至于吗。”

“你可是大名鼎鼎的云狼特战队队长，一直排在重要人物名单的前列。说说吧，你到我们这里干什么？”

“旅游。”沈岩呷了一口咖啡，有点儿烫。

“你觉得我会相信吗？”奥图盯着他头上的伤疤说。

“好吧，我是来办些私事的，不会在这里惹任何麻烦。”

“你知道，按道理来说我应该相信你的。”奥图身子前倾，怀疑的目光凑上来，“但是今天同时有两个重要人物进入我国，我想这应该不会是巧合吧。”

“都有谁？”沈岩嚼着煎饼问。

“一个是你，还有一个是赤色小队的头号打手，我想你听说过他。”

沈岩手中的餐刀停了一下。

几年前在反恐部队时，沈岩认识了奥图，他是一个素质过硬而且绝对忠诚的战士，但是他的轻信和大嘴巴注定了他无法成为一个优秀的情报人员。沈岩还没开始向奥图套话，倒是奥图自己先说了出来。

“你知道的，我们和赤色小队没有任何瓜葛，他们不是只在欧洲活动吗？”沈岩说着，放下刀叉，向四周看去。四名警员分别站在他和奥图的身后，西装男站在他对面，鼻孔里塞着纸巾，泪水在眼眶里打转。

这时街上的行人稀稀落落，和国内比相差太多。沈岩端起手边的咖啡杯，像平时喝茶那样吹吹，一层稀疏的薄雾从杯中升起来。透过薄雾，他看到一辆双层旅游巴士正从街道的另一头缓缓驶来。

“我知道，只是趁这个机会和你叙叙旧，并且确认一下你确实……”

不等奥图说完，沈岩就将手中的咖啡泼在奥图的脸上。紧接着他用餐刀刺向站在他左边的警员，将他的右手钉在他的大腿上，让他无法掏枪。然后他回手一掌切在右边“兜帽”的喉咙上，“兜帽”停止了一切动作，双手捂着脖子，痛苦地艰难呼吸。沈岩闪身站在“兜帽”身后，从他腰里拔出了格洛克22式手枪。

对面的警员已经掏出了手枪，还在犹豫要不要射击时，沈岩在“兜帽”腰下扣动了扳机，子弹打在警员大腿上，他跌倒在地。

这时西装男才有所反应，他的枪向前指着，但是泪水模糊了他的视线，他挤着眼，什么也看不见。

沈岩跃过餐桌，右拳打在他的鼻子上，西装男惨叫一声晕了过去。

奥图用手抹掉脸上的咖啡，勉强睁开眼睛。发现沈岩双手抓着他的衣领，带着他从二楼平台跳了下去，正落在双层巴士上。

枪声引起一片混乱，沈岩用枪顶着奥图，随着四处逃窜的人群消失在街角。

斯德哥尔摩是一座水上城市，遍布小河和无数的桥梁。

沈岩带着奥图藏身于一座偏僻的桥洞下面。

“你要杀了我吗？”奥图背靠潮湿的桥墩，双眼注视着黑洞洞的枪口。

“当然不。”沈岩调转枪口，把枪柄递到奥图手里，“对不起。”

“这么说，你确实和赤色小队有关系。”枪的触感让奥图放心了不少，他犹豫了片刻，把枪收回腰间。

“我正在追查他们中的一个人。”

“保罗·克罗克？”

“是的。”

“见鬼！”奥图猛然醒悟，“我不该在你面前提起他的。”

“少说话，多办事。情报局的工作不适合你，我建议你立刻辞职，做个私人保镖什么的。”

“闭嘴，无论我辞不辞职，你都已经把我的工作毁掉了。”

“我很抱歉，但是我确实需要你的情报。”

“你必须给我一个理由。”

“他绑架了我的儿子。”

奥图看着沈岩的眼睛，似乎在确认他说的是实话。

“好吧。”过了十几秒钟，他终于下了决心，“格林菲斯在南方的山区里有一处格林菲斯的服务器节点，每隔一段时间才会有人去检查维护。但是最近从那里出入的车辆明显增多，赤色小队的人很有可能正在那里集结。”奥图搓着自己的手心，仿佛有什么脏东西粘在手上一样，“我会调开我的人一段时间，请不要惹出什么麻烦。还有，你救过我一命，这个人情我还清了。”

沈岩觉得十分愧对这个年轻人，他低下头，“对不起，谢谢。”

“没什么，幸好我遇见的是你，如果是别人，我泄露了重要情报，恐怕这时我早已没命了。”

沈岩点点头，准备离开。

“等一下。”

“什么？”

“我不能就这么回去。”瑞典人摊开双手。

沈岩明白了奥图的意思，他走到奥图身后，用手臂勒住他的脖子。

“你用咖啡毁了我一件风衣，还毁了我的工作，这次干漂亮点。”

“放松，很快的。”沈岩轻声说。

几秒钟之后，沈岩将晕倒的奥图摆放在桥洞底下，从他腰间掏出枪，扔进旁边的河水里。确定一切都妥当之后，沈岩快步离开了。

这个空间不大，环绕着持续不断的“嗡嗡”声，闷热得让人呼吸困难。

“这是什么地方？”沈雪松问。

“交货的地方。”保罗说，“20 分钟后，我的任务就完成了。”

被带进来的时候，蒙着头罩的沈雪松曾试着记路。小时候父亲教过他，别的孩子会和父亲一起玩打仗的游戏，而他的老爸只会将他真的绑架，让他试着自己找回家。虽然他知道自己不是普通孩子，但有时候，他也想过普通小孩的生活。

进来的路并不复杂，只有一条很长的有些潮湿的通道。空气中弥漫着微微的臭氧味，似乎有很多电器设备正在运行。

跟随保罗的6个手下已经分散到各处巡逻去了，眼前只有保罗一个人看着他。通向外面的门就在保罗身后，触手可及。

这是个机会，试一下吧。

沈雪松驱动“礼物”，那是他的同事雷蒙·菲尔兹的作品：纳米集群。

无数不可见的纳米机器人蚀断了绑住沈雪松的尼龙手铐，他等了一会儿，让酸麻的腿脚恢复了正常，然后猛地撞向保罗。

魁梧的雇佣兵被撞了个趔趄，他稳住身形，正要伸手去抓沈雪松，头顶上的散热管道突然炸开，滚烫的蒸汽喷涌出来，将他阻在房间里。保罗·克罗克只能透过浓厚的蒸汽眼睁睁看着他的“货物”消失在那扇小门之后。

沈雪松奔跑在狭长的走廊里，回到地球之后他还是第一次这么剧烈运动，闷热的空气让他胸口发闷，心脏狂跳，他的双腿越来越软，好像回到了低重力的火星。出口就在眼前，沈雪松毫不在意自己的脚步声像鞭炮一样在走廊里回响。

眼看就要跑到门口了，门突然开了。一个穿着赤色小队样式多兜马甲的身影出现在门前。绝望笼罩了沈雪松，他停下脚步，靠着走廊墙壁，不去看那个赤色小队的打手，大口地喘着气。

那个人开口了：“雪松，你是怎么跑出来的？”

“嗯？爸，怎么是你？”

“我是来救你的。”

“你怎么穿着他们的衣服？”

“这鬼地方太冷了，我从门口卫兵身上扒下来的。”

“爸，我有些话得对你说。”

“回头再说吧，我们赶快离开这里。”

“站住！”一个声音在走廊深处响起，保罗·克罗克的身影浮现出来，手中P90的枪口在沈岩和沈雪松之间来回跳动。

“保罗·克罗克。”

“沈队长。”

“你的人都倒下了，你的任务失败了，接受现实吧。”沈岩用身体护住儿子，冷冷地看着枪口。

“枪可是在我手上。”

“你是不会向他开枪的，我知道他的价值。”

“请开枪吧。”沈雪松说，他从沈岩身后绕过来，走在枪口前。

“你干什么？”沈岩拉住儿子，“这不是逞能的时候。”

“我早就做过手脚了，他的枪没有扳机。”

保罗警惕地检查自己的枪，食指才轻轻一碰，P90的扳机就化成一片粉末落在了他的手上。

“这是怎么回事！”

“和我的手铐，还有房顶的散热管一个道理。我在到这里之前就解除了你们的武装。”

“好吧。”保罗扔掉手里的枪，从腰间抽出一柄猎刀，用手指弹了弹，猎刀发出清脆的响声，“你还给我留了这个，任务还没结束。”

沈岩拍拍儿子的肩膀：“你先走吧，这里留给我。”

“爸。”

“你还不相信我吗？”沈岩笑笑。

沈雪松向后退去，沈岩和保罗·克罗克相视而立。

“沈队长，你还记得4年前的伦敦吗？”

“当然记得。”

“那是我弟弟。”

“我知道，他杀了 11 个人质，包括两个小孩。我开枪的时候故意压低了枪口，子弹打在他的肝上，他在我脚下挣扎了 10 分钟才死。”沈岩缓慢地说。

“现在，这成了私人恩怨。”

“你敢绑架我儿子，这早就成了私人恩怨。”

走廊里越来越热，在他们头顶，格林菲斯的大型服务器群正在中度负荷的工作状态，本来运转良好的散热系统被沈雪松为了逃跑开了个洞，破损形成的气阻让热量无法散发出去。高温报警系统发出了警报，尖利的啸声在走廊里回荡。

沈岩和保罗·克罗克大吼一声，扑向对方。

沈雪松撒腿向外狂奔。

出了地下走廊，爬上盘旋的钢制楼梯，经过英灵纪念堂一般肃穆的服务器群，推开沉重的玻璃大门，沈雪松终于跑出了服务器站，冷空气扑面而来，随着他的呼吸一直深入肺里。在他身后，服务器站里聚集的热量终于找到了出口，热空气喷涌而出，在地面上形成大片白色雾气。

在雾气中，沈雪松看到一个人形的空间，任由雾气在周围流动，但那片空间却始终没有改变形状。

“雷蒙！”沈雪松叫道，紧接着浑身像触电一样剧烈地痉挛起来，重重地摔倒在地上。

透明人影渐渐显露出颜色，正是雷蒙·菲尔兹，从火星返回的另一个科学家。

“我竟然不知道你还有这么一个难缠的爸爸。”雷蒙俯视着沈雪松，皱着眉头说。

“这是为什么？”

“为了回家。”

“我们不是说好了……”

“说好了什么？将火星的技术带回地球，分享给全人类，然后宣布火星从此脱离地球，不再让地球上各国势力之间钩心斗角，然后在火星上建立一个共同进退的群体，由我们这些科学家组成新的人类？”雷蒙冷笑，“没错，我们是这样约定的，我也确实相信这些话。我们在火星基地，每个人都取得了前所未有的成绩，我们的成果至少比地球超前 150 年，而且，没有地球的拖累，我们还会进步得更快，这我不否认。”

“那你为什么……”

雷蒙眯起眼睛，若有所思地看着远方的天空：“你吃过双层牛肉煲吗？热得烫舌头的芝士，煎得冒油的牛肉饼，还有脆脆的酸黄瓜。这 15 年我都没有想过那东西，但是只要吃一口，我就意识到我属于地球，而不是火星那个鸟不拉屎的地方。”

“可是我们的理想，人类的未来……”

“我只在乎我的未来，我和格林菲斯已经达成了协议。将我们三个人的‘最终礼物’交给他们，他们就会给我没有上限的资金使用权，我要把这些年失去的补回来。”

“三个人……”沈雪松突然想到了什么，“德约科夫是你……”

“没错，他一直随身带着你的‘礼物’，只要我的纳米集群悄悄地启动它，格林菲斯就能亲眼看到我们的成果。”

“你这个……”沈雪松气得满脸通红，却说不出一个脏字。

“嗨！你要干什么？”随着一声大喊，沈岩出现在雾气之中，他左肩印着一大片血迹，裤腿和袖子上有多处破口，透过口子可以看到他身上深浅不一的伤口。他左手拎着一把猎刀，那把刀曾经属于保罗·克罗克。沈岩似乎拼尽全力才能保持身体平衡，唯有眼睛充满了愤怒和杀意。

“站在那儿别动，我的纳米集群已经控制了你儿子的身体，想让他……”雷蒙的声明被硬生生斩断，他用难以置信的目光盯着插在自己额头上的刀，向后摔倒，没有了呼吸。

沈岩的左手空了，他向儿子走去，嘴里自言自语：“什么纳米乱七八糟的，我不懂，我只知道你在欺负我儿子。”

雷蒙倒下后，沈雪松重新控制了自己的身体。纳米集群原本属于沈雪松，数以亿计的纳米机器人在他的体内流动，随时可以修复伤口，或者排出体外做一些小活，但发明者的权限高于一切，所以雷蒙可以轻松地控制沈雪松体内的纳米集群。

扶起儿子后，沈岩注视着沈雪松：“现在可以说说你们的事了吗？”

沈雪松叹了口气，没有回答父亲的话，而是弯下腰，从雷蒙身上剥下一层塑料薄膜式的衣服，将它叠好，夹在腋下。

“这是德约科夫的发明，光学迷彩。他之前当过兵，脑子里充满了备战的思想，有了空闲就研究这个。这次回到地球，他把这件光学迷彩作为个人‘礼物’带回来，打算献给地球。”沈雪松抬起头，看着父亲，“我们三个人，每人一件礼物。”

“所以你们被称为盗火者？”

“……是的，火星会对我们的行为保持沉默，我们就像是为人类盗来了火种的人。”

“为什么是你们三个人？”

“德约科夫的武器，雷蒙的纳米集群是很好的医疗工具，还有我的发明，能够提供充足的能源。我们从很多方面考虑过，当然，我是自愿做这件事的。”

“德约科夫的礼物为什么在雷蒙身上？”

沈雪松苦笑一声，“我们还不够相互信任，所以我们三个人互相交换了礼物，这样每个人身上就有两件发明，如果我们三个有一个人变卦，也不至于失去哪一项。”

“幼稚的想法。”

“您说的没错。”沈雪松看看死去的雷蒙，“我带着雷蒙的纳米集群，雷蒙带着德约科夫的光学迷彩。而德约科夫身上带着我的可控反物质能量炉……”沈雪松抬起手，伸出两个指头，比出七号电池那么长的一段距离，“只有这么大，可以提供一个城市的能源。可是……我的发明害死了德约科夫。”

“我听到雷蒙说的话了，但我还是想问你，为了什么。”沈岩直视着沈雪松，似乎在看一个陌生人。

“我现在……不那么确定了。在火星的时候，我们没有国界、没有等级，所有的科学家可以相互探讨，一起研究。我们的大脑摩擦出的火花简直比过年时的焰火还闪亮，这么多年我们取得的进展是在地球上想都不敢想的，我一直以为那才是我想象中的家。”

沈岩觉得嗓子被什么东西堵住了，他轻轻咳了一下。

“但是雷蒙说的也对，地球才是我们长大的地方，虽然离开了十五年，但我一落地就体会到了那种说不出的感觉，我就是属于这儿的。”沈雪松接着说，“现在，我不知道哪儿才是家，我应该忠于哪里。”

“傻孩子，”沈岩拍拍儿子的肩膀，“我和你妈那里，才是你的家。我们不需要你忠于我们，即使你讨厌我，离开我十五年，可那里还是你的家啊。”

“可是……现在我……”

“可是，现在你还不能回家。”沈岩突然说。

“为什么？”

“你看看，为了得到你们的礼物，那些人都用了什么手段。现在三样东西都在你身上，你就像一个会走路的靶子，全世界都会盯着你。”

“那我该怎么办？”沈雪松看着沈岩，北欧的冷风吹在他的身上，让他瑟瑟发抖。

沈岩看着儿子，突然想起几十年前，十岁的小雪松追着他问这问那的情景。十岁过后，沈雪松的智力突飞猛进，十五岁就完成了大学的所有学业，沈岩再也没有在儿子眼中看到过那种迷茫无助的神态。

“现在儿子需要我。”沈岩想，但是他无能为力。

沈岩从儿子手中拿出光学迷彩，把它披在儿子身上。

“你需要一个人生活一段时间了，如果火星基地的人确实有和你们相同的想法，我想很快地球和火星之间将会有一场战争。那个时候，无论你向着哪一方，你都是地球和火星之间唯一的桥梁。”

“可是……”

“走吧，以你的智商还饿不死，也许反火星联盟是一个好去处，他们是最害怕火星的人，同时也是对火星最感兴趣的人。时机成熟了，你可以偷偷回家看看，反正你有光学迷彩，让你妈给你炖红烧肉吃。”沈岩微笑着说，好像在哄十岁的儿子去上学，可是他的眼睛已经有些模糊。

“爸……”

轰！

他们身后的服务器站突然传出一声闷响，自动设施已经无法阻止急剧升高的温度了，服务器室的地板还在变软、熔化，电路烧结在一起，冒出点点火花。

“快走吧。”沈岩摆摆手。

沈雪松点点头，倒退着走开。

又是一声闷响，比刚才更响，甚至连脚下的地面都开始颤抖。

“快走吧！”沈岩再次催促道。

沈雪松再次迈开步子，在他的身后，一个魁梧的身影猛扑上来，用粗壮的手臂勒住了沈雪松的脖子。

满身血污的保罗·克罗克藏在沈雪松身后，一只眼睛警惕地看着沈岩。而他的另一只眼睛，被一道从额头到耳根的伤疤贯通，无法睁开。

“保罗，任务结束了，场面弄成这样，格林菲斯不会承认你的。”沈岩缓慢地说。

“不，我早说过，这已经成了私仇。”

“没错，我饶了你一命，咱们也应该扯平了。”

“没那么简单。”保罗向地上吐了一口痰，“今天不是你杀了我，就是我杀了你。”

“你错了，”沈岩仍然不动声色，“是他杀了你。”他向儿子点点头。

沈雪松浑身颤抖，这不是一个轻易就能下定的决心。他驱动纳米集群，通过保罗勒住他的手臂，渗入高个雇佣兵的皮肤、血管、神经。

他一声令下，保罗失去了对自己身体的控制，重重地倒在了地上。但是沈雪松只是让他失去了意识，在他眼里，杀人永远不是一个选择。

“爸！我……”沈雪松挣脱保罗，抬起头，眼前只有白色的蒸汽，早已没有了沈岩的身影。

“爸！”沈雪松再次叫道，透过蒸汽，他似乎看到一个瘦小的身影正在缓慢地离开，他又叫了几声，那个影子没有减速，也没有回头。很快又是一声闷响，大地裂开了细小的缝隙，蒸汽涌出来，阻隔了那小小的影子，沈雪松什么也看不到了。

又是一次爆炸，沈雪松知道无法留在原地了，他在大雾中辨认出方向，快步离开了这个地方。

此时斯德哥尔摩的夕阳不会落山，它停留在地平线上，滚动着，像一个还未成熟的青涩苹果，等待着黎明的到来。

在沈雪松的身后，服务器站终于积累了足够的能量，一声巨响过后爆发出来，发出了如同家乡傍晚时夕阳粉红色的光辉，以及夏天一般的温暖。

随着这声爆炸，服务器中存储的7.9EB[①]资料化为乌有，其中分散储存的47项火星技术遭到了破坏。

奥图·尼尔森带队赶来时，在狼藉现场，只发现了雷蒙·菲尔兹的尸体，以及两行向相反方向离开的脚印。

---

① EB：Exabyte，艾字节；存储单位，万进级计数法中是“百京”字节。

星际逃杀

文 / 刘洋

第一次火星独立战争爆发的时候，我正在“阿瑞斯 13 号”采矿飞船上做机械手操作员。这是一艘相当老旧的飞船，它的前身大概是一艘私人游艇，其动力来源仍然是几十年前装备的内燃机。虽然改装后采用了新式的离子喷射引擎，但是电离系统老是出问题，动力的不稳定导致机械手经常卡在那些矿床的缝隙里。我不得不一遍又一遍地从封闭的舱体里爬出来，穿着廉价的太空服，手持射绳枪，在小行星带那危机重重而且高辐射的真空里，徒手与那些坚硬的岩石搏斗。每当这时，我都会忍不住大骂公司高层的那些吝啬鬼，连买新式飞船的钱都舍不得花，同时下定决心，等下次休假回家的时候，一定要另外找一份体面点儿的工作，再也不回这该死的铁疙瘩上了。

骂声在我的太空服里回荡，一点儿也渗透不到那寂静的外部空间去。可是我还是一直骂着——除了这骂声，在这个世界上我再也听不到别的声音。我调节好发射速度，瞄准，然后看着尖锐的枪头从射绳枪的箭筒中窜出，旋转着刺入机械臂周围的矿石中。石屑飞溅，可是一丝声音都没有，我仿佛在看一出情节单调乏味的老式的默剧。这弥漫的冷寂让我害怕，如果不是偶尔还有周围的工友和我说几句话，我想我大概很快就会疯掉。

“该死，我的爪子又卡住了！”我把话筒调到通话频道，大声喊道。

我估计了一下延时，大概 10 秒钟以后我就可以听到别人的回话——通常那只是一些不痛不痒的安慰之语，但我却可以借机打开话匣子，和他们聊点别的事情来打发时间。可是这次好像有点不对劲儿，我只听到耳机里传来奇怪的杂音，间或还夹杂着类似碰撞造成的嗡响。

“喂？……有人吗？”我再次试探着问道。

耳机里接着出现了太空服漏气的“嘶嘶”声。这声音让我不寒而栗。我发誓如果这是哪个家伙开的玩笑，这次回去后他就死定了。就在我惊疑不定的时候，杂音突然消失了，一个惊恐的声音像炸雷一般在我耳边响起：“快跑！他们在抢矿……”

声音突然中断了。与此同时，雷达提醒我，有一艘不明飞船正在快速接近我的位置。就在我望向那个方向的时候，一小块圆柱形的物体猛地从我身前几公里的地方掠过，随后击中了我下方的小行星，汹涌的气体冲击波随后将我裹入其中。

我下意识地抓紧了身上那连接着飞船的钢索，这让我像失控的风筝一样在空中旋转、颤动着。

风暴过后，我挣扎着回到采矿船。顾不得再管那被卡住的机械臂，让它和飞船脱离后，我立刻启动了推进引擎，将加速度推到最大。巨大的超重感并没有让我感到安心，因为从雷达上看，后方的飞船仍然在一点一点地靠近我。

事后我才知道，那些家伙正是来自地球的政府军。他们毫无预警地攻击了小行星带里的数十个矿场。自从火星单方面宣布独立以来，这些隶属于火星开发公司的矿场就再也没有向地球联邦交过一毛钱的税。然而当时我什么也不知道，对于这一切只感到荒诞和不真实。在敌人的追击下，我一心只想着逃。

我听到采矿船的老旧铁壳在惯性的挤压下发出令人惊恐的细碎声响，像是要散架了一般。恐怕这艘老爷船已经很久没有这么放肆地奔行过了。我灵活地绕过那些位于矿场周围的悬浮碎石，试图利用熟悉这里环境的优势摆脱追击者。有一段时间，我确实拉大了与后方飞船的距离，但每次一进入空旷地带，它就立刻以更快的速度追了上来，像影子一样紧跟在我身后。

随着时间的流逝，我已经渐渐远离了矿场，进入了小行星带的边缘。追击者仍然紧跟在后。我始终不明白为什么他一定要追上我，不明白击毁这艘采矿飞船对他有何意义。也许是追击的过程让他体会到了某种乐趣，抑或是不断被这样一艘破旧飞船带着遛弯激怒了他，总之，他似乎下定了决心，不管我逃到哪里，他都会一直追下去。

一旦离开小行星带，我将无路可逃。当我认识到这点的时候，飞船正好位于一颗孤零零的小行星周围。我记得这颗小行星，一个月前我还在它上面钻探过矿石样本。在公司的记录册里，对其评级为B+。这颗小行星刚被发现的时候，还曾引起过很多人的注意。因为其直径只有 0.54 公里，可是表面重力加速度却达到了 3 个 g[①]——这意味着它具有异常高的密度。要知道，一颗同样大小的由冰和碎石结合而成的小行星，其表面重力加速度可以忽略不计。钻探的结果显示，虽然其富含铁、镍等重金属，但还远不足以形成如此高的密度。最后通过声呐探测发现，在这个颗行星的核心处有一个异常致密的小块。我们推测其可能是一颗白矮星的碎片。这颗小行星就是由附着在这个碎片上的星际物质逐渐形成的。

看到这颗小行星的那一刻，我做出了一个不得已的决定。我让飞船减速，进入了这个颗行星的环绕轨道，然后逐渐降低高度，想找一个平坦的地区实施降落。激光扫描的结果让我有些惊讶，因为这颗小行星表面相当平坦，在几十公里的扫描区域内，地面的高低起伏不超过一米。一般来说，小行星的地貌都是非常奇崛的，因为其微弱的重力不足以使其维持一个完美的球形。但是因为这颗星球的重力很大，再加上它本身不会自转，也没有任何活跃的地质活动，这才导致它形成如此平整的地表特征。

降落过程非常顺利，甚至没有产生太大的颠簸。飞船一停下，我就穿着宇航服溜了出去。小行星的地表有一层薄薄的碎石，非常坚硬，踏上去一点脚印都留不下。这对我身后的追踪者很不利。我迈开脚步，费力地向远处走去。刚从无重力的太空中来到这里，身体很不舒服，心跳也减慢了，像是要停止跳动了一样。头昏昏沉沉的，大概是缺血的缘故。我躺在地上，休息了片刻，身体才慢慢适应了一些。我知道不能再继续待在这里，于是强迫自己爬起来，继续向前面走去。这里的重力是地球的三倍，行走的时候感觉像是背

① g：重力加速度，物理名词。

着两个人在前行，非常辛苦。

追踪者应该已经发现我的飞船降落了，我希望他能够就此离去，不再与我纠缠。可是在我离开飞船后不到十分钟，我就听见一阵巨大的轰鸣声在我后方响起。那是追击者的飞船缓冲降落的声音。我苦笑一声，只好继续向前方跑去。

即使在一颗直径只有半公里的星球上，要找到一个人也绝非易事。我一边这样安慰自己，一边四处寻找可能的藏身之地。虽然这里地势平坦，连一个小土丘也没有，但是在某些地方还是有一些狭小的裂缝或坑洞。我艰难地前行了几百米，来到了这颗星球的另一侧，终于找到了一个便于藏身的地洞，不大也不小，钻进去之后正好可以让我把身体蜷起来。

刚开始四周安静极了，只有我的呼吸声在头盔里回荡。我的身体沉重极了，手脚没一点儿力气。我蜷在洞里一动不动，细心地留意着周围的动静。时间一分一秒地过去了，什么事情都没有发生。一种莫名的安全感渐渐笼罩了我。一个念头开始出现在我的脑海里：他是不是走了？因为他找不到我，他终于放弃了。这样的念头越来越强烈，我竭力压抑着想要探出头去看一眼的冲动，闭上眼睛，做了几次深呼吸。

我的谨慎是对的。在我藏起来后约莫半个小时，我感到了岩石里传来的一阵异常的声响。细微的震动透过宇航服传导到我的身上，虽然声响不算大，却很明显。那声音的源头离我并不太远，很像我之前拿射绳枪打进岩层所产生的震动。我愣了一下，很快就意识到那是他用手枪在向着地面胡乱射击造成的。

枪声大概每分钟响一次。子弹击中的位置离我时远时近，我仔细地感受着岩层中传来的震动的大小，盼着他早点离开这附近。可是事实并不如我意，岩石中传来的声音越来越清晰，很明显他正一步步接近我的藏身之处。我怀疑他可能发现了一些蛛丝马迹，或者是这里大量分布的地下裂缝让他起了疑心。我有些后悔当初的选择，应该再多跑一段路，尽量离降落地点更远一点。现在要不要再冒险重新出去，转移到另外的地方呢？我犹豫着，终究没敢出去，因为那样很可能轻易地就被他发现了。

就在我犹豫不决的时候，最危险的一刻突然到来。我面前的一块岩石突然爆开，溅起的碎屑狠狠地甩到我的身上，害得我差点喊出声。虽然喊出来也无所谓，在没有大气层的情况下，他也很难听到我的声音，但我还是把呻吟声吞了下去。我一度怀疑他发现了我，身体不自觉地绷得紧紧的，随时准备跳出地洞。我甚至设想了几种反击的方案，可是没有一种让我满意。

幸而这只是一次意外。随后子弹的命中点又重新移到了别处，看来他并没有发现我的位置。

我松了一口气，这时候才发现内衣竟然已经湿透了，黏黏地贴在背后，很不舒服。可是我的手伸不进宇航服里，只好暂时先这样忍耐着。为了转移注意力，我开始观察那块被子弹击中的岩石。一个不光滑的弹坑就在我的眼前，我伸手量了一下，大概有两厘米深。嵌在里面的子弹还有些烫，毕竟岩石并不是一种良好的热导体。

90米/秒。我脑子里突然蹦出了这个数据。

那是子弹进入岩石前的速度。无数次将射绳枪刺入岩石的经历让我对不同射速对岩石造成的影响格外敏感。我回忆了一下这颗星球的岩层的硬度数据，再次看了看子弹冲击造成的痕迹，确认了刚才得到的速度值，同时估计了一个误差：正负不超过1米/秒。对于手枪子弹来说，这个速度非常慢。我猜那一定是为了适应太空环境而特制的手枪，因为在低重力下不能使用后坐力太大的武器，那样很容易偏离方向。

突然，我觉得有些好笑。在这么紧要的关头，我竟然还在计算这些无聊的数据！看来我真的是做矿工太久了，这次如果能逃脱，回去我要重新找一份正经的工作。

我重新躺回去，闭上了眼睛。

就在这时，一个奇妙的点子开始在我的脑海里隐隐地浮现——刚开始我并不知道它是什么，只有一个模糊的概念，或者说猜测，但随着我凝神细思，它便一点一点地变得清晰起来。90 米/秒，加速度为 30 米/秒，0.54 公里，这三个数据不停地在我脑子里打转，似乎它们之间有某种隐秘的联系。一个又一个公式在我面前组合而成，然后又像拼图一样散开，重新变得一团凌乱。

然后，在某个瞬间，它突然出现了：那么清晰、那么整洁、那么漂亮！三个数据完美地拼合在了一起，如神迹一般。我良久地凝视着半空，看着那不存在的公式，不敢相信自己竟然如此幸运——那简直是上天特意为我留下的逃生之路。

接下来就是对我的勇气和魄力的考验了。老天既然给了我这条路，那我无论如何都应该去尝试一下。因为我知道，照这样下去，他迟早会找到我的。

我让自己急促的呼吸平复下来，然后慢慢向洞口探出头去，朝着四处看了看。我看到了他：一个黑影，在我右手方向，大约一百米的地方。就是这个家伙，将我逼入了如此绝境。

“该死！”我恶狠狠地骂了一句，然后猛地从洞中冲了出来。

他似乎正看向别的方向，还没有发现我的踪迹。我站在原地一动不动，等着他转身。

“冲我开枪吧，老是往地上打，算什么本事。”我恨不得冲他大喊一声。

几秒钟后，他发现了我。看到我之后他似乎还愣了片刻，似乎被我的突然出现吓了一跳。可是在下一秒，他马上就恢复了冷静。我看见他举起了手枪，迅速瞄准我，然后身体猛地一顿，想必是扣动了扳机。

在他开枪的前一瞬间，我下意识地向地面蹲去——虽然这并没有太大作用。现在，一切都取决于他的枪法了。如果他是个神枪手，能够凭借一把手枪，在一百米外命中我，那我只能自认倒霉。

还好，神枪手不是到处都有的。

子弹没有击中我。

开枪之后，他没有向别的地方移动，仍然站立在那里，直直地望着我。毕竟在这个星球上，每移动一步都是很费力的事情。他似乎被我蹲下的动作弄迷糊了，搞不清楚我到底被击中了没有。

我也撇着眼，看着他，心里默默倒数：

18，17，16……

他犹豫着向前走了一小步，然后又停了下来。

……9，8，7……

终于，他似乎确定我还活着，重新举起了握着枪的右手，想要再补上一枪。

……3，2，1！

倒计时结束。我抬起头，定眼看着他。

一股空气像箭一样从他的宇航服里冲了出来。他倒在地上，抽搐了几下，然后就再也不动了。

我松了一口气，彻底瘫倒在地上——我到底还是赌赢了。

$$v^2=gR$$

这是第一宇宙速度的计算公式。把这个星球的重力加速度和半径的数值代入公式，计算出的速度值大约为 90 米 / 秒——正好是手枪子弹的速度。

追击者沿着水平方向射出的子弹，在绕过这颗星球一圈之后，正好击中了他自己。这并非巧合，而是注定。从出膛的那一刻起，子弹就成了这颗星球的一颗迷你卫星，它会沿着一条圆形轨道绕着这颗星球作周期运动。从理论上来讲，追击者向任何一个方向水平射出的子弹，最后都会击中他自己。环绕轨道总会闭合的。

我站起来的目的，就是为了让他射击的方向趋于水平。

而周期，或者说子弹绕这颗星球飞行一圈的时间，正好是 18 秒。

冰冻惑星

文/焦策

序　叶卡捷琳堡郊外

大火是从半夜开始燃烧的，短短一个晚上，过火面积就已经达到了一百六十平方公里，整整四个街区都在燃烧。此时，正值俄罗斯的初冬，叶卡捷琳堡已被厚厚的积雪覆盖。

远处，在视线消失的地方，天与地连成了一片，好像是一层厚厚的帷帐把整个城市裹得严严实实。从城市里升腾起来的黑色烟柱直冲天际，火光把叶卡捷琳堡的黎明染成了诡异的琥珀色。

在城市外面的小山丘上，一个老人望着燃烧的城市发呆。他脸上黑乎乎的，像是刚从火场里逃出来。在他身后还有几个人，有的站着，有的坐在雪地里，脸上和身上都极为狼狈。

忽然，几辆军车停在了距离他们不远处，从车上下来了几个人。为首的是一个中年军官。他向这边望了一下，快步朝老人走过来。

“伊万。”中年军官对老人说，“这是怎么回事？”

老人没有搭话，两眼依旧望着远处的城市，目光呆滞。

军官抬眼打量着旁边的这些人，一脸的冷漠。

这时，人群中有个女人站了出来。

“实验失败了，电厂着火了……”

“失败！？”军官回头看了看燃烧的城市，“你们烧掉了半个叶卡捷琳堡！”

所有的人都低下了头。

军官转向老人，没好气地问道：“伊万，究竟是怎么回事？”

老人把目光收回，看着中年军官，摇了摇头说：“就差一点点，就差一点点……但是电力却出现了故障，负荷过载，实验场全毁了……”

军官没有露出任何表情，依旧冷冷地问道：“那东西呢？也毁坏了吗？”

老人转过身，拨开人群，一个黑色的铁箱子安静地放在人群当中。

“东西救出来了，在箱子里。”

军官听罢皱了皱眉，他瞅瞅箱子，然后向身边的另一个年轻的军官命令道：“安德鲁，找几个人把箱子抬上车。”

身后几名士兵过来就要搬箱子，人们立刻把箱子围了起来。

“你们要干什么？”刚才的那个女人喊道，“不许拿走我们的实验成果！”

老人一屁股坐在箱子上，嚷道：“绝对不行！”

中年军官见状，迈步走到老人面前，冷静地说:“伊万，我不管事故怎么处理，我现在就想要实验结果。显然，你们已经给不了我。”

“格拉西姆上校，请听我说……”老人用手抹了抹脸上的雪，并把冻得发硬的头发捋到脑后，“实验还是有进展的，我们发现激光所触发的标本状态同实验能级同步增长，而且我们已经把实验数据全都抢救了出来，只要能够找到更大的激光脉冲实验场，就能还原全部实验结果！”

“伊万博士。”中年军官斜眼看了看老人，指着远处的火场，讥笑道，“最大的激光脉冲实验场，已经被你们烧毁了。”

老人焦急地挠着头，喃喃地说:“或许……或许我们可以借用其他的……”

军官不再理会他们，转身准备离开。士兵们一拥而上，强行把箱子拖了出来。

就在这时，老人猛地喊道:“中国！可以去中国！！”

军官并没有停下脚步。狂风席卷着大片大片的雪花呼啸而过，此时，叶卡捷琳堡的琥珀色火光照亮了东方。

甘肃兰州　微光研究所光学偏振实验基地

“这绝对不行！”微光研究所所长卢进大声拒绝。

“不能再等了，所长。”凌倚苏焦急地说，“所有中量级设定都试过了，现在如果不提高实验能级，我们的工作就白做了。”

“那也不行。”卢所长答道，语气沉稳而不容置疑。

“怎么就不行了？”

卢所长皱了皱眉头，说：“因为组织上还没有最终批准。”

“可是相关单位都已经同意了，而且我们还有省里的特别批文，哪个组织不允许了！”凌倚苏厉声反击着。

“中央不批！”卢所长的声音提高了八度，依然斩钉截铁。

凌倚苏有些气急败坏，她把手中的文件猛地扔到了桌子上。

“中央禁止的是人体远距离传真，和我们的实验没直接联系呀。”

卢所长缓缓地从椅子上站起来，反剪着双手向前走了几步，背对着凌倚苏。

“人体传真是一级学科，远距离传真和信号解析同为二级，有没有联系，你自己心里最清楚。打擦边球也要有个限度，现在有人保你，可不一定时时都会有人帮你顶雷。”

“我不管，设备都已经准备好了，哪怕是受处分，我也要进行。”她用手撩了一下嘴角的头发，“明晚我就开始。”

这一次卢所长并没有立刻反驳，他低着头沉思了几分钟，继而问道：“提高实验能级，你能保证成功吗？”

凌倚苏见他有所松动，立刻毫不犹豫地说：“我敢保证，因为从前几天俄国人提供的实验报告来看，激发曲线是随着能量的提高而波动的，只要能在最高能级下持续几分钟，我想会有意想不到的结果。”

“最高能级？”卢所长转过身，看着凌倚苏，“你打算用多少？”

“200 万千瓦。”

卢所长听完，半天没说话。

凌倚苏假装没看见，接着又说：“我知道这是咱们的机组能负荷的最大功率，但我觉得这次很有必要，因为……”

“够了！”卢所长喊道，“100 万千瓦已经算是高能级了，再加一倍你知道意味着什么吗？”

凌倚苏不以为然地把头转向一边。

“绝对不行，你这是拿咱们的事业开玩笑。”

“我觉得……”凌倚苏平静地说，“这次试验就是我们的事业所在。”

说完，凌倚苏头也不回地走出了办公室。

两天后　微光研究所实验场

“吊车再过来一点！小心，吊臂慢点放！对，对！”

今天，实验场上格外忙碌。凌倚苏站在人群当中，戴着安全帽，大声地指挥着。

广场的四周布满了大型变压器，像卫士一样环绕在实验场外围。如碗口粗的电缆从每个变压器下面延伸出来，密密麻麻地全部走向实验场的中心位置，从远处看实验场好像一张黑色的蜘蛛网。而凌倚苏此时就在这张蜘蛛网的正中心。

实验场中心有六根月牙形立柱，环绕着一个圆形实验台。每一根立柱的内侧都有一个全反射的镜面，而实验台上则放置着一个黑色铁箱子。

凌倚苏正在忙碌着，卢所长从她身后走了过来，他上下打量着这个实验台，满脸的疑惑。

“小凌，我怎么从没见过咱们所有这样的激光实验装置？”

凌倚苏回头一看是所长，于是笑着说：“这是国际上最新式的激光诱导发生器，比传统装置产生的激光要高好几个能级，目前也只有咱们这里在使用。”

卢所长转过身，疑惑地问她：“为什么？”

她摘下安全帽，用袖子擦了一下额头上的汗珠。

“因为这种装置的应用范围比较窄，它使用的是一套和传统设备完全不一样的分析光谱，虽然我们产生的激光级数比较高，但是涉及实验数据分析的时候，运算过程会以几何级数增长，如果再要借大型计算机运算，就太得不偿失了。因此只能借助这个设备。”

“你从哪儿弄来的？”

“找朋友借的。”

卢所长心里很不高兴，他根本就不知道凌倚苏动用私人关系借设备这件事。他抚摸着月牙形立柱，发现自己的身影在它全反射的镜面之中变得很诡异。

“知道这是什么吗？”凌倚苏指着立柱问。

卢所长摇摇头，说：“不知道。它干什么用？”

凌倚苏走到近前，他们俩的影子在立柱的镜面上重叠在了一起。

“你能想象到吗，这是一个激光的光枪。”

卢所长顿时吃了一惊，他努力地在脑海中把它和平时见过的光枪相对比，但差异却是那么大。

“确切地说，它的顶端部分是光枪。而这个……”她指着立柱的镜面部分，“这是为了增幅激光而设置的镀铬镜面，启动的时候每一个光枪不是直接照射标本，而是先照射到镜面上，然后由它汇聚以后，再一齐照射标本。这样发出的入射激光会大得多。”

“镀铬镜面。”

“嗯，就算放大600万倍，在这上面你也找不出一个坑。”说完她又补充道，“这是我朋友研究所的专利。”

卢所长的脸上又出现了一种奇怪的表情。

忽然，电铃声响了，打断了他们的谈话。

“咱们走吧。”凌倚苏重新戴上安全帽，同卢所长匆匆撤离。

实验场上的工程车辆有秩序地驶出。有两个穿蓝色衣服的工作人员一路小跑，朝着实验台这边跑来。凌倚苏和卢所长来到实验场边上的一顶帐篷里，她随手递给卢所长一台望远镜。

“一会儿记得戴护目镜片。”

卢所长接过望远镜，点了点头。

这时，刚才那两个工作人员正在打开实验台上那个黑色的箱子，从里面取出黑乎乎的好像是石头一样的东西。

卢所长指着那个问凌倚苏：“那是什么东西？”

“跟你看到的一样，其实我们也不清楚那究竟是什么。俄国人给的资料里没有详细解释，只是说它是一种陨石，能够被高能激光诱发，产生电磁信号，波形跟人体传真信号相吻合。”

她一边用望远镜看着远处，一边回答。

“专注实验吧，要开始了。”她说。

伴随着一阵急促的铃声，实验开始了。

巨大的电流从远处的变电站输送过来，四周的变压器一个接一个启动，发出很规律的“嗡嗡”声。卢所长感觉脸上有些刺痒，同时伴随着一阵耳鸣。

远处树林里的鸟儿们忽然“扑棱棱”地飞了起来，仿佛是受到了惊吓。这里的磁场已经非常强了。

“200万千瓦激光诱导实验，第一次充能完毕！”一个工作人员大声说。

凌倚苏放下望远镜，环视了一下四周的人群，说道：“开始！”

“实验开始！”那个工作人员边说边按下了面前控制台上的一个按钮。

在实验场的正中心，六根月牙形立柱同时发出耀眼的白光，而后一齐射向那颗黑色陨石。刹那间，陨石就被淹没在一团白亮亮的光雾之中。

“入射角度17.5，运转正常！”

“脉冲能量55兆焦，运转正常！”

“偏振分束0.8倍，运转正常！”

“光纤采集器启动，运转正常，一切正常！开始采集。”

工作人员的播报声此起彼伏，大伙儿全都屏住了呼吸，认真地观看。就在这时，陨石忽然闪了一下，它周围的白色光晕瞬间增强了许多。

“一号采集器捕捉到奇异脉冲波动！！”

大伙儿的视线顿时转向总控制台。凌倚苏赶忙走了过去。

总控制台的监视屏上，一串墨绿色的脉冲曲线频繁地抖动着，就像一条被掐住了尾巴的毒蛇。凌倚苏紧紧地盯着这条毒蛇，生怕它下一秒钻入屏幕的另一端不见了。

“能解析信号吗？”她问道。

“不行，脉冲信号很不稳定，无法解析。”控制台旁边的一个工作人员回答。

“报告输出功率。”

“平稳输出，100万千瓦。”

凌倚苏皱了皱眉，说：“倒计时5秒，提升输出功率。”

她命令道："预备，开始！"

"5，4，3，2，1……"

那名工作人员双手握住一个黑色的扳手，慢慢地向前推。

"输出提升，120 万千瓦。"

"输出提升，140 万千瓦。"

"输出提升，160 万千瓦，三阶增量完毕。"

凌倚苏聚精会神地盯着总控制屏，屏幕上那条蛇依然扭动着它的身躯，仿佛死也不想让他们捉住。

凌倚苏喊道："继续提升！"

"3，2，1……"

"输出提升……180 万千瓦……提升完毕！"

也不知道是因为变压器的"嗡嗡"声逐渐变大了，还是耳鸣又更加严重了，人们只感觉两耳旁仿佛有剧烈的狂风吹过，厚重的空气像墙一样把声音隔绝开来，播报人员的每一个音节都变得异常短而尖锐。

卢所长觉得脑袋涨得厉害，两侧太阳穴处的血管"汩汩"地脉动着，好像就要炸裂一般。他把视线从监视屏上面移开，重新戴上护目镜，向实验场的中心望去。

实验台那里已经完全变成了一团超级亮的光球，就在这球体的中心，有个亮度远远高于周围的光点。

卢所长心里暗暗地吃惊，因为此时的陨石正在接受超过太阳色球层两倍光辐射的炙烤，那里俨然就是一个人造地狱。若不是这顶帐篷早已做好了电磁屏蔽和辐射阻断，这些人也许就会随同实验标本一起变异。想到这里卢所长心中不禁有些畏惧，他仿佛看到了那块黑乎乎的陨石正在张大着嘴，像地狱使者一样狂笑着，向渺小的人类炫耀着自己非比寻常的力量。

就在这个时候，凌倚苏又发出了另一个指令，让所有人都震惊不已。

“倒计时5秒，提升输出功率。”她稍微停顿了一下，“三阶增量提升，预备……”

“慢着！”忽然有一个声音打断了她，凌倚苏刚要回头，卢所长快步走到了她的跟前，压低了声音对她说，“你知道自己在做什么吗！？”

凌倚苏看着他，异常地镇静。

“我当然知道，所长。成败就在这次实验。”

卢所长紧皱眉头，忽然提高声音嚷道：“再提升下去会有危险，我不允许你再继续胡闹！”

凌倚苏深深地吸了一口气，说：“作为这次实验的总指挥，我认为有必要冒这个险。”

她跟卢所长对峙了几秒，然后飞快地转向刚才的工作人员，刚才工作人员也被这个大胆的指令吓住了，并没有立刻执行操作。

“重新倒数，三阶增量，快。”凌倚苏催促他。

那名工作人员看了看旁边的卢所长，见他没有说话，于是转过身又握紧了扳手。

“输出提升，200万千瓦……”他用颤巍巍的声音说道。

帐篷里的气氛凝重得像一块铁，所有人都被这情形弄得连大气都不敢喘。甚至有些人已经开始缩到了帐篷的后部。因为他们知道，此时在离他们不远处的广场上，一个“太阳”正在形成。

就在三阶增量还没有完成的时候，事故发生了。激光发生器六个月牙立柱中的一根，它的光枪在肉眼看不到的尺度上发生一丝偏斜。在后来实验日志的记录中，人们发现这次偏斜仅有 0.2 毫米。可就是这细小的 0.2 毫米，恰恰让镀铬镜面的反射激光偏出了照射范围，它扫到实验台的一个角，穿过实验台，熔毁了对向的立柱。

立柱虽然倒了，但是光枪连接的电缆并没有断掉，它让激光像一柄锋利的巨剑那样在空中慢悠悠地划了半个圈儿。人们眼睁睁地看着面前的世界，像一张断掉的切片一样，沿着那半圈儿的横截面滑落下去。

树木倒地的巨响和岩石的炸裂声不绝于耳。

远处，山上的一个小亭子被激光击中坍塌了。从小亭子往山下有一道深深的沟壑直接通向实验场，沟两侧都是炸开的碎石块。不过好在这个地方荒无人烟，不然人畜伤亡将很大。

实验场的帐篷里乱作一团，电源已经被切断，但是后续的灾害仍在继续。周围的树林有几处小火灾，附近的两辆消防车呼啸着飞驰而去。

卢所长狠狠地瞪了凌倚苏一眼，转身走了出去。而凌倚苏的脸上也蒙上了一层厚厚的阴云。

两天后，兰州微光研究所宣布实验暂延，但是并没有终止。可凌倚苏却被卢所长骂了个狗血淋头。卢所长对她的独断专行很是恼火，不过碍于上级领导的关注，他不能单方面停止这个实验。

当卢所长把上级的批示文件甩给凌倚苏的时候，他仿佛看到了这个年轻姑娘心中的窃喜。

“你别高兴得太早。”卢所长警告道，“虽然上面允许，但整改方案必须落实。”

“我明白，你说吧，怎么改，听你的。”

“听我的？”卢所长冷笑一声，“呵呵，你早听我的还会出这档子事？”

“那是仪器的事，我怎么……”凌倚苏小声嘟囔着。

“行了，行了，你别得了便宜还卖乖，我也懒得再听你辩解。这次整改我说了不算，上面已经给出意见了。你去找一个人，让他提具体的整改方案。”

“找人？找谁？”

“沈峰。说是这方面的一个专家。”

“我听过这个名字，可是他……不是在八年前冷湖发射场已经传真走了吗？”

“我也听说过那个人，但是不是他，我不清楚。”

“他在哪儿？”

“石家庄，教书呢。你去吧。”

“教书？”凌倚苏听完有些惊讶，“一个专家去大学教书？亏他想得出来。”

“你搞错了，不是大学。”卢所长指着文件中的一个地址，“这是一所中学。”

凌倚苏凑过来，她在文件的末尾看到一行字：石家庄市第二中学物理教师，沈峰。

河北省　石家庄市

说到凌倚苏对沈峰的认识，还是在八年前。当时凌倚苏刚刚完成自己的博士论文，她的导师正是沈峰的前同事。在一次“科学与教育交流论坛”上，导师指着首排座位上的一个名字跟她说，这个人就是目前国内人体传真项目的领路人，你以后从事人体传真研究，少不了要跟他打交道。

凌倚苏默默地记下了这个名字。论坛期间，她一直想看看沈峰到底长啥样。可自始至终，沈峰都没有出现。那个名牌就是她距离沈峰最近的一次。

后来，沈峰带队去了冷湖。凌倚苏也如愿进了中科院，加入了人体传真技术学部。只不过她并没有跟着去冷湖的实验基地，而是待在部里从事更为基础的学术研究工作。再后来，冷湖实验场出了事故。国际上也因为美国人在“欧南事件”中的失信操作，从而对人体传真技术实行全面禁止。

中科院也解散了人体传真学部，把仅剩的几个分部归到了其他学部的管理当中。这个变故使凌倚苏像一个无家可归的难民似的，跟着别人做了好几年的课题，直到现在这个实验项目重新建立起来之后，她才被发掘出来。

而关于沈峰，凌倚苏起初挺佩服他。能够拿自己当实验品，这已经不同于普遍意义上的学者了。奉献不奉献的先放一边，单是这种探索精神，就很能鼓舞他们这些科学工作者。

只是现在，凌倚苏心中对沈峰已然没有了当初的敬意。这八年来，他对人体传真事业不仅毫无建树，还悄悄躲进了一所高中学校教书，实在令人匪夷所思。

汽车停在一所中学的门口，凌倚苏匆匆地走了进去。在教务处，她见到了负责沈峰课程安排的教研组组长。她简单地表明来意后，教研组组长没有再询问什么，当即就带着她来到沈峰所在的职员室。

就在门口，教研组组长小声地告诉凌倚苏，如果可以的话，尽快带沈峰走。手续什么的都可以慢慢补，但是一定要想办法说服沈峰。

凌倚苏有些诧异，她实在不理解为什么堂堂一位科学家，竟然会让这个大腹便便的教研组组长如此嫌弃。感觉就好像是一个犯了错的孩子，在等待家长过来把他领走。

这一定是一场尴尬的会面，凌倚苏心里暗暗思度。她对沈峰的疑惑已经由一粒冰晶滚成甚大的一个雪球，如果不是因为项目组特意邀请沈峰参加，她真不愿意跑来扮演一个说客。

凌倚苏长出一口气，安定了一下思绪，小心翼翼地推开门。只见一个瘦瘦的中年男子，正背对着门，伏在办公桌上写着什么。他顶着一头乱蓬蓬的头发，后背佝偻得像一只虾，宽大的衬衫挂在身上，一节节脊椎从后面鼓出来，显得那么枯槁。

听到有人进来，男子转过身，一张憔悴的脸上架着副黑框眼镜。他的嘴角微微向下耷拉，下巴上的胡须卷成许多极小的圆圈，乱蓬蓬的，像是用火燎过的野草，又卷又黄。然而他的眼神却十分锐利冷峻，透出一种与他消瘦身形极不相称的力量。

看到沈峰在打量自己，凌倚苏赶忙走了过去，坐在他旁边的沙发上。

“您好，沈博士。我叫凌倚苏，从兰州来的。”

“你找我有什么事？”沈峰半倚在桌子上，打了一个长长的哈欠。

“是这样，我在兰州微光研究所工作，这次来是想和您商量一个关于人体传真的项目，我们遇到一些困难，想请您做我们的顾问。”

凌倚苏说着，把自己的名片递给了沈峰。

沈峰看着名片上“象限工作室总监”的头衔，冷冷地说：“商业项目我不做。”

“不是商业项目。”凌倚苏回答，“这次是一个国际合作的科研项目，俄国出专家和技术，实际操作由我方和俄方分别完成。但是双方同时在实验阶段遇到了困难，我们想请您指导。”

“科学研究，上面不允许。”

“上面已经允许了。”

“什么级别？”

“最高。”

“我不信。”

凌倚苏有些不耐烦，但她还是拿出一份文件递给了沈峰。在一连串的签名后面，沈峰看到了一个只在《新闻联播》里听过的名字。

“那我也不去。你回吧。”沈峰一扬手，把文件丢在桌子上。

凌倚苏不解地望着沈峰，她原以为沈峰会一口答应下来，并且毫不犹豫地跟她走，绝没想到会是现在这种态度。

“沈博士。”

“是沈老师。”

“沈老师，我能问一下你拒绝的理由吗？”

“没有理由，个人原因。”

“好吧。那我没义务再邀请你了。”凌倚苏站起来，扭头就要走。忽然沈峰叫住了她。

“凌女士，你的文件忘拿了。”

凌倚苏此时已经受不了沈峰的这种冷漠，转过身去接他递过来的文件。可就在她要拿过的一瞬间，她发现沈峰并没有松手的意思，她又拽了一下，仍然没有拽动。

凌倚苏抬起头，发现沈峰两眼直勾勾地盯着文件，他的眼睛里已然没有了刚才的孤傲，反而是一种说不出来的茫然。

沈峰陷入了深思。

他不得不承认自己内心最真实的想法。他从事教育这几年并不是很顺利。究其原因，还是他的心思根本不在教课上面。当初实验项目被取消后，沈峰本应该跟着老匡那些人一同变成电子信号，去往宇宙深处。但是组织上考虑到他的重要性，并没有答应这件事。他一直很懊悔自己没能承担那次失败的后果。然而选择服从组织的安排，也仅仅是为了逃避当初的那个现实罢了。

职员室的气氛变得沉重起来，凌倚苏望着神情恍惚的沈峰，她发现自己仿佛正在经历他身上曾经发生过的事情。

这时，沈峰抬起头，两个人的目光交汇在了一起。就在刹那间，所有的一切都凝聚在这一次的对望中。

凌倚苏没有再催促沈峰，而是缓缓松开了手。她终究还是走了，只把文件留给了沈峰。

她独自一人坐上归程的列车，漫无目的地遥望着这座灰蒙蒙的城市。这时，她心里忽然有一种感觉，沈峰一定会来找她。因为从他的眼睛里，她看到了一个科技工作者的挣扎。这种挣扎也发生在此时的她身上。后来据凌倚苏回忆，这是沈峰第一次给她的印象。这使得许多年前那场论坛上空着的名牌后面，有了一个瘦弱的身影。

两个星期后　甘肃兰州　微光研究所

此时天已经完全黑了下来，夜风吹动着白桦树，发出“哗啦啦”的响声。凌倚苏走得很快，沈峰在后面跟着她，穿过了操场和生活区，来到办公楼的一间实验室里。

这间实验室不是很大，屋子正中间摆着两张木桌，一张桌子上放着一些透镜和仪器，另一张桌子上则堆满了书籍和纸张。门边放着一张床，被褥胡乱地窝在床上，床的一角是个双层的床头柜，上面有几个塑料餐盒，里面还有一些吃剩下的饭菜。

屋子里还有一个小洗脸台，这会儿，她正在那儿洗脸。

沈峰找了把椅子，坐了下来。

“你住这里？”沈峰问道。

凌倚苏随手拿了条毛巾，边擦脸边回答：“从石家庄回来后，我就搬到这儿了。很清静，不是吗？”

沈峰四下打量着屋子，说：“你倒是挺敬业的嘛。”

凌倚苏无奈地笑着，转身坐到床边，离沈峰很近，他闻到了一股清香的气味。

“嗯……很抱歉，沈老师，这些日子都没有顾上招待你。”

沈峰撇了撇嘴，说：“我又不是小孩子，自己会找东西吃。”

她被逗得扑哧笑出声来：“是吗？我还以为这次又会把你气到呢！”

沈峰听完翻了翻白眼，他确实被这句话气到了。

“对了，沈老师，你还不了解我们的工作细节吧，我……”

“叫我沈峰吧，我已经不是老师了。”

“哈哈，好吧，沈峰——博士。这样可以了吗？”

沈峰快要被她气死了……

“是这样的。”凌倚苏敛了笑容，正襟说道，“这个研究所主要从事光学方面的实验和研究，我们这个项目算是光学与人体传真技术的交叉学科。就拿这次实验来说吧，就是关于激光解析传真信号的。”说到这儿，她停顿了一下。沈峰看得出来，她可能是担心接下来的专业术语他听不懂。

这也难怪，因为他已经彻底离开这个领域八年了。核心技术也许没怎么变，但是边缘领域的新发现，以自己当年的那些知识体系，自然会有捉襟见肘的时候。

但是沈峰摆了摆手，示意她继续说下去。

“好吧，我尽量说得简单点儿。”凌倚苏清清嗓子，然后给他详细介绍了整个实验项目的概况。可是沈峰总觉得她好像隐瞒了些什么，比如俄罗斯是如何开展实验的，她却只字未提。

难道说，这里面还有更深层次的原因吗？沈峰满腹狐疑地望着她，可她却压根不在意沈峰的这些反应，只是一味地介绍些实验的基本常识。按理说，沈峰完全可以自己探索。但他还是试探性地问了一句。

“你想过解析出来的人体传真信号是什么吗？”

凌倚苏脸色忽然一变，但只是一瞬间的事情，她立刻又恢复到了刚才的状态。

“我们做过一个结果评估，但那都是关于后期技术方面的问题。单就传真信号本身而言，我们并没有相关的研究。不过俄方给出的答案是，早期外层空间的人体传真，有些信号源散失的部分，由于某种机缘巧合，被一些空间物质所吸收。我们现在这些实验材料，疑似储存有人体传真信号。”

“也就是说，你们并不知道解析出来的传真信号来源。”

“当然不知道，可能是美国人，也可能是俄国人、日本人，反正都是人类。再说了，这些都是后续研究要做的，我们现在考虑再多也没有实际意义。你觉得呢？”

沈峰并没有回答，只是若有所思地笑了笑。

“200 万千瓦的激光，应该已经到了武器能级了吧？”

“也不尽然呀，200 万千瓦虽然是高了一些，但是我们会在入射光的角度和集束上进行控制，在可控的激励条件下，粒子体系的特定高低能级之间实现粒子数反转，这样就可以把……”

“好吧，可以了。”沈峰及时制止住了她。

“我想观摩一次实验。”

“那是肯定的，我会尽快安排。但是沈博士，我希望后面的实验依然由我来主导。”

“凌女士，在我看到完整的实验过程之前，我没有任何意见。而且我也会独立思考，从而对实验的可行性进行分析。你得给我时间，让我多了解一些实验细节。

凌倚苏没有再说什么。随后她跟沈峰又聊了一些其他问题，沈峰便起身告辞了。

接下来的几天沈峰一直闷在屋里恶补落下的课程。他有个怪毛病，无论任何技术理论，他都会从最基础的地方自己推导一遍。凌倚苏觉得这完全没有必要，因为从广义上讲，人体传真技术属于应用科学范畴，现成的知识体系直接拿来用是绝对没有问题的。但是沈峰却不这么认为，他把基础理论、应用和技术分开了，就好像要重新建立一套全新的应用理论似的。

所以凌倚苏总是在一旁引导他，而每当这时，沈峰总是板着脸对她说：“理论是别人的，知识才是自己的。”

后来凌倚苏干脆就不管沈峰了。可是她看着沈峰没日没夜地演算，心里很不是滋味，她知道沈峰这是在赶工期。但是他进入“状态”的那种情形实在是吓人。

沈峰啃书本的时候不同于别人，他根本不会坐在那里安静地看书，反而会一直在屋子里来回走动。他有时瞪大了眼睛，咬紧了牙齿，仿佛要把书里的东西弄死一样。有时又会让脸和身体紧贴墙壁，小声嘀咕。甚至好几次有人看到他站在椅子上，一手拿着书，一手高举紧贴天花板，就好像是准备上吊。吓得给他送饭的人，把食物放在他的门口，然后飞快地叫人去了。

许多同事都开始怀疑沈峰不是一个科学家，而是在准备莎士比亚的歌剧。他们好奇地问凌倚苏，这个人到底是怎么了，但是凌倚苏也搞不清楚究竟是什么状况，她从未见过哪一个人像沈峰这样魔怔地读书。

不过后来凌倚苏发现了一个细节，就是沈峰每看完一本书或是文献资料，也不管别人有用没用，都会把它们撕得粉碎。于是渐渐地，他桌子上的书少了，而地下的碎纸却堆了厚厚一层。

凌倚苏觉得沈峰这个人实在是太有趣了，或许这也是他能够在如此年轻的年纪就站到人体传真领域最前头的原因吧。

在等待沈峰出关的过程中，凌倚苏把这一次实验所需的条件都准备妥当了。上次实验坏掉的激光发生器已经修复，只是这次用掉了不少研究经费。

实验时间确定了，是在三天以后。考虑到激光实验的严谨性，她采取了一些强制措施，比如为了降低城市背景光辐射，甚至停掉了半个城区的照明灯光。所有的电台、电视台也都停止了短波信号的发射，只有地下的一路信号——光缆还在起作用。

不过按照实验的能级，到时候整个西侧城区的供电会全部转向郊区实验场。光纤节点的光端机在没有足够电力支持的情况下，也不能继续工作。

所以，三天以后，这座城市在物理学层面上将是一片黑暗。

三天后　微光研究所实验场

接近凌晨两点钟的时候，沈峰走向实验场。他昨天白天睡了一个好觉，这会儿感觉身上很轻松。城市的灯光已经逐渐熄灭了，不过路上并不黑。洁白的月光照在地上，能够映出人影。

沈峰抬起头，他已经很久没有仰望星空了。自从冷湖发射场发生事故之后，他仿佛患上了一种“星空恐惧症”。他总是忍不住想寻找夜空中，老匡和几千冷湖人发射而去的轨迹。但每每这时，他总是觉得心如刀绞。他甚至会猜测，如果当时自己跟随老匡一起被发射出去，变成一束自由的电磁波遨游宇宙，会看到什么、听到什么，又会有什么样的感觉……

这种幻想在最初的几年会经常出现，后来沈峰到了石家庄以后，由于这座城市的天气状况不怎么好，晚上几乎看不到星星，厚重的大气像屋顶一样，给沈峰带来些许安全感，他的症状也随之减轻了许多。

可是现在，星空一览无余地绽放在他头顶，绚烂的银河以它磅礴的气势倾泻下来，横贯整个苍穹，仿佛是从自家门口流过一般。

沈峰呆住了，他望着夜空，鼻子里有一种pH值小于7的液体在涌动。

也不知过了多久，沈峰才从记忆当中回过神来。不远处，凌倚苏正晃着手电筒向他招手，沈峰用力挤了挤眼角，快步走了过去。

实验快要开始了。在启动之前，沈峰向凌倚苏提出两点要求：第一，这次实验步骤沈峰已经熟悉过了，他如果有把握的时候，会让凌倚苏继续操作，可一旦他感觉没把握，凌倚苏就必须立刻停止实验；第二，关于俄国人的实验数据，沈峰持怀疑态度，所以实验中，必须有人时刻盯着俄国人的举动，包括他们谈论了什么、记下了什么，都要悉数记录在案。

凌倚苏迅速考虑了一下，随即答应了沈峰的要求。她察觉沈峰今晚有些不同，他一改往日颓废的状态，也不疯癫了，而是以一种胜券在握的自信君临这座实验场。

这是凌倚苏第一次见沈峰作为顶尖科学家的威严，她心中此时此刻竟然对沈峰产生了一丝畏惧。

在一阵长长的哨声之后，工作人员开始撤离实验台核心区域。

沈峰坐在防护玻璃前，微闭双眼，盘算着实验的每一个细节。他不像其他人那样，时而戴上护目镜，时而用肉眼观测。反倒是在自己的大脑中，同步进行着实验。

强大的电流通过电缆被输送到这里，巨型变压器逐个被启动了，实验开始了。

“150万千瓦，三阶增量准备！”凌倚苏一起步就把实验能级定到了150万千瓦的超高水平。

“150万千瓦，平稳输出。”工作人员播报道。

“160万千瓦，平稳输出。”

“170万千瓦……”

“开始照射。”凌倚苏下达了指令。

六束耀眼的激光从发生器里迸发出来，径直照射到了实验台上的陨石上。总控台的监视屏上，那条墨绿色的脉冲曲线又出现了。

“提升输出功率。”

话音刚落，沈峰推了推凌倚苏，说：“慢点儿，缓一缓。”

凌倚苏会意地点点头。

“单阶增量，180万千瓦。”

“180万千瓦，提升完毕，平稳输出。”

脉冲曲线没有变化，依然在杂乱地抖动。

凌倚苏转过头看着沈峰，他眯着眼睛想了几秒钟，随后往前努了努嘴，示意继续。

“190万千瓦，提升。”

“190万千瓦，提升完毕，平稳输出。”

脉冲曲线还是没有任何变化。

“200万……”

“停。”沈峰拽住凌倚苏，他用余光瞥向那几个俄国人，此时他们的脸上竟然出现了一丝诡异的笑意，与整个指挥室里紧张的气氛形成鲜明的对比。

沈峰锁紧了眉头。

凌倚苏见沈峰不说话，连忙问道:“继续吗？马上200万千瓦了。”

“不。”沈峰斩钉截铁地说，“停止实验吧。”

“你说什么！？”

“你听到了吗？马上停止实验。”

“为什么？”凌倚苏大惑不解，“我们马上就能突破200万千瓦的极限了，现在停了，以后哪儿还有这么好的机会！”

沈峰冷笑一声，身子往后一靠，说:“你随便，我认为200万千瓦是实验极限，你继续下去，陨石烧毁，项目失败，我还回我的中学去教书，挺好的结果。”

“我……”凌倚苏两眼瞪着沈峰。

“你答应过我。”沈峰补充道，“这之后的情况我无法预料，所以你看着办。”

指挥室里的人大气都不敢出一声，只是睁大眼睛，盯着凌倚苏和沈峰两个人的对决。

那个工作人员见两人相持不下，小声问凌倚苏：“凌总，还继续吗？”

凌倚苏用牙齿咬着嘴唇，双手紧紧攥在一起，嘴唇都有些发白了。

忽然，她吼道：“不继续了，停止实验！”

远处实验台的亮光逐渐暗淡下去，监视器上的脉冲曲线也消失了。人们绷紧的神经也开始缓和过来，一些工作人员开始准备收尾。

沈峰迈着轻快的步子从指挥室出来，凌倚苏紧紧地跟着他。

“沈峰，你最好给我一个解释。”她没好气地说。

沈峰也不搭话，只是慢悠悠地往回走。而凌倚苏却在后面不停地碎碎念着。

就在他们快要走出实验场的时候，沈峰猛然转过身，吓了凌倚苏一跳，她睁大眼睛看着面前这个怪人。

沈峰把脸凑到凌倚苏面前，两人的鼻尖几乎要贴在一起，她赶忙把脸扭向一边。

“你要做什么？”

沈峰笑了笑，说：“我觉得就要成功了。”

“啊？”凌倚苏一脸茫然。

“你先别急，我解释给你听。刚才你终止实验是正确的选择。其实，我从之前的数据中已经得出结论了，那就是高能级的激光无法诱导人体传真信号的产生。之所以仍然让你继续这次实验，是为了印证我的另一个猜测。”

“什么猜测？”

沈峰往前走了几步，在一个废弃的水泥管上坐下来，说：“俄国人的资料是假的。”

“这不可能。”凌倚苏回答，“他们先前就解析出来了，我看过那些实验数据，怎么可能有假？”

“怎么不可能。”沈峰说，“你看到的只是他们想让你看到的。或许最初有成功的例子，但是后来的那些实验，最终都是以陨石熔毁结束。我们现在做的只是在重复他们失败的实验罢了。”

沈峰停顿了一下，接着说：“用激光来诱导人体传真信号从理论上说是可行的。假设载体中存在人体传真信号，那么它平时处于一种相对稳定的基态。当激光以不同的波长向载体发射光子时，会在材料中释放出许多自由电荷，这样一来就给载体增加了额外的能量，使其进入一种高能的激发状态。这样的话，人体传真信号会获得比基态高出几百万倍的能量，从而与激光的电磁波产生共振，我们就可以捕捉到里面的信息。这一点我相信大家都是认可的。”

凌倚苏看着沈峰，点了点头。

“好，那么问题来了。为什么你们的激光解析不出来？”

“是因为……能级过高！？”凌倚苏猜测道。

“肯定是能级过高，因为人体传真信号本身就需要很高的能量来进行发射，所以在解析的时候，人们也会误认为需要相应的能量来释放。但是，解析的关键点并不在于能级，而在于不同能级叠加后的共振。”

“你是说，激发态所需要的条件是一种分散的能量，然后……”

“然后人体传真信号会自己找到这种状态。”

“自己找！？”

“是的。人体传真信号是由更为柔和的激光来维持它的激发态的，从而将能量分散到它的长脉冲上。然而超短的高能量脉冲激光，只会越过实验品的激发态，直接被加热直至熔毁。如果要举例的话……”

沈峰用手捋着他卷曲的胡子，若有所思地说。

“你见过用激光炮来刻盘的吗？”

凌倚苏张大了嘴巴，摇摇头，那样子极为滑稽。

“我认为俄国人应该早就知道这一点，但是出于某种原因，他们并没有和我们分享完整的实验数据。”

“那会是什么原因呢？”

“我不知道。”

“这全是你的猜测吧？”

“不完全是，这是我的直觉。因为从俄国人刚才的反应来看，他们并不想让我们成功。”

“可是这讲不通呀，毕竟他们在自己国家实验那么多次了。”

“但结果是他们的实验材料都熔毁了，我看他们更希望看到这种结果。”

当沈峰这句话说出来之后，两个人同时陷入了沉思。如果销毁材料才是俄国人的真实目的，那么为何要如此大费周章？

“那现在怎么办？”凌倚苏问沈峰。

“很简单，我们成功一次就全明白了。”

“你是说，用低能级的激光再进行一次实验？”

“正是如此。”沈峰冷静地说，“根本用不着武器级的激光设备，民用级的就可以了。我原来见过一种宽频的红外激光发生器，效果非常好，经常被农科院拿来育种。”

“育种！？”

“嗯，那种激光器波长范围很广，而且它发射的红外激光脉冲与时域中的亚周期脉冲相对应，会与人体传真信号形成很好的共振。”

凌倚苏将信将疑地看着沈峰，因为在她的理论体系中，用高能级脉冲激光来诱导信号源这是常识性的操作。而对于低能级宽频共振理论，她压根儿就没有朝这个方向想过，更不要说进一步建立研究了。

但是沈峰一阵煞有介事地解说，倒是让她想要试一试。而且，这样的实验操作并不难，也花不了多少钱。于是她便答应了沈峰的要求。

第二天，沈峰陪着凌倚苏去了一趟省农林局，一个副局长接待了他们。不过与其说是接待，倒不如说是一场批斗大会。一听说这两个人是微光研究所的，这个副局长二话没说，连忙叫来了林业产业化办的几个处长，他们一个个都情绪激动地指责凌倚苏和沈峰，抱怨他们毁掉了种了好多年的次生林场。

沈峰不擅长应对这种场面，只能低着头任由吐沫星子飞溅到脸上。好在凌倚苏还有些经验，她先是逐个道歉，然后又承诺从实验经费中拨出一部分资金，用来恢复林场和补偿经济损失，几个处长这才偃旗息鼓。

副局长腆着肚子坐在一旁得意地抽着香烟，独自享受着胜利的果实。而凌倚苏则转过脸来，冲着沈峰狡黠地眨眨眼睛，她猜测实验设备大概是有着落了。

很快，农林局答应出租给他们四台育种激光仪。其实这些东西他们平时很少用到，只是在建立试验田的时候，拿出来充充样子罢了。沈峰看到那四台激光仪被从库房搬出来的时候，上面覆盖了厚厚的一层灰尘。但是经过技术人员的简单调试，四台仪器运转良好。

从农林局回来以后，凌倚苏决定立刻进行实验，时间就定在当天晚上。只是这次不需要电力部门的支持，省去了很多麻烦。

卢所长在实验前拉着沈峰的手，意味深长地说，现在基层的科研难做，资金是一方面，人才是另一方面。技术不到位，只靠钱来砸，那怎么能长久。要是多几个像沈峰这样的专家就好了……

沈峰看出卢所长的意思，是想让他留下来。沈峰没有说行，也没说不行，自己脱离科研岗位这么多年，倒也有回归的想法。不过现在，他只是想走一步看一步，先完成实验，等有了结果之后，再说其他事情。

第三次人体传真解析实验马上就要开始了。可就在这个时候，一个小意外发生了。刚开始一切准备都非常顺利，突然间，承载实验材料和仪器的台子坍塌了。这让大家心里都泛起了嘀咕。有人小声说："这不吉利啊，已经失败两次了，这可不是什么好征兆。"

一股莫名的负面情绪在指挥室里蔓延开来，大家都诚惶诚恐地猜测着这次实验的结果。

凌倚苏在一边听得很清楚，她放下手中的工具，缓步走到前面，大声对大家说："不要紧，台子塌了可以搭起来再干！我们这次实验是经过沈峰博士详细论证过的，想必大伙儿也都见过他了。"

凌倚苏用手指了指旁边站着的沈峰。

"他是人体传真领域的专家，在这个领域研究了很多年，冷湖大规模人体传真发射的时候，他是总工程师。我们不是总说俄罗斯的人有经验、有技术吗，可他们不也失败了那么多次吗？你们不信我，可以，但现在沈博士就在这里，他曾经成功过，我们跟着他干，一定能行。”

凌倚苏的话虽然短，但是大家纷纷恢复了状态，打起精神投入各自的工作中。

只是沈峰皱了皱眉，他不知道在外界是怎么评论上一次冷湖传真发射的，但在他心里，那并不是一件值得炫耀的事情。

在一阵急促的铃声过后，实验正式启动，指挥室里重新归于平静。

沈峰坐在控制台前，认真地调试着四台激光仪。从现在开始，无论是照射角度还是激光脉冲的频率都如实地反映在一块硕大的显示屏上。

跳动的数据像海洋一般汇聚到这里，然后经过大型计算机的初步运算，过滤掉杂乱无用的信息，最终把符合人体传真波长的信号收录到解析内存中。它是整个实验最紧张的时刻，能不能成功，就看最后是否有橙色的信号标识。

宽频的红外激光持续照射着实验材料，沈峰早些时候说过，这种方法不需要多大的能量，但是必须得等到内外两组信号产生共振，有用的信息才能够被激发。所以，这个过程相对来说比较漫长。

凌倚苏双手撑着上身，趴在总控制台前。连日来的奔波和用脑过度，让她本来就疲惫的身体更加憔悴。她感觉此时脑袋非常沉重，甚至连一根头发的掉落都能减轻她的负担。

一个小时过去了，实验毫无进展。她的胳膊开始间歇性地抖动起来，终于她再也撑不起身体的重量了，向后瘫倒在座椅上。她扭过头看了一眼沈峰，这会儿他仍目不转睛地盯着屏幕，并时不时地在本子上飞快地记录着什么。

就是这瞬间的注视，让凌倚苏忽然感到一丝慰藉，是来源于对沈峰的信任，或是一种其他什么感觉。然而这种感觉很奇妙，仿佛一团温暖的光雾笼罩着她，即使她纵身一跃，也能瞬间将她包围。她开始眷恋这个时刻，任由自己思绪徜徉，但每每快要到达边际的时候，她却又谨慎地往上挣脱一下，缓一口气。

这一次一次规律的动作，让她整个人都放松了。此时指挥室里面很安静，人们大都关注着实验，并没有谁注意到她。

凌倚苏摘下眼镜，把它轻轻握在手中。眼前的世界幻化成一幅由光晕组成的油画，时而斑斓，时而涌动，而沈峰恰恰就成了这幅画作中永远不会消失的那个中心点。

她感觉自己睡着了，不然这样的时刻怎么会让她如此放松。在整个实验期间沈峰总共说了两句话，她没有听清楚。有可能是他在自言自语，至少不需要她来回答。她宁愿这么认为，也不愿意让现实把她从这种朦胧中剥离出来。

然而这次她真的是睡着了。平稳的呼吸伴随着轻微的鼾声，让她紧绷的嘴角也松弛下来，有了一丝淡淡的微笑。

也不知过了多久，她在睡梦中开始听到一些响动。起初只是人们相互之间的窃窃私语，她被这种声音打扰，微闭的双眼上，眉头渐渐锁紧。她本能地想把这些杂音排斥出大脑，可交谈声越来越大。

忽然，她听到有一个人在不远处大声地叫嚷着：“有了！有了！你们快看哪！”

凌倚苏猛然惊醒，她戴上眼镜，只见硕大的电子屏幕下端，一个橙色的信号灯在不停地闪烁。她也顾不得回回神了，一个激灵从座椅上翻身站起来，全力拨开隔离窗边的人群，向外望去。

就在这个时候，一个谁都没有预料到的现象在实验台那边发生了。

原本被四台激光仪照射的实验材料，此时忽然频繁地闪动起来，形成一团亮白色的光雾。光团的正中心，有一道红色耀眼的光芒猛然间射出，径直冲上天空。紧接着又是一道蓝色的光芒疾速射出，随后是紫色、绿色、黄色、橙色……一道挨着一道，就好像是在放焰火一般，“唰唰”地向上发射。天空和云层瞬间被这些光芒硬生生地撕裂开来，直穿夜空，射向了宇宙的深处。

人们被这奇异的景象惊呆了，一时间忘记了可能发生的危险，全都朝帐篷外面走去。

这个时候沈峰两眼盯着显示屏，那上面却是一团狂乱。先前扭动的那条曲线已经不存在了，替代它的是许多条疯狂舞动着的蓝绿色斑纹，一段一段的像是要摆脱屏幕的束缚。

“稳住输出！！”沈峰喊道。

那个负责推动扳手的工作人员也慌乱起来，他面前的操作台上，显示输出功率的仪表指针在剧烈地抖动。

“稳住输出！！”沈峰一把夺过操纵扳手，想把它往下拉。可是无论他怎么拉扳手，仪表指针都不听他的使唤，依旧在红色区域抖动。

沈峰飞快地按动了几个电钮，仍然无济于事。汗珠从他的额头滴下来。

这个时候人们才回过味儿来，帐篷里面瞬间乱作一团。

“赶快切断电源！！”凌倚苏喊道。

话音刚落，就见实验场中心有几道红色光平行射出，它们分别射向实验场四周的几个大型变压器。而此时的变压器由于高负荷运转，已经渐渐变成了橘红色，像一个烧红的铁块儿。

“电源……切断不了……！！”工作人员惊呼道。

“什么！！”凌倚苏惊呆了。

“2……2号探测器显示……红色脉冲光正在从变压器直接汲取电力！！！”有人用近乎疯狂的嗓音大声地叫嚷着。

这句话好像一颗重磅炸弹，被用力地砸向已经呆若木鸡的人群，眼前发生的一切早已超出了他们的认知。而凌倚苏此时两眼瞪得大大的，她感觉不妙，她甚至听到了自己用心构建了二十多年的物理学大厦顷刻间轰然倒塌的声音。

电能被光球大量吸走，而周围磁场也在不断地增大。帐篷里一些铁质的器械开始微微震动起来，一些比较敏感的人开始有了生理反应，他们先是感到眩晕，随后不住地呕吐。

就在大伙儿不知所措的时候，沈峰第一个采取了行动。虽然他的两眼直发黑，胃部也一阵剧烈地翻腾，但是他仍然强行抑制住恶心，走到固定电话前，拨叫了附近电厂的号码。只要电厂能够拉闸，这一片的供电中断，那么传真信号就会失去能量供给，从而恢复正常。

可是他万万没有想到，就在他刚刚按下第一个数字，单独供电的固话线缆也瞬间中断了。沈峰顿时傻了眼，像一尊雕塑般定在那里。

忽然，从实验场中心射出一道蓝光，直接命中监控主机。里面传来电子元件的爆裂声，同时铁质的机器开始变成微红色。

凌倚苏来不及多想，一个箭步来到沈峰身边，猛地把他扑倒。就在他们两个倒下去的同时，主机炸裂了。轰然而起的气浪把指挥室的彩钢板屋顶掀了起来，沈峰眼前一黑，失去了知觉。

三天后　兰州市第二医院　康复科

阳光透过病房的窗户，懒洋洋地洒在洁白的被单上。屋子里面很干净，只有些许的灰尘在阳光里飞舞，就好像是一群拥有生命的精灵，在给病床上的人施着治愈的魔法。这个屋子只有一张病床，此时沈峰正在床上昏睡着。

人类大脑里面的生物钟很有意思，它往往并不完全按照自然时间给予人们正确的感知。有些时候它会把五分钟的时间想象成一个世纪那么长，有些时候又会让昏睡了三天的人，依然保持失去知觉那一刻的感受。

沈峰就是在这样的状态中苏醒了。

这次事故造成他背部和大腿以及左臀部皮肤灼伤，不过还好没有伤及脏器。要不是凌倚苏在危难中及时护住了他，后果真的不堪设想。

沈峰眯缝着眼睛，躺在床上回想这些天的经历。就在这时，病房的门忽然开了，一阵凉风吹进来。他吃力地抬起上身，转过头一看，进来的是卢进所长。

“你醒了。”卢所长一边轻轻地关好房门，一边说。

沈峰挣扎着想坐起来，卢所长见状连忙示意他躺回去。

“抱歉，所长。我没能完成任务。”沈峰一脸懊悔地对卢所长说。

卢所长侧身坐到病床边，查看沈峰的伤势。

“没必要自责，沈博士。这次倒是让你受累了。”他说着轻轻地拍了拍沈峰的手臂。

“凌倚苏怎么样？”

“她没事。这两天她一直在这儿守着你，今天她说要去办点事，所以我过来瞧瞧。你这一觉睡得可够长的哟！”卢所长开玩笑说道。

沈峰苦笑了一下，闭着眼睛摇了摇头。

“哦，对了。我这次过来，还有两个消息要告诉你。”说着，卢所长从身后拿出一个文件袋，但是他没有立即打开。

“你睡着的这两天，我接到一通找你的电话，是直接打到所里的，对方称是你的老熟人，我没记住他的名字，他说自己是个军官，叫姜什么来着……”

“姜剑云！？”沈峰脱口而出。

“啊，对对。就是这个人。你认识他吗？”

沈峰听到“姜剑云”三个字后，本来平稳的心率一下子到了一百多。他连忙问道：“他跟你说了些什么，你赶紧告诉我，所长。”

“他也没说啥……”卢所长用手搔了搔下巴，“就是给你留了个地址，让你近期去找他一趟，叙叙旧，喝喝酒什么的，也没说有什么重要的事……我觉得是这样。”

“他没提人体传真？”

“没有。”

“也没提到别的什么人？”

“也没有。”

“奇怪。”沈峰转着眼睛思索着。

“哦，对了。”卢所长说着从衣兜里掏出一张小纸条，“我看他留的地址上，倒是一所军事工程院校，你看看会不会有什么关系。”

沈峰赶紧接过纸条，见上面写着一行字：威海军械工程技术学院，四十二栋三五八室。

他果然回到了部队，沈峰想着，自从冷湖一别之后，姜剑云一直没有透露自己的去向，只是跟随撤离的大部队消失在茫茫的戈壁滩上。随后沈峰被组织安排到了石家庄教书，两人从此再没有任何联系。

“我说，沈博士，沈博士？”卢所长见沈峰陷入回忆之中，连忙朝他挥了挥手，打断了他的思绪。

“沈博士，这件事你先放一放，我这里还有一份文件，你应该会很感兴趣。”

“什么文件？”

卢所长说着，揪住文件袋上面的棉线，一圈圈地绕开，然后小心翼翼地拿出一沓纸，递给了沈峰。

沈峰接过文件，上面是各式各样的图表。他一边翻看，卢所长一边向他讲述。

“这是试验三天后，曙光空间站上 α 空间侦测仪的实时记录。”卢所长指着其中一张纸上的图表说，“上面的折线代表范围空间内粒子流密度。一个折线代表 1 个标准当量的粒子流。一般三个以内为正常。”

沈峰看着手中的这张图表，上面除了一些函数公式就是数学符号，而卢所长说的那个折线样的东西，沈峰粗略数了一下，竟然达到了 20 个！

卢所长继续说：“这束粒子流范围很窄，但是密度极高，太引人注目了。”

沈峰认真地想了想，答道：“唔，在实验的最后时刻，瞬间的激光能级大概有 200 万千瓦……”

可是卢所长听完沈峰的话后，诡异地冲他笑了笑，说：“沈峰博士，这并不是咱们的那束激光。”

沈峰心里咯噔一下，不过仔细想想也对，因为这些数据是在实验结束三天后才探测到的，应该跟实验当天的激光不是一码事。

他又问道：“凌倚苏后来又实验了？”

卢所长摇摇头。

“没有。”

一阵诡异的情绪涌上沈峰的心头，他的内心变得忐忑起来。

“那这是谁的实验？”

卢所长把身体凑近沈峰，神色凝重地望着他，一字一句地说道：“这不是实验。它射向地球。”

兰州—威海　K1065次列车

沈峰等不及办理完出院手续，连夜买了张火车票，乘车去了威海。但由于票源紧张，又赶上小长假，他只好买了一张慢车票。

这趟车上的人很多，非常拥挤。沈峰没有买到卧铺票，所以整晚只能窝在硬座里。不过沈峰倒不是那种很爱清净的人，相反，他喜欢周围喧闹一些。

原先在科研小组里的时候，他就特别喜欢热闹。虽然他自己平时的话不多，但是在一个热烈的环境中，他的沉默总能成为平衡大家的那个焦点。后来沈峰才发现，自己并不只对熟悉的人才有这种吸引力，对于陌生人，他一样能勾起别人的倾诉欲。

这会儿在列车上，就是这么一种情况。

沈峰坐在靠近过道的位置上，他旁边是一个膀大腰圆、留着络腮胡子的壮汉，虽然这个人长得很壮实，但是穿着却很讲究。一身淡灰色的西装加水洗布的牛仔裤，洁白的衬衫上散散地系着一条深紫色的领带，而在他的右手边，则放着一个鼓鼓囊囊的小皮包。

这个人一上车就开始跟旁边的人们不停地搭话，从国际形势聊到国内环境，聊金融、聊综艺，聊这儿聊那儿，直到周围所有人都不跟他搭腔了，他还一个人在那儿喋喋不休。其间沈峰一直坐在那儿静静地听，后来别人都不说话了，这个人开始跟沈峰找起了话茬儿。

“老弟，你是做啥的？”

沈峰低着头，抿了一口保温杯里的热水，然后轻轻地盖上盖子，抱在胸口。

“我搞科研的。”

“哟！”壮汉眼睛一亮，说，“科学家呀！失敬，失敬。我看你坐这儿斯斯文文的，一准儿是个文化人。”

沈峰笑了笑没说话，壮汉继续说。

“嗯，老弟，你研究研究我，猜猜我是干啥的？”

“唔……”沈峰上下打量了一下，猜道，“我觉得，你是一个老板。”

“哈哈，哈哈！什么老板啊，老板能坐这破车？不对，不对，你再猜猜。”

壮汉笑得身上的肉乱颤，他饶有兴致地等待着沈峰猜测他的职业。可是沈峰却摇摇头，他表示自己猜不出来。

就在这时候，壮汉拿过旁边的小手包，拉开链子，从里面拿出一张名片递给了沈峰。

“我呀，就是一个穷销售，都是为老板们服务。你看到的这些啊，就是一张皮。只会用手，不会用脑。哪儿像你们这些上流社会的人物风光啊。”

“哪儿有什么可风光的，都是为了生存。”

“哎，你说得挺对，都为一口饭。”壮汉说着，从小桌板上的塑料包装内捻出几粒花生米，然后投入口中。

“那您……平时都搞啥科研？”

沈峰犹豫了一下，说：“人体远距离传真。”

“传真！？”壮汉忽然瞪大了眼睛，“你是说，把人变成手机信号发射走？”

沈峰点点头，他没有纠正壮汉话语中的错误，能知道“人体传真”这件事儿，沈峰觉得他的知识面已经很广了。

壮汉这下来了劲头，不停地追问沈峰关于人体传真一些细节上的问题。沈峰有选择性地回答了他，大都是一些科普方面的知识，不涉及具体的项目。

壮汉听得津津有味，好像他自己已经能够享用这样的技术似的。眼瞅着那包花生米快要见底，壮汉微微往前坐了坐，拍拍身上的残渣。

“不过我说老弟啊，这人要是变成了信号到处走，不是就变成车了？还能是人吗！？”

沈峰没有想到他会这么问，索性随意回答说：

“是车，也是人。”

“不一样，不一样。”

“有什么不一样的？”

“你看，这要是车呢，那就是坐车人的工具，人指挥车。那要是人呢……”壮汉停顿了一下，双手抱住了肩膀。

“是人又怎么了？”

“如果是人，那会很不好。你想想，人和人之间为了生存得竞争吧，那要是都变成了电信号，该咋争？又争点啥……”

沈峰乐了，他转过头告诉壮汉，人体传真信号只是在传输时呈电磁波状态，这种形态是不会持续很久的，因为没有足够的能量补充。一旦解析出来，就会重新塑成人形，不存在他说的那种生存竞争。

可是沈峰的这番解释，并没有让壮汉理解，他竟然翻着眼睛思考起来。沈峰也没有再理会他，只是自顾自地喝着水。车厢里顿时恢复了安静。

又过了几站，壮汉要下车了。就在他拿起小包走的一瞬间，忽然转过身，神情严肃地对沈峰说，人体传真最好还是研究怎么造“车”，如果不是这样，那后面的世界就太难以想象了。说完壮汉拍了拍沈峰的肩膀，晃着肥硕的身躯走远了。

沈峰把头靠在椅背上，眯缝着眼睛思索壮汉最后说的这句话。

究竟是不是造车？难道人体传真就只是一种旅行的手段吗？沈峰从来没有往这方面想过。因为有些时候做技术研究，并不是为了去“造”什么东西。就像核弹也仅仅是质能方程在某种特定情况下的一种应用罢了。更别说造出来的东西对世界的影响了。

沈峰一阵心烦意乱，他把目光投向窗外，这时外面依然是黝黑的夜，除了偶尔出现的几盏灯，完全是一片漆黑。他所能看见的，只有窗户玻璃上映出的自己那张憔悴的脸。

山东　威海军械工程技术学院

沈峰站在这所军校的门口，望着站岗的哨兵走了神儿。这几天他一直是这种状态，说不上是啥原因，他本能地想找到一种面对姜剑云时的表情，只是这种感觉他怎么也拿捏不准。

冷湖发射失败以后，老匡飞到了宇宙深处，而姜剑云就成了沈峰回忆中唯一能证实这段岁月的人。可是当时撤离的命令紧急，姜剑云一直忙于应对各种事情而抽不开身。直到两个月后，冷湖基地搬空了，姜剑云要走的时候，他们两个才见了面。

沈峰记得很清楚，那天刚好是冬至。那几天冷湖下起了大雪，把整个基地盖得严严实实，仿佛大自然有意要抹去之前那段激情岁月一样，所有的感情都随着纷纷落下的雪花，被凝固到离开的那个时刻。

沈峰听说姜剑云要走，于是抱着一瓶烧酒，踩着一尺厚的雪前去找他。等见到姜剑云时，他正在路基发射天线下面扫雪，身上、头上已经落满了雪花。

雪下得很大，黝黑的陆基发射天线基座已然全白，只有姜剑云脚下那片地还是干干净净的。

“都要走了，还扫它做啥。”沈峰走过去，半开玩笑地说。

姜剑云听到说话声，转过头，眉毛上结满了冰晶。

“这不……你还在呢嘛。”他的声音有些嘶哑。

沈峰笑了笑从怀里掏出酒瓶，拧开盖，塞给他。

姜剑云迟疑了一下，而后把扫帚稳稳地靠在天线的混凝土基座旁。他的动作是那么小心翼翼，仿佛放下的不是扫帚，而是一杆步枪。

他接过烧酒，灌了一大口。军帽上的雪“呼啦啦”地朝后洒下一大片。

“真不跟我们走啊？”他用硬邦邦的袖子抹了抹嘴，酒气伴随着话语喷出来，让他看上去有了些精神。

“我留下。”

“留下做什么。”说着他又灌了一口。

“继续研究。”

姜剑云笑着摇了摇头，然后把酒瓶递给沈峰。

“你这次回去要做什么？”沈峰问。

“还不清楚，服从安排吧。”

“还搞人体传真吗？”

姜剑云一皱眉，说：“恐怕不会。”

“是不是上面已经有指示了？”沈峰狐疑地问道。

“哎，我怎么可能比你知道得更多。”

寒风呼呼地刮着，他们每说一句话都费尽力气，索性沉默，只是交替着大口大口地灌着酒，任凭它肆意地流进胃里。

“你觉得……”姜剑云轻咂一口酒，“老匡现在到哪儿了？”

“出太阳系了，具体我没算过。光速嘛，要计算也很简单。”

“嗯。不知道他这会儿是什么感觉。”

“呵。”沈峰轻嗤一声，“能有什么感觉。”

“为什么？”

“不为什么。”沈峰脱口而出，随后抬起头，眯着眼睛望向陆基发射天线的顶端，“宇宙这么大，什么感觉能抵住那种漫长呢。”

姜剑云随着沈峰的目光望去，黑乎乎的天线顶端直插入灰白的天空，仿佛曾经在这儿汇聚的高能信号被苍穹吞没一般，只是孤零零地等待着一个不可能有的回音。

姜剑云扭过头，望向远处的营房。

“你当真要留下来继续研究？”

“嗯，只要组织允许，我不会离开这一行。”

姜剑云递回酒瓶，笑着说："那你省着点喝吧，以后这里的补给会很慢，很难说还能不能常喝。"

"不用省。"沈峰说，"今天喝完，以后就戒了。"

"你戒不了。"姜剑云看着沈峰，眼神中流露出几分狡黠，仿佛已看穿他的心事。

"戒不了又能怎样。基地已经空了，我还能指望东山再起啊？"

"不要想得太远了。"姜剑云轻咂一口酒，"队伍是撤了，但是项目并没有撤。只是往后的方向可能会调整。"

"这话什么意思？你是不是知道了啥？"沈峰狐疑地问道。

"哎，你看你。我怎么可能比你知道得更多。"

"呵呵。"沈峰无力地笑了，辩解道，"不是我多疑，而是根本就搞不懂上头的意思。"

姜剑云若有所思地说："有些时候我也搞不懂。这就好像打仗，明明看见敌人在面前，可是你却不知道哪边是佯攻，哪边是真打。在这种情况下，你只能凭着经验去猜测敌人的主攻方向。对你们来说，这可能很难，但实质上这也就是信息的集纳和演绎。"

"那也是你乱猜的呗。"

"不是猜，是直觉。"

"那直觉告诉你，接下来的人体传真实验会怎么搞？"

"直觉告诉我……"姜剑云抬起头，眯着眼睛望向陆基发射天线的顶端，"你留下是对的。"

说罢，他拍了拍沈峰的肩膀并用力在那摁了一下。随后一转身，拎着扫帚走了。

沈峰猜不透姜剑云话里的意思，也没有心思再去干了剩下的酒。只是远远地看着姜剑云的背影，用目光送他。

纷纷扬扬的大雪逐渐盖住了姜剑云扫过的那片地，他走过的足迹也渐渐看不清了，只留下沈峰一个人迎接即将到来的严寒。

再后来沈峰的调令也下来了，他被组织撤去了一切职务，然后秘密安排到一所中学教书。沈峰曾不止一次给上面打报告，要求重新成立人体传真项目组。但事实证明，那些请求书就像春雪一般，在强烈的阳光下消融得杳无痕迹。

于是沈峰彻底放弃了抵抗，在那个中学一待就是八年。

在这期间他曾收到过姜剑云寄来的一张新年贺卡，沈峰仔细端详着那张贺卡，它的正面是一幅海洋冰山的风景照，背面除了姜剑云的签名外，就没有任何话了。伴随贺卡一起寄来的，还有一箱三十年窖藏的茅台酒。

这就是沈峰记忆中关于姜剑云的最后印象。

沈峰被哨兵换岗时的号声打断了思绪，他迈步走进这所军校。这里的建筑很古朴，大部分都是一些低层的楼房。在楼房的四周有大片的草丛，一些藤蔓植物沿着外墙肆意地往上生长，直到把整个墙体全都覆盖成绿色，看不出原来的模样。每当微风吹过的时候，这些藤蔓的叶子会随着风摇动起来，在墙上形成一道道涟漪。

沈峰按照地址慢慢地搜寻着，终于在一个篮球场的转角处，找到了那栋楼房。他刚准备走进去，就听见有人喊他的名字。沈峰一抬头，就见在三楼的一个窗户旁，那张熟悉的面孔正在朝他微笑。

“沈峰，快上来！”姜剑云推开窗户，将上半截身子探出来，用力向沈峰挥着手。

沈峰连忙快步走了上去，而姜剑云已经在门口等着他了。

“你知道我今天来？”

“哈哈哈，我怎么可能预测沈博士的行踪。”姜剑云大笑着说，

“我每天这个时候都会在窗户那儿看会儿风景，现在上岁数了，盯一会儿电脑眼睛就疼。”

沈峰在沙发上坐下来，姜剑云走到橱柜前，拿出一桶茶叶。

“喝茶还是直接来酒？”

“茶就好。”

“没关系，咱们先聊一会儿，等晚上我招待你，咱们可得好好喝一壶。”

沈峰一边应和着，一边环顾这间屋子。房间不大，木质的地板虽然有些年头，但是擦得锃亮，走在上面会发出“咯吱咯吱”的响声。屋子的两面墙前都放上了书柜，能顶住天花板的那种，里面密密麻麻地陈列着各种书籍。一个深褐色的办公桌放在窗户旁边，桌上的陈设很简单，摆放得也非常整齐。桌子上铺着一层玻璃板，就在这层玻璃板的下面，沈峰看到了一张硕大的椭圆形宇宙全景图。

沈峰刚要开口，姜剑云便把茶杯端到了他面前，一阵陈年的普洱香味散溢出来，很是好闻。

“怎么，你先说，还是我先说？”姜剑云笑着问沈峰，他给自己也沏了一杯茶，坐在沈峰对面。

“你先说吧，这么久没见，不知道你在忙什么。”

姜剑云吹了吹茶叶末，抬手环指了一下四周，说道：“日常学习，没啥特别的。”

“你现在是文职吗？”

“理论上还不是。前两年部队‘转改’政策比较好，我没抓住机会。这几年管得紧了，地方上的编制也少了，我也就打消了这个念头。不过在这边还可以，不用每天‘扣扳机’，生活也相对自由一些。”

沈峰点点头，他仔细端详着姜剑云，发现他确实比之前胖了一些，然而鬓角的白发也多了。

“那你现在还有军衔？”

“有。”

“什么级别？”

“少将。”

“少将！？”

“嗯，副军级，相当于地方上的半个省长。”

“那你……带兵吗？”

“带兵。”

“多少？”

“五个。”

“少将带五个兵！？”沈峰惊诧得瞪大了眼睛。

“噗！”姜剑云把刚喝的一口茶全喷了出来，“哈哈哈，沈博士你可真逗，少将就一定得带兵啊，你这政治觉悟得提高了。”

沈峰也觉得自己的问题有些幼稚。姜剑云擦了擦下巴上的茶叶末，继续说。

“我现在基本不带兵，在这所学校里担任副政委，每天写写材料，看看书，然后跟着下面的一些科研团队做做项目，这下你明白了吧。”

沈峰惭愧地笑了，他捧起茶杯，浅浅喝了一口。

“沈博士，你别看咱们这些年没见面，但是你的动向我一直都在留意。”

“我就知道，不然你咋给我寄酒呢。”

“嗨，不提这个了。那酒喝着还可以吧！”

“没喝着，都分了。”

“怎么分了？”

“没心情喝，也没人喝，所以分了。”

“你说你，还是这个犟脾气。”姜剑云打趣道，“没关系，我这里还有两瓶，咱们今晚就尝尝。”

“先别说这个了，你静默了这么久，忽然叫我来，到底为啥？该不会只为喝酒吧？”

“哎，你还真别说，我这次只想找你喝酒。”姜剑云说，“之前你那么忙，又是教课，又是搞实验，我哪儿敢打扰你呀。”

“你知道我搞实验了？”

姜剑云看着沈峰，点了点头。

“知道。你伤好了没有？”

“你是怎么知道的？”沈峰没等姜剑云说完，反问道。

姜剑云没有立刻回答，他只是用杯盖不断地篦开茶叶末。屋子里陷入一阵沉静之中，只有桌上的马蹄表在“嘀嗒嘀嗒”地转动着。

过了好一会儿，姜剑云终于开口了，说：“本来我打算吃饭的时候再对你讲，但现在你问到这儿了，我就全告诉你吧。”

姜剑云把事情的经过原原本本地向沈峰讲述了一遍。原来，这次实验是姜剑云之前所在的单位同俄罗斯共同组织的项目。只不过具体实施是由凌倚苏牵头，并委托兰州微光研究所承揽，而背后的发起者则是中、俄的军方。由于其中的一些细节涉及军事机密和国家政策，因此姜剑云并不方便直接出现在项目中，而是让凌倚苏全权代理。直到后来凌倚苏的实验一直没能完成，姜剑云才向上级打报告，“解冻”了沈峰，并通过微光研究所，把他间接拉到实验项目组里。所以整个过程自然全在姜剑云的掌控之下。

沈峰听完姜剑云的解释，十分不满。他一方面觉得姜剑云不该瞒着自己，即使实验的初衷涉及机密，起码也应该跟他打个招呼，也不至于让他独自一人在那个陌生的团队中完成实验。

另一方面，沈峰对于姜剑云从冷湖走后，仍然从事人体传真的研究这件事怀有不满。他认为姜剑云应该早点去找他，为何要让自己苦闷地教了八年高中，这期间浪费掉的时光实在是太可惜了。

沈峰忽然站了起来，想要离开这里。姜剑云看出沈峰的心思，立刻拽住他的胳膊。

“你别激动，先听我说完。”

沈峰根本不想听，但是姜剑云牢牢地拽住他，丝毫没有要放他走的意思。

“你还有别的事吗？”

“事情倒不一定有，话还有一些，我希望你听一听。”

沈峰见脱不开身，于是又重新坐下来。

姜剑云把椅子拉近了点，恳切地对沈峰说道：

“沈博士，我知道你心里有些怨恨。说真的，我早就想找你来了。上次给你寄酒的时候，我是下了很大决心的。我当时觉得，要么拉你入伙一起干，要么我彻底退养，干脆不过问这些事。你若不信我，可以看看当时我给上级打的报告，那里面不止一次提到这些项目非你不可。但是当时的政策就是那样，不仅不让我找你，还指出要把所有项目都与冷湖发射任务严格隔离开，我已经尽了自己最大的努力。但是当我准备退出的时候，忽然想起你在冷湖最后的那些日子。如果现在我退出，我可以安心地回家去了，但是沈博士你在那个破学校就再也没有出来的那一天了。所以我的判断是，只要人体传真还能继续搞下去，我就要守住这片阵地。即使不为你，也不为我，不还有老匡吗？我能眼睁睁看着他回来的时候，没人给他解析信号吗，沈博士！？”

姜剑云这一席话说得沈峰心里很不是滋味，此时他多少能够体会到一些姜剑云这些年的坚守。还有他提到了老匡，如果真的有那么一天，沈峰绝不会看着传真信号散失在茫茫的宇宙之中。

沈峰想起了自己刚刚接触人体远距离传真时，他的导师讲过的一句话：当信号的颜色变成橙色时，就把它接进来，否则它将永远飘散在宇宙里，再也找不到归属。

沈峰的眼睛湿润了，他低着头，双手紧紧地攥在一起。姜剑云轻轻拍着沈峰的肩膀，两个人许久都没有说话。

到了晚上，沈峰和姜剑云痛痛快快地喝了一场酒。酒度数很高，但是一点儿也不上头。不过即使这样，他们俩还是喝高了。姜剑云拉着沈峰的手，又说了许多这些年的经历，而沈峰也在心里原谅了他。就像姜剑云说的那样，不为别的，仅仅是为了老匡，也要在人体传真这个领域继续钻研下去。

第二天，姜剑云带着沈峰在威海玩了一圈。他们去了趟银滩海岸，那里是不多的几个没有人工开发过的海滩，风景十分秀丽，还保留着古朴的渔家生活。沈峰渐渐想起了自己的童年时光，他也是在这样一个小渔村度过的，只是没能留下太多美好的回忆罢了。

从银滩回来后，姜剑云又向沈峰说了几件事。第一，由于国际上现在对人体传真的逐渐解冻，国家也有意继续这方面的研究，只是所有的事情都在秘密进行。所以，如果想继续从事这项研究，沈峰就必须到部队上来，挂不挂军衔倒是其次，最重要的是不能再以普通科研人员的身份来介入。

第二，兰州那边的实验目前还没有收尾，不过姜剑云示意沈峰可以放一放，因为有新的项目需要立刻上马，所以沈峰可以选择直接到这边来。

沈峰好奇地问姜剑云是什么样的项目，姜剑云皱皱眉头，说由于项目保密等级非常高，只能透露给他一些基本的信息。就是国家现在对于星际间的人体远距离传真并不是很感兴趣，反而对短距离和超短距离人体传真的研究投入很大。

沈峰听完他的讲述有些疑惑，超短距离的人体传真消耗十分巨大，是没有什么应用场景的项目，为何要这么大张旗鼓地去运作?

姜剑云凑近沈峰，小声地告诉他，因为近期的国际形势很不稳定，一些国家提出了人体传真在军事方面的构想。然而我们国家也不能让这方面一直处于空白，所以部队高层就开了几次研讨会，而后决定组建一支专门的人体传真特战小组。利用短距离的人体传真，来达到穿插敌后的战略布局。

姜剑云说完了之后，沈峰恍然大悟，原来这才是姜剑云此次叫他来的真正目的。沈峰忽然间想起来的时候，列车上那个壮汉所说的那些话。一旦人体传真技术被应用到军事领域，传真信号变成了敌我两派消灭对方的武器时，那么今后的战争将会呈现出一种全新的模式，并且完全不能预估后果。这样一来，势必会让世界陷入未知的危险之中。

沈峰满心疑虑，但是并没有当面拒绝姜剑云。他只是点点头，表示会仔细考虑姜剑云的建议，但现在他还是希望先回到微光研究所，把没有完成的实验收尾，之后再考虑其他的事情。

然而这种半吊子的说法并不能说服姜剑云。

姜剑云的意思很清楚，如果沈峰愿意加入最好，但如果他不愿意，可能就会另选旁人，因为这个项目十分紧急，不能再给他考虑的时间。

可是沈峰最后还是决定退出，他只想快点离开这个地方，回到兰州的项目组里，他决定不乘火车，改坐飞机。因此，他和姜剑云在学校门口道了别。

两天后，沈峰出现在微光研究所的实验场上。然而他的同事告诉他，凌倚苏已经于昨天离开了这里，不知去向。

这个结果并没有让沈峰感到意外，只是他没有料到凌倚苏会走得这么决绝，就连见他一面都不愿意，更何况这里的实验还有很多事情需要交接。他心里虽然满是抱怨，依然投入到了实验的后续工作中。

卢所长倒是很支持沈峰，他让沈峰放开膀子干，不要顾虑凌倚苏之前的实验思路，既然要做，就照着自己的想法来。实验数据和资料全都交由沈峰过目，经费方面只要沈峰开口，他立马批准。

沈峰从心底里感激卢所长，一来二去，也让沈峰踏实了许多。

接下来的几天，沈峰一直沉浸在实验的结果中。虽然最后这次实验导致指挥室爆炸，可数据却保留了下来。

只是这次的实验数据和以往任何一次都不同，它只有一段信息流，而且持续的时间很短暂，仅有几毫秒。而且人体传真的解析系统并没有将这个信号解析出来，因为它极短，相对于人体传真信号而言，数据量实在是太少了。

沈峰看着这个结果思索了一整天，又对比过俄罗斯的信息数据，发现情况惊人地相似。他心想，如果这里面并没有加载着人体传真信号，那它携带的信息会是什么呢？

他连忙叫来了无线电和宇宙学方面的专家，几个人把一厚沓的数据打散后，又重新规整到一起进行对比。终于，他们在信号的末端，发现了三个脉冲的数据信息。这个信息果然不是人体传真信号，在解析出来之后，人们看到的是一组类似于“SOS”的求救语。

一阵凉意爬上沈峰的后脊梁，忽然，他想到卢所长前几天给他的那个文件袋，他赶忙翻出来进行对照。果不其然，两者使用了相同的编码方式。

这会是什么组织发来的信息呢？沈峰满腹狐疑，却不敢详细定位信号源。他缓缓地把文件袋合上，想起了卢所长说过的话：后面的这束电波并不来源于太阳系内任何已知的星球，而是广袤的宇宙空间。

正当沈峰全身心沉浸在实验的后续工作中时，他接到了老家打来的电话。

沈峰的爷爷没了，这是他弟弟在电话里说的。沈峰听到这个消息之后，并没有什么感觉。自从他研究生毕业之后，就很少跟家里面联系。

沈峰从小就怕他父亲，倒不是因为他爸管教严，而是父子间很少有什么交流。沈峰的父亲是一个渔民，原先家里穷，他爸每天起早贪黑地跟着船队去打鱼，基本上不怎么管沈峰。后来家里逐渐有了一些积蓄，他爸又琢磨着开一间海鲜加工厂。厂子开起来后，人就更忙碌了。

那年沈峰刚刚研究生毕业，打算继续攻读博士。可是在他做好打算之后，他父亲却来了一个电话，就说了两句：你不是已经上完大学了吗？先回家，到时候再说。

沈峰二话没说就回到了家，可是等待他的却是另外一种结局。他弟弟马上要结婚了，父亲希望沈峰能回家接手厂子。然而沈峰心里却想着继续读博士，完全没有这种打算。于是就跟他父亲大吵一架，结果闹得不欢而散。

直到沈峰走，他父亲都没有正眼搭理过沈峰一次。后来沈峰还是从别人嘴里听说，他父亲那几天逢人便说：家门不幸，出了沈峰这个没良心的书呆子。

从那以后，沈峰再也没有问家里要过一分钱。逢年过节也都是在学校度过，彻底跟他的家人断了联系。

这些回忆对于沈峰来说，早已经把它们深深地压入心底。每当他看到别人一家其乐融融的时候，他总是用力地摇摇头，把那些陈年往事挤出大脑。即使是在他被“冻结”后最孤独的那几年，也没有往家里去过一个电话。他不想让家里人觉得自己很无助，更害怕他父亲会当面骂他是个“没良心的书呆子”。

然而这次，沈峰还是决定回去看看。倒不是因为他有了勇气，反而是想知道那个家里，是否还有自己的位置。

一周后　山东　威海军械工程技术学院

凌倚苏见到姜剑云后，并没有跟他提太多关于实验的事情。而姜剑云也是个明白人，他压根儿没有去问。两个人只是对后面的项目进行了详细的交流。

其间，姜剑云义正词严地说：“小凌，我可以很明确地告诉你，沈峰博士始终是我们的首选。但是他在你之前已经拒绝了。我现在没有充分的理由说服你，可如果你要走的话，我有十足的把握留下你。”

凌倚苏望着姜剑云，她能够领会姜剑云的意思，于是点点头，说：“我不会走，放心吧，我也想把这个项目做起来。”

姜剑云听到凌倚苏这么说，欣慰地笑了。他又告诉凌倚苏，由于这里仍然是部队范畴，所以上级部门考虑给凌倚苏一个军衔。当然这也仅仅是为了工作方便，并不会有什么实际用途。

凌倚苏也乐了，看来他们考虑得挺周全，这下她摇身一变竟成了女军官，她心里自然有些开心。

在这之后，凌倚苏便快速投入新的工作当中。她这个人有一个特点，就是无论再重要的事儿，哪怕前一秒是天翻地覆，无论有没有结果，只要她认为时机一到，就会完全把它们一股脑儿抛在身后，把注意力投入新的事物里去。

沈峰曾不止一次地跟她讲，说这不是一个学者所应该有的态度，她需要更专注一些。

但每每这时，凌倚苏就会强烈地反驳，她这么做会快速抛弃旧事物，迎接新东西，能够快速适应科学和技术的发展，是绝对优良的品质。

然而现在，无论他们两个的意见多么不一致，都无法去为各自辩解了。

凌倚苏偶尔会想起沈峰，那并不是因为她又遇到了什么难以解决的问题。而是她越来越觉得自己除了工作以外，一无所有。

沈峰又何尝不是。他这种感觉甚至要比凌倚苏更加强烈。只不过他已经习惯了这种生活，更不需要在孤独的时候故作镇定。他把这当成与人体传真技术唯二的两件需要用毕生的精力去探寻结果的任务。也正是这种使命感，才让他一次次地度过那些艰难的日子。

可是这会儿，沈峰却开心不起来。他在老家并没有受到什么热情对待，反而像是一个与丧事无关的人。他曾想在爷爷出殡的时候借机哭上几声。但事实却恰恰相反，他没有办法再控制自己的情绪，就好像他能压抑住孤独一般，此时就连悲伤也不能让他的心里再起波澜。

沈峰悻悻地离开了。当他踏上旅途的时候，仍怀着复杂的心情回头望向这片儿时的故土。忽然间他十分羡慕凌倚苏，如果他也能像她那样，对任何事情都能转瞬忘记，那么生活在他的眼里，会是多么丰富多彩啊！

火车开动了，他的心仿佛也被一种莫名的情绪摇动，他“哇”的一声哭了出来。世界开始在这突如其来的“雨帘”中变得越来越模糊，直到天与地都连成一片，灰茫茫的混沌一片。

就在沈峰被记忆折磨得痛苦万分的时候，也不知道是谁在寂静的车厢里大喊起来，人们还没回过神儿来，就听见他朝大家叫嚷道：

“快看呀，快看呀，要打仗了！”

黄海海域　毕昇号战舰

毕昇舰是一艘综合性的训练舰，为海军最新型的舰载武器装备提供海上的实验平台，有“海上移动实验室”的称号。多少年来，它一直默默无闻地承担着新式武器实验、海员训练和海上调试的任务。因此，毕昇舰上常年都是炮火隆隆、硝烟弥漫。

有一位将军曾说过：在和平时期，中国海军舰艇中风险最大的就是毕昇舰。

虽然毕昇舰的定位不在战斗序列，但是它的炮火依然很强劲。两门100毫米双联速射炮、三座37毫米高炮、一座730近防炮，以及一坑四弹的垂发系统，都让它能够随时成为一头凶猛的海上堡垒。

“我们这次的训练科目，包括刚才说的21项常规科目，还有42项预留科目，为期三个月，最远将抵达北纬……”

枪炮长胡猛正利用舰艇炮火试射的间隙，给前来舰上受训的30名海军军官讲解这次出海的行程。即使他的军衔只是一个区区军士长，可他面对眼前这些军官的时候，一点儿畏怯都没有。反而在看到他们被轰隆隆的炮火震得双手捂耳时，还露出得意的笑容。

“双手请放下，各位。”胡猛嚷嚷着，“这次我作为你们的指导员，我希望你们完全服从我的命令，即使你们在原属部队都挂着衔，但到了这儿，我说什么就是什么。你们以后想整我，记住了，开个大点儿的船来！”

轰鸣的炮火又密集起来，有些军官想要捂住耳朵，但在胡猛锐利目光的注视下都犹豫了。

接下来胡猛又带着大伙儿参观了下层甲板的休息室、餐厅、健身房，最后来到了舰艇的指挥室里。刚才射击的声音有点大，导致这会儿大家的脑袋里全是“嗡嗡”的回音。

“你们现在看到的是整艘舰艇的大脑——指挥室，这里有最先进的相控雷达以及水下声呐系统。在你们的左手边……”

胡猛背对着控制台，面向各位军官，用手一指。

“左手边是常规模式下的指挥系统，你们往后要在这里熟悉舰船的各项指挥操作，当然，会有其他的讲解员为你们详细解说，我就不提了。而在你们的右手边，这套系统连着北海舰队司令部，是用于战时紧急指挥操作，你们可要记好了，没有命令，坚决不能碰任何东西！哪怕是一个按钮、一个开关，谁要是动了，不好意思，立刻下船去。我是说，不管有没有靠岸，你们都得自己游回去。”

“报告！”

“出列。”

“海字358，第一师导弹旅副政委，张丙先，科目综合训练成绩191，原属部队考核优……”

“好了，好了。”胡猛摆摆手，及时制止了张丙先的自我介绍，“你有什么要报告的，张政委。”

张丙先往前跨出一步，立正敬礼，双眼目视前方。

“胡指导，请问什么是‘战时指挥系统’？”

胡猛撇了撇嘴，心想：终于有人受不了我这种训话了，看我不杀杀你们的威风。

“你入列吧。”胡猛单手抱着肩，另一只手捻着下巴上的几缕胡须，缓缓地说起来，那语气就像是在耐心地给小学生授课。

“‘战时指挥系统’是遇有战况，敌袭，牵制，在司令部授意的情况下，哎，我们才有的操作，明白了吗，张政委？就是有敌人来啦，咱们要干仗啦，清楚不清楚，张政委？”

胡猛一屁股靠在指挥台上，继续说：“这套操作系统跟你们那套大致相同，只不过战时的操作更为严谨，你们闹明白那个，这个自然也就通了，没必要直接上真家伙，懂不懂？哎，都参军这么多年了，也不是第一次搞集训，这点儿常识性的东西，以后私下琢磨琢磨，别——”胡猛说着拖了个长声儿。

“别——一上来就问。问这儿问那儿，耽误时……”

“报告！！”

“又怎么啦？出列！”胡猛抬眼一看，又是张丙先，他觉得这家伙要跟他死扛到底了。

“海字358，第一师导弹旅副政委，科目综合训练成绩191，原属部队考核优，本人张丙先！请问胡指导，你后面‘战时指挥系统’上有红灯在闪烁，请问是否正常！”

“别逗了，张政委……”

胡猛一边应和着，一边转过头。就在他目光接触到右侧指挥面板的一瞬间，他愣在那里了。因为这个系统自从他上船以后，压根儿就没有运转过。而现在，一盏红色的指示灯正在那里急促地闪烁着，它的下面标有两个字：应答。

“副政委张丙先，请问胡指导，是否正常！”

“请问是否正常！”这句话后来被记录到中国海军的历史文献之中，它旁边标明了是一个叫“张丙先”的导弹旅副政委，第一个接收到“次元战争”的备战命令。然而就在这个命令之后，迎击敌人的警备状态，由绿色迅速飙升到了红色，正式拉开了“次元战争”的伟大序幕。

山东青岛　济南军区指挥部

这是总动员令下达的第二天，整个济南军区的所属部队在六个小时之内完成了初步部署。

济南军区总司令谭少卿上将正在总指挥所里召开“临战动员会”。来这里参会的除了步兵、炮兵、装甲兵、预备役部队，还有北海舰队的高级将领们。虽然现场人数不多，偌大的椭圆形会议室里，只有十几个人，但就在他们每一个人身后，却拥有数万精良军队。

谭少卿上将双手撑在桌沿上，正听着与会人员的各种汇报。然而，他的目光自始至终都落在面前那张巨型全息作战图上，特别是黄海里面的那几支舰队，一直是他注视的正中心。

“我现在就想知道，为什么我们的卫星没有预警？这么庞大的舰队，即使用肉眼都能看见，早在一百多海里外就该知道了，为什么偏要搞得这么被动！”

副司令员刘三亮大声斥责着，他的火暴脾气在全军是出了名的，有着“刘三炮”的称号。然而这会儿军直通信团的团长坐不住了，他开口打断了刘三亮的发言。

“刘副司令，是这么回事，先前咱们的卫星侦察都借用北京军区的信道，总指令还是由北京方面下达。前几天为了盯着东太平洋的美军演习，就占用了咱们的两个时段，刚好错过了南日本海的一片区域。但是谁知道俄国人的舰队开足了马力从那边的演习区飙过来啊，这要是照着以往，那片海域从来就没有任何舰队通行过。就是这么不凑巧，也不是我们没有侦察到……”

“你还有理了！？”刘三亮一听他的解释，立马火了，“我问你，卫星被占用了几个小时？”

“9 小时左右。”

“它们航行里程？”

“唔……大概 300 多海里。”

“300 海里用了 9 小时，你再不发现，就打到你老家了！”

刘三亮说着把红蓝铅笔用力地摔在桌面上，铅笔反弹了一下，正好滚向对面的谭少卿上将。

谭少卿伸手按住了滚动的铅笔，抬眼看了看刘三亮。

“老刘，差不多了。”

谭少卿的嗓音属于比较浑厚的那种，即使他小声讲话，也会感觉他是在吼。特别是他再稍稍控制一下音量，那种千钧一发的力道会让人感到非常震撼。

指挥室里顿时安静下来，人们低着头沉默不语，但是时间却毫不留情地向前挺进着。

“你们看看。”谭少卿指了指面前的全息作战图，“刚才你们吵吵的时候我一直在思考。俄国人按理说根本不会在这么短时间内进行长途奔袭，他们的目的何在？这是第一点。第二点，出了日本海后，他们没有转道太平洋外围，而是径直逼近我国领海。就在昨天晚上，我们接到情报，它们挨着我们领海的专属经济区基准线一字排开，这既不是战斗编队，又不是约定造访，他们要干吗？”

“他们停船了？”有人问。

谭少卿点点头，说：“是的。”

“他们好像是在等待什么似的。”又有人说。

刘三亮听罢嘟囔道：“等？哦，扛着大炮在你家门口等啊，那能干啥，打仗哪！”

“未必。”谭少卿否定了刘三亮的说法，“首要任务是与对方取得联系，哪怕是干仗，也得有个理由。”

“我们联系过了。”

这时，后排的一个军官插嘴说道，他是海军预警侦察部队的指挥人员。

“已经持续联系了 5 个小时，可是对方一直保持无线电静默，我们没有获取任何有价值的信息。灯光和旗语也都尝试过了，也没有应答。他们倒是有打过几次旗语，但都是航行方面的信息，实在无从下手。”

“北京方面怎么说？”谭少卿问。

“总参那边让保持克制，但是让做必要的战斗部署。”一个参谋官回答。

谭少卿搔着鬓角的白发，目光逐渐落在姜剑云的身上。这次会议他也参加了，作为海军的特战指挥人员，肩负着侦察和特种作战的任务。

谭少卿朗声问姜剑云：“老姜，你们的特种兵怎么样了？”

姜剑云立刻站了起来，整了整衣角，敬了一个标准的军礼。

“报告首长，特战部队已经准备就绪，随时可以投入战斗。”

“嗯，很好。”谭少卿点点头，“你们可以先试着去打探一下敌情，用小船，别大张旗鼓地弄，容易暴露目标。”

“是！”

“还有，”谭少卿从位置上挪开，走到一个大家都能看见的角度，“我现在正式开始战斗部署，无关人员立刻退场，机要人员请注意记录。”

指挥室厚重的大门缓缓地关上了，外面的人对于里面接下来的各种消息无从知晓。时钟的指针渐渐滑向凌晨两点钟，这正是万籁俱寂的时刻，世间的一草一木，甚至是海浪都已经在这浓浓的夜色中沉睡过去。可是它们却不知道，一场前所未有的战斗将会在黎明时分打响，那将会是两个世界的碰撞。

一小时后　山东青岛军港

毕昇舰刚刚靠岸就接到了一个新的任务，这次是往北纬38°，东经116° 的海中央投放新式武器。平时这个坐标并没有什么特别的地方，那里只有蔚蓝的大海与徜徉嬉戏的鱼儿。

可是现在这组坐标已然成为军中极为敏感的一个方位。因为在那儿，此时此刻正盘踞着地球上第二庞大的海军舰队。

枪炮长胡猛一边往舰艇上搬运物资，一边絮絮叨叨地抱怨着。他来这艘船已有九年了，危险的状况遇到过不少。有一次在测试最新型的海基对空导弹时，那是一发四弹的实弹测试，可就在发射按钮被摁下之后，谁都没有想到，第一发导弹并没有升空，而是在发射井里喷射燃烧起来。

当时，甲板上弥漫着从发射井的缝隙里嗞出的高温浓烟，十米之内完全看不到任何东西，人们眼瞅着导弹要炸仓。就在这个危急时刻，胡猛从发射井的侧面，顶着浓烟摸了过去。他按照记忆中的路线，迅速找到了手动发射开关，用力扳了下去。只听见“嘭”的一声，着了火的导弹拖着长长的尾焰，被高压气体弹射了出来，然后落在远处的海中炸裂了。

就在这次事故之后，胡猛被记一次二等功。后来再有人在他面前吹嘘什么“徒手捡起冒烟的手榴弹”的时候，他就会得意地回敬对方一句“老子曾经徒手扔过对空导弹”。那神气劲儿甭提有多美了。

但是这一次，胡猛完全神气不起来了。他摆弄子弹、炮弹、导弹十多年，从来没有怕过。因为在他心里炮弹是能看见的物件，摸熟了就不危险。而战争则不同，那是一种更为意象化的东西，即使在心里模拟一万遍，也未必能够从容应对。

后来有人跟他说，海战其实就是两边互相往对方头上撇“铁疙瘩”，看谁先砸到谁。然而胡猛却不这么认为。他熟知炮弹这东西，虽然平时演习打起来挺简单，可一旦用到战争当中，那绝不是往头上撇“铁疙瘩”那么容易的事。

虽然胡猛满腹怨气，但是他仍然卖力地搬着东西。他旁边有一个穿着海军迷彩服的军官，也在帮他一起搬运。于是胡猛跟这个人搭起话来。

这个人说自己叫姜剑云。胡猛一听到这个名字就气乐了，他笑着说：“你这名儿完全不像是个海兵哪。”

姜剑云也乐了，停下了手中的活儿，让胡猛继续说下去。

胡猛直起身，摘了手套，嘚瑟起来。

“你看哈，‘剑云’，云中利剑，明明就是航空兵，你说你来海上凑啥热闹？犯名讳这事儿可是自古就有，三国时不是有个庞统吗，号凤雏。他最后就是因为犯名讳，死在落凤坡了。你要想飞黄腾达呀，就得找对地方。”

“哈哈，哈哈！”姜剑云大笑道，“你还挺迷信的。在船上几年了？”

“不多不少，刚好九年。”

“嗯，不短了，什么职务？”

“枪炮长。”

“那敢情好，对开炮有研究啊。”

胡猛被人这么一说，心里逐渐亮堂了，也不问姜剑云是干什么的，敞开心扉跟姜剑云唠起来。眼看东西搬完了，可胡猛这话头还没结束，于是跟着姜剑云就往船上边走边说。

胡猛走着走着一抬头，看到前面就是舰桥作战指挥室，他连忙停住脚步。

“你怎么不走了？”姜剑云回头问胡猛。

“去那儿干啥？”胡猛冲姜剑云挤挤眼睛说，“这会儿领导们都在里面开会，听说有新的首长要过来督导任务，咱别去找不自在，我领你去别处转转，走，走，走。”

胡猛转身拉着姜剑云就要走，可是姜剑云却拽住了他，笑着对胡猛说：“领导怎么了？都是人！走，咱们一块儿进去看看。”

说着，两人拉拉扯扯地走进了作战指挥室。刚一进舱门，毕昇舰的舰长、副舰长以及各部门的指战人员齐刷刷给他们立正敬礼。

胡猛愣了，他看看姜剑云，再看看这些同事，立马明白过来。

“首——首长！”

姜剑云“啪”的一声，一个标准的军礼，回给面前的各位同志。

“初次见面，自我介绍一下，姜剑云，济南军区特战部队政委，兼任此次任务总指挥。”

“首长好！”

“不必拘礼，既然上了一条船，大家就是同志了。刚才我跟老胡聊了聊，对咱们的舰队也算是有一些初步的了解，待会儿咱们再详细说说这次任务。”

舰长转过头，狠狠瞪了胡猛一眼。这会儿胡猛恨不得有条地缝赶紧钻进去，他的脸涨得通红，彻底偃旗息鼓了。

姜剑云让大家围拢过来，开始布置这次任务。他把任务分为两步：第一步，运送；第二步，投放。

由于战斗会在今天黄昏时分打响，所以现在还有 6 个小时赶到预定投放位置。然而，选定毕昇舰作为此次任务的执行单位也是有原因的。这艘舰艇是目前北海舰队里最快的海上舰船，它全速航行速度能够达到 39 节，在这个速度下还能保持一定的机动性。而且，它的隐蔽防护措施也是最全面的，可以避开大部分的舰载雷达。

不仅如此，毕昇舰还有另外一个独特的地方，就是超静音巡航。

在海战的时候，雷达是获取敌舰方位的一种常规手段，而另一种则是声呐。它会通过舰船流体噪声，也就是舰船在水中运动时与海水摩擦产生的声响，来判断舰船的位置、远近、吨位和速度。在这些噪声中，舰船螺旋桨叶片震动和螺旋桨空泡的噪声往往是致命的硬伤，一旦被敌方声呐锁定，后果不堪设想。

然而毕昇舰的螺旋桨和其他舰船不同，它采取了一种被称为“大侧斜螺旋桨”的工艺，让空泡在桨叶不同位置上产生，这样一来，螺旋桨背面水压变动情况会减少 50%，空泡破裂相对平稳，噪声要比普通舰船小好几个数量级。从这个意义上讲，毕昇舰是为数不多的，能够在“全隐身”状态下接近敌方舰艇，这就大大提升了此次任务成功的概率。

一旦到达预定位置，剩下的投放任务就简单多了。所以这次任务的关键在于隐蔽航行。

四十分钟后，毕昇舰起锚，向预定目的地急速驶去。

姜剑云扶着船舷上的栏杆向下望去，黝黑的大海仿佛是一张黑天鹅绒编织的地毯。由于船速快，船头规律地上下起伏着。当它向上跃起时，姜剑云看到黑色的海面迅速远离自己，落下的海水像一道道雨帘般挂在船舷上。大概升到三四层楼的高度时，船头又沉沉地砸了下去，激起的水花飞速没过了甲板。

姜剑云的心随着一起一伏，忐忑地跳动着。他不确定这次任务能否成功，而对于首次用于实战的短距离人体传真来说，海上的情况远比陆地上复杂得多。他在来之前反复询问过凌倚苏一些细节，可是一旦人体传真信号发射出去，那结果将会大大超出他的掌控范围。能不能起作用，真的需要一些运气。

但愿海洋之神能够护佑这一路的行程，姜剑云此时心里暗暗地祈祷着。

时间一分一秒地过去了，就在毕昇舰全速挺进的时候，胡猛找到了姜剑云。他对后续的投放环节有些不解，想要直接咨询一下。

“行啊。”姜剑云爽快地答应着，他一改刚才的忧心忡忡，很热情地说，“老胡，你想问啥，我都告诉你。”

“姜首长，我就问一个问题。”胡猛这会儿老实了许多，“我看了刚才咱们的会议记录，上面只说到达预定地点后进行投放，可并没说用啥装置啊，你看咱是用炮打过去，还是用鱼雷管射出去呢？”

“都不用。”

“啊？”胡猛有些搞不清楚状况了。

“你玩过弹弓没有？”

“弹弓？你是说，打鸟的那种？”

“嗯。”姜剑云点点头，随后用手比了个“Y”字形，“咱们就用这种最土的方法，把东西抛出去。”

“首长，你又拿我开玩笑……咱现在不是说正事儿呢吗……”

“老胡，我没开玩笑，仅仅是打个比方。”

“可是……这会儿咱去哪儿找弹弓啊，首长……”

“哈哈哈！”姜剑云大笑道，“你们船上就有这玩意儿。”

“我们船上！？”

“嗯。”

“我们船上先进的装备倒是不少，但是这弹弓……”胡猛用手搔着后脑勺，使劲思考着。

姜剑云用下巴颏儿朝旁边的一个矩形的铁箱子指了指。

“就是它。”

胡猛回头一看，姜剑云所说的“弹弓”竟是船上的电磁轨道炮，他彻底懵圈了。

“首长，你用这玩意儿投放物资，那还不得打烂了？”

“你不会把速度调低吗，枪炮长同志？”

“我们直接用鱼雷管射出去不是更好吗？”

“老胡，你忘了我刚才会上说的了。咱们得注意隐蔽。用电磁炮投放虽然有些大材小用，但这是特殊时期嘛，又不是行不通。再说了，用电磁炮发射隐蔽性最好，咱们悄悄摸过去，打上几炮就走，神不知，鬼不觉，这才是最好的方法，对不对？”

胡猛用力地挠了挠头，他发现姜剑云说得挺在理。特殊情况特殊对待，别说用电磁炮投东西，这会儿就是让他拿巡航导弹烤鸡腿他也愿意。只要能完成任务，管他三七二十一呢。

胡猛打定主意后，立刻跑去调试电磁炮。这对于他来说不是难事。

距离到达投放地点还有 2 个小时。短距离人体传真接收机被放到特制的盒子中，一共八个盒子，每个所携带的电池组都能满足 4~6 次人体传真。胡猛调试的电磁炮也已经准备就绪，基本达到了投放要求。

预计还有 1 小时的时间，姜剑云下令降低航速，由原先的 39 节降到了 20 节左右。并且打开了船上的电磁屏蔽设施，中断一切和外界的无线电联系。不必要的灯光也全部熄灭了，全舰保持一种“超静音”的状态。

毕昇舰像一只猫似的，踮着脚尖，悄无声息地朝着预定投放地点摸了过去。

姜剑云跟舰长在指挥室里小声地聊着天，他们你一言，我一语，天南地北地聊，所说的内容大都枯燥无味，然而他俩的心思并不在这上面。两人交替用桌子上的望远镜向前方探寻着，企图搜索到那阴沉的夜幕下，盘踞在海上面的钢铁猛兽。

可是，那里除了夜色和与夜色一样黝黑的海水之外，就没有半点光亮。

“时间还有多久？”姜剑云问道。

“离抵达目的地还有不到 1 小时。”舰长一边说着，一边放下望远镜，看了看手表，“离预计投放时间还有 2 小时左右。”

“那就再放慢点速度。”

“降到 15 节？”

“10 节。”姜剑云沉稳地说道。

毕昇舰的速度又放慢了，它仿佛是在随波漂浮一样，一丁点儿的浪花和航迹都没有留在海上。

甲板下面的各组人员早已安排妥当自己的任务，只等舰长一声令下，他们便开启最后的投放作业。

时间，渐渐指向了最后 20 分钟。舰长看了看仪表盘上的经纬度，现在最前面的数字已经完全吻合预定地点，只差最后几分秒的差距了。他凑近死盯海面的姜剑云，悄悄地问道：

“要准备投放吗？”

“再等等。”姜剑云回答，他的左手握着望远镜一刻不停地扫视着前方的海平线，而他右手的四个手指，则依次在控制台上不断地敲击着。

时间就在这死寂一般的沉默中，慢慢地滑向最后十分钟。

“让胡猛准备吧。”姜剑云下达了指令，“先预热机器，我说开始再发射。”

命令传递下去，胡猛迅速坐到了电磁炮的发射仓中，他按照平时的操作流程，蹑手蹑脚地在面板上扳动着按钮。

一颗，两颗，开机。胡猛嘴里小声地念叨着，生怕弄错一步。

第三颗，第四颗……一滴汗落在了胡猛面前的控制面板上，他深吸一口气，定了定神，用小拇指轻轻地抹掉汗珠。就差最后两个步骤了，他下意识地抬头望了一眼。

就在远处的海平线上，仿佛有几颗星星在微微闪动着。

胡猛先是一愣，眼前逐次明灭的亮点似曾相识，那就好像是……在平时夜间集训的时候……

突然，他猛地摘下了身旁的电话机，也不顾船上静音的命令，歇斯底里地朝着话筒狂吼。

“敌袭！敌袭！两点钟方向发现炮火闪光！发现炮火闪光！”

与此同时，姜剑云也发现了前方的闪烁，他忽然站起来，刚要说话，就见一颗燃烧弹在船的左前方炸裂了。

第一波射击的“轰隆”巨响伴随着雨点般的炮弹砸了下来，四散的冲击波夹杂着海水和弹片在舰船周围肆意地激荡着，它们疯狂地掠过海面，像一头头尖叫的猛兽。

如果这个时候从高处往下俯瞰，毕昇号就像是尼亚加拉大瀑布下面的深潭中一片摇摇欲坠的小树叶，那炮火的强度完全超乎任何人的想象。

毕昇舰上此时乱作一团，有的人在尖叫，有的人在疯狂跑动，还有的人七手八脚地打开了武器系统，准备迎战。然而与这种慌乱相反，毕昇号舰船本身却依然朝着预定投放地点拼命地航行着，此时它的速度已经被加到了最大，完全不顾身旁猛烈的炮火，用尖利的船首劈开翻涌的海浪，顽强地向前猛冲。

“离预定位置还有两公里，是否提前投放，请指示！”舰长朝着身边的姜剑云大声询问。

然而姜剑云这时却抱着肩膀，他默默地看着眼前发生的一切，岿然不动。

“放弃航线，准备撤离。”

“什么！？”舰长以为自己耳朵被震聋了。

“我说，放弃航线，返航。”姜剑云又重复了一遍。

“可是马上就抵达了，为什么放弃？”

“因为已经没有意义了。”

“请首长再考虑……”

“不用考虑，这是命令。”姜剑云斩钉截铁地说，他回过身，看着焦急的舰长，用手拍了拍他的肩膀。

“舰长同志，我们已经尽力了。只是没有得到军神的眷顾罢了。”

说完后，姜剑云转身走出了指挥室，只剩下舰长呆若木鸡地站在那儿。

但是军令如山，毕昇号还是准备返航了。而此时，第二波的炮火已经到来，高爆的弹头产生的空气激波把海水炸出一个个大坑，然后瞬间又被汹涌的海水填满。海面上像是绽放着一朵朵鲜艳的火焰莲花，毕昇号就在极高速的情况下，在这些火焰莲花之中艰难地穿行。

它开始调整姿态，从右侧做U形回转。舵手用尽全身力气把船舵打得死死的，船体仿佛是要倾倒一般。就在U形弯的最顶端那里，右船舷已经几乎没入海水中。

毕昇舰的轮机发出巨大的轰鸣声，它嘶吼着完成了这次转弯。船体的钢板在高速机动下“吱吱呀呀”地颤抖着，仿佛要撕裂一般，但这依然没能让它逃出炮火的攻击范围。这时在指挥室总控制台的雷达上，显示敌舰已经开始了高速机动，它们正在猛追。

姜剑云找来了胡猛，要求他把所有没有发射出去的人体传真接收机全部绑上炸弹，投到水里销毁。胡猛二话没说，点了点头后飞速跑了。

姜剑云拿起望远镜看了看远处的海面，此时此刻在他心里面有一个表盘，这会儿他正位于表盘的正中心，而俄国人的舰队正沿着表盘的边缘，成扇形向他们围拢而来。

如果顺利的话，毕昇舰能够从9点钟方位逃出去。但此时大家心里面都没有底，因为敌舰炮击的闪光和声音间隔越来越小。

舰长想要下令还击，可是被姜剑云制止住。他考虑到现在舰船仍然处于“静默”状态，即使不是完全隐身航行，也能够牵制敌方的一些武器锁定。可一旦还击，那么隐身状态将被打破，之后敌人的炮火可不会像现在这么不准了。

就这样，毕昇舰仿佛是被敌方的火力网缠住了，虽然还在奋力地奔跑，可是却一寸寸滑向危险的深渊。

时间一分一秒地过去，姜剑云闭上了眼睛，任凭飞溅的海水打湿他的身躯。这么多年来，引领他来对抗黑暗的并不是什么信念和意志，而是知识，像明灯一样耀眼的科学技术。只是现在，那盏高悬的灯火被冰冷的海水浇灭了，并且伴随着他的无力感一齐跌落至黝黑的海洋深处。

也不知道过了多久，姜剑云起初认为是自己产生了幻听，后来他仔细辨别，才发现真的是有人在喊叫。

“快看哪，前面！”

姜剑云抬起头，刚要循声远望。正在这时，有两艘船从他们的斜前方飞驰着掠过了毕昇舰的两侧。三舰相遇的速度实在是太快了，以至于姜剑云都没能看仔细船舷上的数字，只见疾驰而过的舰船拖着两道白浪，像离弦的箭一般冲向身后的战场。

与此同时，一直静默的无线电系统发出了响亮的声音。

“幺洞两拐（1027，毕昇舰舷号），这里是沧州号护卫舰，收到请回答，完毕。”

“幺洞两拐，这里是烟台号导弹护卫舰，请从我身后撤出战场，完毕。”

“这里是幺洞两拐，毕昇舰，你们……”舰长哽咽着应答，他向前方望去，只见不远处的海平线上出现了一支舰队，刚开始还只能看见为首的几艘舰船，可等到它们按照战斗阵型重新编队之后才发现，那密密麻麻的舰艇正是北海舰队的主力。

姜剑云用力地抹了把脸，他通过望远镜仔细辨认着每一艘舰艇。有哈尔滨号导弹驱逐舰[①]、石家庄号导弹驱逐舰、青海号驱逐舰、大连舰、沈阳舰、桂林舰、洛阳舰、绵阳舰、宜昌舰、营口舰、威海舰、盐城舰、邯郸舰、临沂舰……而在这些舰艇的前方，那一道道翻腾的水纹之下还有数艘“汉”级攻击核潜艇。

同时天空中也隐约有飞机的身影，但是速度太快，姜剑云看不太清楚。可就在他极目所至的最远端，一艘硕大无比的舰船正稳稳地向着他们驶来。那正是北海舰队的核心巨无霸——辽宁号航空母舰。

① 下称哈尔滨舰。

忽然，为首的哈尔滨舰上有束明亮的灯光快速地闪动起来，姜剑云明白，那是包含摩斯码的灯语。而此时它向整个舰队频繁地传递出一个强烈的信号：

“迎击。”

原先以毕昇舰为圆心的那个表盘，终于在北海舰队出现后，要完成合拢。黝黑的夜也走到了尽头，此时它正咆哮着把黎明前的最后一点墨色，全部洒向海面这处死亡旋涡。

青岛　北海舰队总指挥部

其实在姜剑云他们出海后不久，接敌的命令就迅速发出了。只不过这个命令并不是由总司令谭少卿上将直接发出的，而是在副司令刘三亮反复要求之下做出的决定。

说来也巧，刘三亮与姜剑云是同一所军校毕业，但是属于上下两届的同学。在他们那个时候，两个人虽然没怎么接触过，但对方的名号都是响彻全校，不仅在成绩上非常突出，各个科目的训练也都出类拔萃。

只是刘三亮平时好勇斗狠，再加上他人缘也不错，身边一直拥有数量庞大的跟班。而姜剑云则与他相反，日常生活中并不显山露水，关键时刻却能压住阵脚，完全一派独狼的作风。

直到后来，姜剑云选择了继续在装备技术领域钻研，而刘三亮凭借身边兄弟们的帮衬，顺利地爬到了战区副司令的位置上。这一上一下的差距就延续到了现在。

可刘三亮一直不服气。他觉得自己虽然军衔上压了姜剑云一头，可在军事能力上并没有正面与姜分出胜负。这几年姜剑云又凭借人体传真的几个研发项目而名声大噪，更让刘三亮不舒服。

用他自己的话说：造枪和打枪是两码事，当兵的不上战场，不抠枪，就没有输赢。

所以他特别期待有机会能跟姜剑云比试一场。这种强烈的个人情感一直驱使他在找机会，甚至他还暗地里帮着姜剑云创造了许多契机。

眼下这个时候，他认为正是良机。

就在姜剑云出海后不久，刘三亮便找到了谭少卿。他开门见山地向总司令请求：

“老谭，赶快下命令吧，我要亲自带兵出海。”

谭少卿一皱眉头，说：“你出海干什么？”

“打仗啊。”

“打仗？”谭少卿斜了他一眼，“还没搞清楚状况，打什么打！”

“嗨，人家都到咱门口了，你还搞这种‘绥靖政策’，当初侦察的时候就让咱们等，结果完犊子了。现在上面已经下了命令，你还等，这样下去不贻误战机才怪呢！”

“我说老刘，你别乱给我扣帽子。”

“没扣帽子，我实话实说。你让姜剑云他们一艘小船出海，又没安排接应，就不怕出危险？”

“毕昇号是隐形高速战舰，而且又不接敌，不会有事。”

“可他们面对的是整个俄国舰队。到时候万一被发现，它能跑得过炮弹啊，你敢打包票这一步棋没走错吗？”

“我会安排接应。”

“那就下命令吧。”

“再等等。”

刘三亮这时向前走了几步，来到谭少卿的跟前，俯下身子，面对着椅子上的谭少卿。

“老谭，我不反对你的战略计划，但是你要弄清楚一件事。”

“什么事？”

刘三亮用眼睛紧紧盯着谭少卿，一字一句地说：“战场上无对错，只论输赢。”

这句话仿佛一颗投入深潭的石子，瞬间扰动了水面的平静，一圈圈的涟漪在谭少卿心中涤荡开来。

不过事实证明刘三亮是正确的，他很能抓住战争当中的一些细节，从而做出最直接的判断。

谭少卿动摇了，他在经过仔细地思索之后，下达了舰队总动员的指令。而刘三亮也遂了他自己的心愿，登上了旗舰哈尔滨号，成为整个北海舰队的临战总指挥。

各艘舰船闻风而动，从四面八方开始向姜剑云他们的预定地点浩浩荡荡地集结。

黎明前两小时　黄海外侧

在北海舰队主力的掩护之下，毕昇号顺利脱离包围。然而俄国舰队也停止了追击，他们在专属经济区的基线外侧停下了脚步。

胡猛长长地舒了一口气，他回望身后正在对峙的两大舰队，完全不能想象自己是从他们眼皮底下溜了出来。

这时毕昇号的舰长下令开始验损。说起来也怪，就是在那样猛烈的炮火之下，毕昇舰的船体竟然没有什么大的损伤，甲板上一个弹着点也没有，而侧面的装甲也没有遭到毁灭性的打击，只留下了一些弹片残痕和烧灼的印记。

姜剑云也很诧异。因为按照刚才的炮火密度，即使毕昇号隐形效果再好，船体遭受不到严重的损伤，起码也会有炮弹落上来吧？可是结果没有。

验损报告里摘录了水手长的详细描述，他说据船员观察，在敌方的炮火攻击中，百分之八十以上都是弹炮一体的舰载燃烧弹，而高爆的巡航导弹、高速穿甲弹和鱼雷则一个都没发现，并且炮弹的落点也是在船周围的海中，那情景就仿佛是敌人有意要让他们逃走一样，而不是直接下狠手。

姜剑云看完报告之后，马上明白这是怎么一回事。他命令通信兵立刻把信息传达给旗舰哈尔滨号，让舰队尽量保持克制，且不要用重武器直接攻击对方的舰艇。

总指挥刘三亮看到消息后，轻嗤一声。他完全不认同姜剑云的看法，虽然有可能是敌人手下留情，但也不能排除毕昇舰侥幸逃脱的因素。而且，在战场上仅凭这一点就揣测敌方的意图，实在太大意了，那不是他的作风。

刘三亮命令舰队始终保持攻击阵型，随时准备接敌。另一方面，他也时刻关注着敌方舰队的动向。

时间就在这样的对峙中，一分一秒地过去了。一个多小时后，太阳从敌舰后面冉冉升起，惨白的阳光毫无生气地照射在海平面上，仿佛在苦苦地诉说着这片海域曾经的苍茫。

北海舰队的各艘舰艇严阵以待，肃杀的气氛将他们层层围住，只有几艘小型后勤补给船在忙碌地穿梭。

然而俄国人这会儿仿佛根本不在状态，他们的船一艘艘分散停泊在海面上，既没有什么阵型，也无任何动作。看上去就像是睡着了。

刘三亮此时心里泛起了嘀咕。他心想这些俄国人可真有意思，打也不打，走也不走，停在那儿到底想要干啥？难道仅仅是为了过来耀武扬威一番？这完全是不符合逻辑的行为。他几次试图与对方联系，可都没有得到任何回应。而总指挥部那边也没有进一步的指示，这种心理战式地对垒，让他很不自在。

忽然，刘三亮想到一个大胆的举动。他命令洛阳号、沧州号、宜昌号三艘导弹护卫舰成单纵阵立刻向北面行驶，绵阳号、营口号、威海号三艘护卫舰也成单纵阵向南面行进。在正对着俄国舰队的中间一路，由石家庄号导弹驱逐舰，烟台号、盐城号、信阳号、大连号、葫芦岛号、潍坊号导弹护卫舰和两艘“明”级潜艇组成轮型阵，从正面接近敌方舰群。

“既然敌人不过来，那我们上去把他们赶跑。”最终刘三亮下达了逐客令。

只见北海舰队的数艘战舰兵分三路，朝着俄国舰队呼啸而来。长长的汽笛声伴随着汹涌的波涛，如同蛟龙一般在海面上翻滚着。

可就在三路战舰刚刚越过两军对阵的中心线时，俄国舰队发出了一阵沉闷的警报汽笛，他们本来懒散地停泊着的舰艇，顿时像是被激活了一般，各自疯狂地开足马力，朝着北海舰队猛扑过来。

刘三亮见状立刻抓起话筒，朝里面用力吼道：“全体都有，成梯形阵列，打开火控雷达，准备接敌！”

双方的战舰全速驶向对方，从高处俯瞰下去，先前的那个圆弧正在逐渐变成两条即将相切的弦。

“瞄准他们的前方海域。”刘三亮大声喊，“开火！！”

北海舰队开火了，炮弹升空时刺耳的啸叫如同尖利的小号，和着由汽笛声、马达声、波涛声组成的不同旋律一齐迸发出来，最终奏响了这场海战的乐章。

早晨的天空中零星地飘着几朵洁白，也不知是硝烟还是云朵，它们仿佛也察觉到了下面激烈的战斗，从而悄悄地消散了。仅有的几只路过的海鸟，好像是畏惧这冲天的戾气，惊恐地扑打着翅膀，迅速飞离了这片空域。

炮弹愈飞愈远，在相当远的位置已听不到它们爆炸的声音，只看见那些由钢铁铸成的弹头逐个落入水中，炸裂，最后绽出一朵火红的莲花。而两方的舰队此时此刻已经离得很近，它们的速度也相对慢了下来，正行驶在这片鲜艳的花海之中。

异象发生

最先发现情况不对头的是沧州号，刚才他们正要从北面包抄俄国舰队。可在开火命令下达之后，他们看到一种奇怪的现象。双方的战舰几乎同时开了火，但是我方打出去的炮弹都落在了俄国舰队的正前方，然而俄国舰队的炮弹却落在了他们自己的后方。

俄国人正在向自己身后开炮。

沧州舰舰长虽然觉得很奇怪，但是他并没有立刻把消息反馈给旗舰。就在这一刹那间，他看到俄国后方舰队的一艘补给船沉了。对，并不是被炮弹击中，而是自己逐渐沉入海水中的。

他略一犹豫，刚要拿起电话汇报，就见在刚才沉船的地方，又有两艘俄国战舰悄悄沉入水中。

“难道还有第三方势力！？”沧州号舰长马上发信息给旗舰哈尔滨号，与此同时，他看到面前指挥系统的显示屏上，南面的威海舰也发了一条不明沉船的消息。

“这是怎么回事？”沧州号舰长心里一阵阵泛着狐疑。他从昨晚营救毕昇舰的时候，就觉得俄国舰队的行为有些异常，明明占尽优势，却放弃了大好的机会，而且在武器弹药的选择上，有那么多不符合常理的地方。这其中一定有原因。

可就在他思索的时候，海面上的异象扩大了。

只看到俄国舰队的后方腾起一波巨浪。布满泡沫的浪峰突然从他们的船尾处冒了出来，将好几艘俄国舰船整个托了起来。

沧州号舰长看到后迅速对这个浪进行了一次即时测量，结果吓了他一跳：这个巨浪竟然高达 32 米，相当于 10 层楼的高度！

按照传统的海洋学观点，海浪的形成是一个直线行进式的过程，大浪是由若干小海浪逐渐汇合而成的。一般来说，风速大小、风持续的时间长短以及开阔洋面的区域大小，这三个因素决定了海洋上的浪高。

可是现在的洋面上，既没有风，也没有持续的洋流浪涌，在这样平坦的海上，这股巨浪难道是凭空产生的吗？

沧州号的舰长陷入一种莫名的恐惧之中，他深知，在大海上最厉害的对手并不是敌人的战舰，而是大海本身。

就在他犹豫的一瞬间，这股巨浪落了下来。俄国人的舰艇像被抛开的儿童玩具一般，硬生生地沉到了水里。

“全体船员，准备迎接巨浪冲击！”沧州号舰长嘶吼着，可为时已晚。巨浪瞬间就到了眼前，整个北面编队的三艘舰艇硬是被浪头拍了进去，连一丝反应的机会都没有留下，他们全部沉没了。

然而，哈尔滨舰在沧州号沉没之后，也开始了战略机动。刘三亮被眼前的情形弄傻了眼，他一边慌乱地指挥各小组编队自行应对，一边问旁边的参谋官。

可此时那几个参谋的表情与刘三亮差不多，一个个都愣在那儿，不知道该作何谋划。

姜剑云在后方的毕昇号上看得清清楚楚，无论如何他都不敢相信眼前的情形是真实的。他虽然是一个技术型人才，但是同海洋没少打交道。稀奇古怪的状况也见得多了，但现在正发生的事情他却连听都没有听说过。

不过姜剑云这个人终归还是个硬茬，当他发现俄国舰队的异象之后，迅速命令近处的几艘舰船掉头，做好撤离战场的准备。而当巨浪升起的时候，他又连忙向所有舰船群发了简讯，指示他们立刻后撤。

就在巨浪吞没沧州舰编队的那一刻，毕昇舰已经完成了调头，和附近的几艘战舰开始向岸边行驶。

海面上的情况变化太快了，根本来不及思考。留给各艘战舰舰长的决断时间，也只有那么区区几分钟。

一些有经验或机灵点的舰长，见势不妙，马上开始撤离。然而，也有一些像刘三亮那样的烈火指挥官，根本不去思考面前的危险。

刘三亮他们离海浪实在是太近了，哈尔滨舰的排水量满载接近 4 800 吨，它庞大的身躯就像是座小山包一样横在海中央，此时再想调头已经来不及了。

面对前面凌乱的战场，刘三亮正了正衣冠，转过身，神色肃穆地扫过指挥室里的诸位船员。

“我刘三亮这辈子没吃过败仗，我双脚所立之处，皆是中华的土地。在海上，舰艇就是国家领土！我不知道各位怎么想，但是此刻，在我刘三亮心里面……只要双脚还在，一寸都不能后退！”

他正了正自己的军帽，然后转过身，把舰船加速杆推到了最顶端。

“听我的命令，全体将士！”他面对如巨墙一般的海浪猛吼道，“不管它是啥，给我打！！”

哈尔滨号咆哮着开火了，它顶着那座射得已经红了膛的舰首炮，像一匹脱缰的马儿，用尽自己全身的力量，嘶吼着冲向面前的滔天巨浪。

海水涌了上来，远处的人们仿佛听到了仍在巨浪之中开炮的声响。只是那声音愈发沉闷而短促，最终在一个时间节点上，归于永远的寂静。

北京时间上午 8 点 42 分，北海舰队旗舰哈尔滨号，宣告沉没。

姜剑云从通信器中听到了刘三亮最后的声音，他沉默了。这个跟他好了一辈子也斗了一辈子的男人，最终就这样变成了一个让他永远也无法超越的传说。

青岛　北海舰队总指挥部

当谭少卿上将得知北海舰队几近覆灭，刘三亮战死沙场的消息后，一下子瘫坐在了椅子上。他无论如何也没想到俄国人会如此狠绝。

可是当参谋官告诉他，这并不是俄国人所为，而是一股神秘巨浪的灾难之后，他从一个深渊又跌入了另外一个深渊。

一方面是痛失战友的悲伤，另一方面当他想到国家精心打造几十年的北海舰队就这样白白葬送在了自己手里的时候，那种罪恶感就像是一味毒药，瞬间深深地扼住了他的喉管，让他无法呼吸。谭少卿面对这个状况一筹莫展。

此时心有余悸的姜剑云也连连摇头，没有任何办法。而凌倚苏在看过船上的录像之后，同样被这突如其来的灾害所震撼。她觉得这肯定不是自然形成的巨浪，或许这就是一种新式武器，但不属于中、俄任何一方。而至于这种武器的具体运作原理，凌倚苏根本没有头绪。

三个人面面相觑，正在他们发愁的时候，忽然，电话铃响了。谭少卿接通了来电。

“是我。”谭少卿用嘶哑的声音答应着。

“是的，首长。”谭少卿忽然站了起来，声音提高了许多。

“我明白，我们随时准备着。”

姜剑云和凌倚苏不清楚电话里在交谈什么，但是从谭少卿的表情上，他们猜测对方肯定不是一般人。

“一切听从中央指示，首长。”谭少卿不住地点头，“我们会尽快做出应对方案，请首长放心。再见。”

谭少卿挂了电话，半晌儿没有出声。

“谭司令，有什么消息吗？”姜剑云试探着问道。

“是中央首长。”

“有指示了？”

“嗯。”谭少卿回答说，“就在两个小时前，一架从莫斯科飞来的专机降落在了天津机场。上面有两个俄国高级将领，他们说有紧急情报要与我方沟通。因为涉及这次海战的细节，所以他们马上要来这里跟咱们面谈。”

“这葫芦里卖的什么药！？”

“哼，不管他们卖什么药，决不能轻易放走。”谭少卿面露愠色，生气地说，“小凌，你也跟我们一起见见吧。现在身边可用的人不多，你和剑云都是技术出身，如果有这方面的问题，我希望你们能够一起解决。”

凌倚苏点点头，听从了谭少卿的命令。

很快，俄国的代表团在直升机的护送下，来到了这边的总指挥部。说代表团其实有些夸张，一共就三个人，两名俄国军方代表和一名总领事馆的工作人员。为首的是一个叫茨宾科的翻译人员。

茨宾科可以说是中国人的老朋友了，他今年只有四十多岁，以总领馆参赞的身份在中国待了二十年。这会儿，他正用流利的汉语滔滔不绝地讲话。

“朋友们，我先简单介绍一下，我叫茨宾科，是莫斯科驻中国总领馆参赞，也是这次来访任务的指定代表。这位是莫洛夫中将，第三十五集团军副司令。那位是克拉科夫少将，黑海舰队总参谋。”

茨宾科停顿了一下，看了看在场的人员，然后继续说：

“我接下来要给大家做本次访问的主要汇报，而这两位将军，你们可以把他们当作是俄联邦最高诚意的体现。”

茨宾科用汉语开着玩笑，可在座的人没有一个被他逗乐，大部分都神色肃穆地紧盯着这三个外国人。

看到大家没有接受自己的幽默，茨宾科识趣地眨了眨眼，把注意力集中到了汇报上。

“本次报告共分为两个部分，首先是关于此次海战的详细解释，另外还有一项是对16个月前，俄国黑海舰队遭遇状况的描述。其间大家可以随时向我提问，我都会回答。”

茨宾科说着就开始了他的汇报。这是一份非常冗长而且让人吃惊万分的报告，谭少卿当兵四十多年，还从来没有遇到过如此让人心神不宁的事情。

姜剑云和凌倚苏则相对镇定一些，毕竟他们对于那些技术层面的东西，理解起来要比普通人更加深刻，也就能够接受那些常人无法想象的事情。

然而这一次，茨宾科的报告恰恰就与姜剑云和凌倚苏，有着很微妙的联系。

报告分两个环节，按照时间顺序，黑海舰队的遭遇更靠前一些。

大概在两年前，俄国人的宇航员在探测火星的时候，发现了一些本不属于火星自身的岩石，当时他们判定为太阳系外层空间陨石。这些陨石呈黑色，是高密度的重物质结晶，异常抗压和耐高温。出于对陨石的好奇，俄国科学家展开了一系列的研究实验，而在实验过程中研究人员发现了其中蕴含的与人体传真相似波形的秘密信号。这个消息本来是绝密。可是后来中国和美国也相继从火星获取了一些陨石，因此实验就逐渐变成半公开的国际合作项目。

可是就在俄国人用宽频红外光成功激发陨石之后，事情却没有朝着他们预想的方向发展。与中国前一阵的实验相同，人体传真信号并没有被解析，反而在几天后有一束奇异的光波辐射落在了黑海上。这引起了俄国极大的兴趣，几艘探测船奉命前去查看究竟，可就在他们抵达附近后不久，舰船便悄悄地消失在了海中。

随后的事情就可想而知了，离奇的沉船事故接连发生，小到渔船，大到军舰，无一幸免。正当俄国海军摩拳擦掌，打算以演习的名义同这神秘事件决一死战的时候，黑海的奇异区域扩大了，它几乎是在一夜之间遍布整个海面。那些黑海舰队的战舰，有的一炮未发就沉在了海港之中。

俄罗斯彻底封锁了这个消息。因为军力的亏空，会让整个战区的力量失衡，这将在整个俄罗斯联邦的军事闭环上打开一个致命的缺口，那是绝对不允许的事情。

再后来，陨石与海上奇异事件的联系被发现了。俄国为了保守这个秘密，同时防止发生更大范围的伤害，他们决定采用实验方法，暴力销毁陨石。

本来一切进行得很顺利，可恰恰在这个时候，沈峰加入到中国的项目里来了。同样的奇异光波事件再次在太平洋上上演，为了尽快消除这个可怕的隐患，俄国派出了太平洋舰队的主力，开始了一次针对奇异海浪的剿杀行动。

可惜中国获得这个消息稍微晚了一些，同时考虑到黑海舰队这个“家丑”，所以俄国才没有在最开始的时候，让中方了解事件的全部经过。

俄国人认为这次太平洋舰队肯定会一雪前耻，在消灭奇异海浪之后，以胜利者的姿态向中方解释事件的来龙去脉，会更有分量。

谭少卿将军听到茨宾科这么说，举起右手“咚”的一声锤在了桌面上。

“你们根本不考虑我们国家的安全！”他的话像是颗高爆炸弹，声音在偌大的会议室里回荡着。

茨宾科同旁边的莫洛夫将军耳语了几句，然后看着谭少卿皱了皱眉。

“你们在说什么？”

“唔……”

“怕什么？直接翻！”

“谭将军，刚才莫洛夫中将说，这些决定都是联邦政府的意思，他个人认为确实不妥，但……”茨宾科用手推了推鼻子上的眼镜，“但是我们的太平洋舰队也同样遭到重创，几乎全军覆灭。然而我们的海军战士在你们炮火最猛烈的时候，反而调转炮口瞄准了那波巨浪，他们才是英雄。”

“莫洛夫中将。”谭少卿直接看着莫洛夫说，“在我们中国人看来，除了‘英雄’，还有另外一个词更适合你们，叫‘莽夫’。”

茨宾科刚要翻译这句，谭少卿立刻打断了他。

“我不想跟你们在这些毫无意义的字眼上做文章，既然是莫斯科方面做出的决定，那我们的政府肯定会有说法。但这不是我今天想解决的问题。茨宾科先生，你最好能够给出一个准确的，关于这次奇异海浪的调查结果，否则我无法认同你们此次来访的目的。”

“有的，不过都是一些技术性较强的文件资料，不知你们的技术人员是否……”茨宾科环视着四周的人。

“你不用管，直接说。”

“好吧。”茨宾科耸耸肩，“我们的学者做了大量的研究，发现……那仅仅是海浪。”

“只是海浪？怎么可能？！”姜剑云反问道。

“是的，你可以把它看作是一种拥有‘生命’的海浪。并且在它们的存在范围之内，有大量的电流反应。这种电流很微弱，我们经过观察，发现它是通过一种多细胞藻类来进行传递。每个微生物长度为0.5~1厘米，但是却比人类的头发丝还要细100多倍。微生物靠消耗海水中的氧气产生电流，它们的数量庞大，在一平方米的海床上，能够存活上万米的‘电流海藻’。”

茨宾科深深地吸了一口气，压低了声调说：

“我们十分不愿意承认，这些海藻之间在传递电子信号，它们同那些黑陨石获取的信号波形几乎完全一致。”

“你的意思是……海水中蕴含着人体传真信号！？”

“这位将军，那并不是人体的传真信号。”茨宾科回答了姜剑云的问题，他的神色比刚才要沉重许多。

“我们不知道它们是什么生物，只能确定，那是一种未知的生命体。正如现在的黑海和黄海，它们已经拥有了意识。”

“这怎么可能！？海水怎么能够成为电磁波的载体？”

“我刚才说过了，这个过程的确非常难以理解，但是事实的确如此，现在那些生命的电磁脉冲正在海床上迅速地传播，它们使海水变成了一个整体。”

“也就是说……一直以来和我们对抗的敌人是海洋本身？”

“没错，这是我们目前所掌握的全部信息。”

指挥部的会议室陷入一片深深的寂静，就像是这里的空气被抽干了，人们的大脑因为缺少氧气，没有办法跟平常一样运转。

谭少卿“吧嗒”着嘴，仔细咀嚼着刚才茨宾科的话。也不知道是难以理解，还是对这个结果比较忧虑，他竟一时找不到合适的词语来形容自己此时的心情。

可是姜剑云和凌倚苏却异常清醒。他们很清楚人体传真信号和其他物质结合后会发生什么反应，与其说这是一场人与海洋的战争，倒不如描述为人类与其他次元生命的较量更为贴切。

姜剑云的脑袋里除了震惊，就没有别的感受了。然而凌倚苏却歪着头，一直在那里琢磨其他事情。

茨宾科的讲解还没有结束，他拿出一张纸铺到桌面上，那是一幅太平洋的详细海图。就在这幅图上，黄海的部分洋面被一个黑色的圈框住，在这个圈外围，还有一个更大的黑色圆圈，旁边还标注着几个时间。

“朋友们，这是我们昨天刚刚完成的太平洋水文探测，就在这个较小的黑框内，洋面已经完全被奇异海浪占据。而那个稍大一些的框体，是我们预测一周之后它们的大致范围。”

谭少卿欠着身子，望向那个黑色的圆圈，它基本包含日本以西洋面的全部范围。

“这个范围并不是匀速增长。我们发现它们在白天扩散的速度通常会加快，然而夜间几乎处于一种静稳状态。即使如此，我相信大家也都看到了，用不了多久它们就会占据整个太平洋。如果不排除它们会通过水道向其他大洋扩散这个前提，那么我们会在年底彻底告别海洋。”

“有这么快？”有人问道。

茨宾科点点头，说：“是的，所以我们的舰队才要在第一时间消灭它们。”

“那接下来你们有什么好的办法？”谭少卿开口说，“现在咱们两国的军事人员都在这儿，我们需要一个切实可行的作战方案。”

“没有方案，将军。”

“用燃烧弹不行吗？”有人问。

茨宾科没有立刻回答，而是拿出一个随身放映机，播放了一段视频。

“这是我们在塞瓦斯托波尔军港获取的一段视频，众所周知，那里有全球最先进的电磁超导岸基轨道炮，口径在500毫米。”

茨宾科用手画了一个圆，比画了几下。但是所有人都在关注视频，并没有人注意他。

“他们针对海浪的第一波攻击用的是高速穿甲弹，但是发射出去后并没有让它们停下来。于是第二波攻击换上了高爆的铝热燃烧弹，正如你们从画面中看到的那样，弹头爆炸产生的3000℃高温能瞬间汽化一部分，但是并不能奏效。”

茨宾科一边说着，一边等画面切换到后续的场景。

“你们可以数一下，在这6分钟内，18门轨道炮一共击发了22次，饱和式攻击。可是你们看……对，对，就在这里，很明显，定标距离在逐渐减小，海浪根本没有停下来的意思。最后这次击发的弹着点已经很近了，几乎是在防波堤上。”

“用电磁轨道炮轰击防波堤？”

“是的，你看那碎片飞得到处都是。然后……”

紧接着，画面上一股巨大的波浪如同海啸般凶猛地涌上了海岸，瞬间吞没了防波堤，而摄像机也在之后几秒钟停止了运转，画面消失了。

会议室里的人们把视线重新集中到了茨宾科身上。

“这段影像的拍摄者后来活了下来，你们知道他怎么做到的吗？”

人们纷纷摇头，很显然在那样猛烈的巨浪袭击下，不可能还有人能存活。

“我起初也很惊奇，但这却是事实。这个人当时躲在一个磁轨炮的密封弹夹中活了下来，直到现在他依然在医院接受精神方面的治疗。”

茨宾科说完了，人们被这段视频震撼了。而姜剑云更是被触动了心底那一丝敏感的神经，额头上也出现了密密的汗珠。

“所以，到目前为止我们还没有想出任何能够阻止这该死的海浪的方法。”茨宾科最后说。

“那你们是来求助的吗？”谭少卿望着茨宾科，毫不客气地质问。

“我觉得这是一个共同的问题，将军，起码从人类的意义上来说，我们对于海洋的诉求是一致的。”

“可中国人不认为隐瞒事实真相是一种共同的行为。”

茨宾科和另外两位将军耳语了一阵之后说：“好吧，将军。我们的确是没法子了。这次来中国，也是看中你们在人体传真技术上的卓越成就，我们所能做的也只有依靠你们东方的力量，但愿你们能够看在全人类的分儿上，完成这次任务。这不仅是莫斯科的意思，也是我个人的拙见。但是有一点我需要提醒大家，这次敌人不是我们已知的任何团体，而是造物主本身。”

谭少卿没有再继续发难。这时，凌倚苏从座位上站了起来。

“谭司令，各位，我有一个想法，或许是解决这一棘手问题的正确方向。”

“你说，小凌。”

“刚才我一直在思考，现在我们面临的问题，与之前所有的战争都不一样，我们既不能仅凭表面现象，把奇异海浪归为‘大自然’这一类别对待，又不能把它等同于人类文明。最大的区别就在于，这是不同生命层次的竞争。”

凌倚苏停顿了一下，转向了茨宾科继续说：

“我不认同茨宾科先生说的‘对手是造物主’这种言论，敌人是以实体存在，虽然超乎我们平时的认知，但它却不是那种完全超自然的生物。”

“可那是大海啊，小凌。”谭少卿在一旁语重心长地提醒她。

“我知道，谭司令。但是我们依然可以打败它。”

“我很想知道，这位女士，你打算用什么方法呢？”茨宾科双手托着下巴，问凌倚苏。

“很简单，我们变成它们。”

“你说什么？”

“我们也变成海浪，以相同的形态来击败它们，把我们所在的次元和战斗方式跟它们统一，再利用技术上的优势取得胜利。”

“你能不能说得具体一些？”

“好的，谭司令。”凌倚苏说着，打开了会议室里的全息显示屏。

“我刚才粗略估算了一下。如果按照现有的奇异海浪数据来看，我们的人体传真信号在大陆架上覆盖的面积能达到它们的 1.7~2.2 倍。再加上我们集中的数字化处理，我方能够控制的海域并不比它们小，在数量上完全可以取得对等优势。而一旦我们加大人体传真信号的密度和强度，那么最后我们会把这些奇异海浪生命完全包围吞噬。虽然这期间需要再做一些详细的测算和取样，但我认为这不是问题。最终我们能够控制住它们向外蔓延，要杀要剐就悉听尊便了。我是这样想的。”

“很难说这是一个好的方法。但是在这样的困顿局面下，把自己变成跟敌人一样，倒不失为一种新颖的思考方式。”特别是凌倚苏补充道，“在战斗结束之后，所有变成海浪的人体传真信号能够通过传真解析的方式还原成人类”，这就更加坚定了大伙儿想要试一试的决心。

谭少卿上将略微思考后，肯定了这个想法。他一方面叮嘱凌倚苏赶快着手去处理技术细节上的问题；另一方面，他让姜剑云从部队中选拔能够担当这次突击任务的成员。

由于时间紧迫，必须赶在这波奇异海浪扩散之前发动进攻。谭少卿正式宣布，让姜剑云全权负责这次任务，而任务的代号就定为“次元行动”。

很快，在全军上下协调一致的动员当中，第一批三千名“次元志愿军”准备就绪。凌倚苏这边也迅速搭建起了十几台人体传真机器，只不过它的发射方向直接指向海洋。

由于上一次海战的教训，以及俄方提供的宝贵资料，姜剑云这次特地把前线指挥部安置在海边的一个山顶上。从这里能够俯瞰整个海面的全部动向。

三颗军事战略卫星也从高纬度地区调拨过来，它们紧紧地盯着海洋的一举一动，让所有状况尽收眼底。

次元大战一触即发。

在发射之前，姜剑云特地找到凌倚苏，询问了一些关于沈峰的事情。凌倚苏很清楚姜剑云的意思，他想让沈峰参与这次行动，不管怎样，沈峰依然是人体传真领域的翘楚。但是她和姜剑云心照不宣，因为依着沈峰的个性，应该不会让凌倚苏这么做。

战事相当吃紧，俄方卫星探测数据表明，奇异海浪已经扩大到了前两天的两倍大小，如果再不采取措施，那么后面处理起来将异常困难。

姜剑云当机立断，要求凌倚苏准备好之后，马上发射。

这是一个晴朗的早晨，三千多名士兵按照次序，被纷纷发射到了浩瀚的海洋之中。姜剑云握着望远镜紧盯着海面，直到报告说最后一名战士发射完成，后续测控部队闻讯立刻行动起来。

一开始，海面并没有想象中那么特别，反而是跟平时一样，安静无比。直到一个眼尖的战士发现，在离海岸不远处的海水中，有一道灰褐色的暗涌正在不断聚集，它并没有形成任何波澜，而是在海面之下缓缓地向海中央移动。

姜剑云猜测那就是他们自己的战士。他心想，看来凌倚苏的办法确实奏效了。可就在他暗喜的一瞬间，卫星测控部队报告，在离岸三海里的地方发现了奇异海浪的波动，正朝岸边涌去。

姜剑云赶紧举起望远镜，向报告的方位看去。由于地平弧度的存在，他在这儿还看不到任何端倪。但他知道，就在那天与海界线的另一边，一群狰狞的恶魔已经按捺不住杀戮的欲望，源源不断地杀将过来。

这注定是一场没有仁义的战争，也是人类第一次对于外来生命做出的反击。姜剑云深知这次战斗的意义重大，但是他作为一名指挥官，现在能做的只有静静地旁观。

两股波浪还未相遇，就已经开始酝酿各自的气势。人类这边，灰褐色的暗涌在冲出海港之后，忽然增长起来，目测浪峰有十多米高，后浪赶着前浪，一层叠一层，宛如一堵城墙朝外海冲了过去。

而在远方，先是出现了一个细小的白点，转瞬之间就变成了一缕银色的线。还没等姜剑云反应过来，白线翻滚着就到了眼前，犹如数万头嘶吼的巨兽踏波而行，呼啸着向前奔腾。

就在人们目力所及之处，两股巨浪相遇了。浪峰相互撞击着，各不相让，潮头的两端仿佛被一种莫大的力量扭曲，它们各自围拢过来，向着顶峰逼近。

本来晴朗的天空中，此时不知从何处涌来的一团乌云将海面沉沉压住，那闷绝的气氛仿佛随时会炸裂一般。

远处，隐隐有闷雷响。

只见灰白两道巨浪缠绕着、挤压着，它们狂躁的力量在海面上犁出一道道极深的沟壑，仿佛每一次碰撞都要把大海彻底撕裂开来，让它崩塌下去。

忽然，这时潮头分开了。两方各自向后退去，但是并没有走多远。它们是在积攒一次冲锋的力量。

水面上刮起了狂风，海岸也在这力量的震颤下剧烈地晃动起来，地震发生了。狂风夹杂着石块和海水飞舞着，防波堤已经不堪重负，碎石合着水汽从裂缝当中升腾起来，伴随着海面上这股强横的气流，在空中形成一道道很有力量的纹路。

它们发起冲锋了。

瞬间，更大的海面裂缝被巨蹄踏开，每往前走一步仿佛就有一大片海水崩塌下去。鱼儿们躲闪不及，纷纷落入海缝深处。

乌云中的闪电疯狂地劈下来，横扫着海面上所有残留的东西。有几次雷电击中了海潮，如山般的海峰被齐刷刷地劈开，海水被高能量的闪电蒸发掉了，变成了一团白色烟雾。

然而，此时此刻已经没有什么能够阻挡它们。就在两股力量接触的一刹那，灰褐色的海浪点燃了自己的身躯。在海浪的根部，只听“嘣”的一声怒吼，涌浪如同飞跃而起的蛟龙，化成一股高达几十米的水柱，直冲云霄。

白色的浪潮形成一种奇特的卷形波涛，上下翻卷着，把所有的灰褐色海浪渐渐地吞入其中。

在这之后，谁也没有料想到，本来直立的潮水忽然折身回返，它们向着海岸涌了过去。两股潮水合二为一之后，变成了一股更大的波浪，奋力地冲上了岸。

也不知是自己的双腿在发颤，还是因为大地被海浪拍打在颤抖，姜剑云感觉自己在过电一般打着摆子。而身旁的凌倚苏，此时在那里呆立着，犹如一尊木雕。她双眼无神地望着远方，就好像被抽去了灵魂一样，发不出任何声音。

姜剑云在稍稍平静之后，对凌倚苏说了一句话：

“快去找沈峰。”

两天后　济南军区总指挥部

沈峰见到凌倚苏之后，不由分说，举手就要打。可凌倚苏却呆呆地站在那儿，并没有要躲的意思。沈峰的手在空中举了半天，始终没有落下去。

“你觉得那些战士在和海浪融合的一瞬间他们还是人类吗？！”沈峰朝着凌倚苏怒吼。

而凌倚苏仿佛一个做错了事的小孩子，低着头，一言不发。

“人类的理性思维是需要大脑的，你觉得那些海浪是靠什么在思考！”

沈峰两手叉腰，气呼呼地说，其实他不光是在指责凌倚苏，在他眼里，这里所有的人都没有搞明白一件事情，那就是人体传真信号在进入海水以后，就已经不能按照人类的方式来思考了。

“沈博士，那你认为它们是凭什么在思考？”谭少卿上将沉吟着，问沈峰。

沈峰没有见过谭少卿，也根本没有考虑过他的身份，于是又冲谭少卿叫嚷起来。

“我怎么会知道！你为何不直接去问它？插根导线到海里面，发信息啊，多省事！但是那么回事吗？生命的形态不一样，怎么可能还会按照你的思路去理解问题。这是常识，是常识！”

沈峰就像一只炸了窝的马蜂，挥舞着双手，大声地在那儿叫嚷着。他一语惊醒梦中人，在座的人全都沉默了。谭少卿上将瞥了一眼姜剑云和凌倚苏，他俩此时的面部表情证明沈峰的话并不是毫无根据。

“你是说他们再也变不回人类了？”谭少卿用一种试探的口气问沈峰，他的脸色开始变得煞白。

“我真的不清楚，现在我需要所有的，我是说，从很早之前，所有的资料。”沈峰的语气稍稍缓和了一些，然而他的眉头却锁得很紧，“我们八年前在冷湖基地曾经发现过这种陨石，但是当时我们解析，哦，不对，我们探测到的是人体传真信号，虽然不能解析出来，但是可以与它应答。后来冷湖任务撤销后，我没有再看过这份资料，如果你们有办法，赶紧把它找来。”

沈峰同谭少卿以及在场的高级军官详细地商量着下一步的对策，而这个时候，凌倚苏站在一旁无从插手，她悄悄地走到沈峰身后，轻轻拍了拍他。

“那个……”她的声音很小，几乎像是在同自己说话，“我能干点什么？”

沈峰回头看了看她，一皱眉，说：“我不知道，你可以在这儿听，也可以回去休息，我只是一个普通人，不能指挥你做什么。”

他说完就转过头，不再理她。这让凌倚苏本来十分内疚的心情，再次蒙上了一层霜。她眼中的光芒消失了，孤零零地走出了指挥室。

然而此时战事依然紧张，先前冲上岸的奇异海浪已经退回到海中了，不仅如此，它们更加肆无忌惮地扩张起来。到第二天下午，总指挥部再次收到探测卫星发来的图像，所有人都傻了眼。奇异海浪的范围几乎遍布了整个黄海，向北接上了渤海海域，向东马上就要抵达济州岛，向南直逼东海。它们似乎想要朝着太平洋更深处进发。

姜剑云再次提醒了沈峰，因为后者已经把自己关在屋子里一整天没出来了。总指挥部里的情报和指令像雪片般飞到谭少卿的桌子上，然而他面对如此状况，却一筹莫展。

其他国家此时似乎也察觉到了危险的存在。日本和菲律宾首当其冲，他们都在第一时间获得了中俄联合发布的通告，可是菲律宾选择把自己的主力舰队全都停进船坞，并且修建了高大的堤坝来预防海浪。

而日本则不同，无论是民众还是政府、军方，在得知奇异海浪的消息后，都异常警觉。各个海港有的筑起堤坝，有的直接把渔船运到岸上，日本民众还发起了针对迎接“次元战争”的全民大讨论，纷纷献计献策。

以“日向级”为首的日本自卫队海军主力已经陈兵冲绳岛，空军的飞机一次次地出航侦察，而F15E轰炸机也从北方的三泽基地起飞，部署到了普天间空港。拥有精良武器装备的自卫队，准备与即将到来的奇异海浪一决生死。

姜剑云深刻地认识到，在这次战争以后，东亚甚至整个地球的海军势力版图将会重新划分。可现在还不是操心这些事的时候，因为截至目前，人类仍然拿这股未知的生命体束手无策。或许最终的结果是人类失去全部的海洋，今后只能在陆地和空中活动，而海洋将会永远被这些外来生命占据。

时间一分一秒地流逝，人们的希望越来越渺茫。太阳缓缓地落到海面以下，这里重新恢复了以往的平静，就好像那场坚苦卓绝的海战从来没发生过一样。

岸上的灯火依次亮了起来，那一盏盏微弱的火光，仿佛是人类命运的界碑一般，把黝黑的海洋同沉稳的大地分割开来，变成两个不同的世界。

然而就在这时，一件让人十分担忧的事情发生了。姜剑云和沈峰正在指挥部里探讨下一步行动方针，忽然接到紧急汇报。就在刚才，岸上的通信器收到了凌倚苏从大海中发来的求救信号。

原来，凌倚苏在两个小时前，日落之后，独自指挥着两艘舰船向海中驶去。可是还没有走出海岸大陆架的范围，他们就被奇异海浪围困住了。虽然舰船没有沉没，但是动力系统毁坏了，无法返航。现在这两艘舰船正在一片恶魔的包围中，孤零零地等待救援。

“她去干什么？”沈峰在一旁惊呼道，他突然把眼睛瞪得老大，就连姜剑云也吓了一跳，差点把手里的文件夹扔到地上，“我们已经错过了好机会，现在她还想怎样？”

姜剑云转身看着面前的几个军官，说：“能联系上他们吗？”

“可以，但是船上没有即时通信，只能通过电报联系。”

“方位确认过吗？”

“已经确定。”

“那就去把她拖回来。”

“可是……她把仅剩的两艘舰船都开走了，我们无法行动。”

“她带走了多少人？”

“有几十个，都是她手下的士兵。”

“她说过原因吗？”

“我们刚刚询问过一个她身边的战士，这次他没有跟随凌少校出海。据他说，凌少校发现了海浪的活动规律，她认为夜间是海浪活动量最低的时刻，或许这与白天的太阳辐射有关。因此她打算趁着夜色出海，验证这个结论。”

姜剑云捂住了脸。他知道凌倚苏因为在上次海战中判断失误而过度自责，但是并没有任何人真正地指责她。也许她是想通过自己的努力挽回一些什么，但这样独自贸然行动，实在是太过分了。不仅会置自身于危险之中，还让船上的战士们面临孤军奋战的境地。

沈峰一边听着汇报，一边闭着眼睛飞速地思考着，他转过身问姜剑云：

“附近没有船了吗？”

姜剑云摇摇头，说：“没有了，上次海浪冲上岸后，带走了所有的军舰和渔船，这个基地唯独剩下的两艘舰船，都被她开走了。”

“恕我多管闲事了，我还有一个办法，不知道行不行得通。”

沈峰立刻把自己的想法告诉了姜剑云。他认为，在后续的任务中，船是很珍贵的资源，不到万不得已，绝对不能舍弃，所以现在就应该立刻把船拖回来。至于没有合适的拖船这一问题，沈峰提出一个解决方案。

离青岛港一百多公里的海边，是沈峰的老家，而他当渔民的父亲应该会有合适的船只。可是沈峰不确定他父亲会不会把船借出来。

“那还犹豫什么，赶紧给他打个电话吧。”姜剑云焦急地说。

沈峰脸上的表情不太好看，他甚至明知自己的要求会被父亲驳回，但现在情况危急，他也只能硬着头皮向父亲求助。

沈峰背过身去，拨通了他父亲的电话。在场的人谁都没有听清楚沈峰在电话里都说了些什么。后来据沈峰回忆，他父亲当时应该说过一句话，可是沈峰始终认为他父亲什么也没说，只是“嗯”了一声就挂断了。

但就在三个小时以后，一艘大型的远洋渔船和另一艘小船稳稳地停靠在了青岛港。

姜剑云怀着激动的心情给沈峰的父亲严肃地敬了一个军礼。在他看来，这个话不多的男人并不像沈峰描述的那样，是一个老糊涂，而恰是一位值得尊敬的长者。

沈峰什么话也没有跟他父亲说，拽着姜剑云平静地走上了小船。而他父亲则开着大船紧随其后。

其实在这两天的研究当中，沈峰也发现了海浪与阳光的关联。他猜测这一定和获取能量有关。海浪在白天能够接受充足的日照，从而汲取各种频段的光波能量，到了晚上，随着能量源的消失，它们的活动会减弱，甚至可能停止活动。可是这一点也仅能作为后续作战的参考，并不能起到一举消灭奇异海浪的作用。

不过沈峰还是让把船上的所有照明设备都关掉，以便不刺激到奇异海浪。

时间渐渐来到午夜。由于不敢开灯，他们只能摸黑前进。雷达波贴着海面飞速地搜索着，黑暗的洋面上看不到任何人造物体的影子。

终于，两艘舰船的信号出现在了雷达上。近距离通信器里也传出了求救的声音。姜剑云随即下令，让他们乘坐的小船从左侧靠近凌倚苏的舰船，而大船则从右侧开始展开拖拽作业。

一声令下，人们连忙行动起来。不一会儿的工夫，两艘舰船上的被困人员都转移到了姜剑云所乘的小船上。而沈峰的父亲则指挥着大渔船，拖着两艘舰船准备返航。

被困的战士在获救后，紧紧地抱住前来营救他们的人，有的放声哭泣，有的则坐在角落里暗自落泪。在他们被困的这几个小时里，大部分人都想到了死亡。这并不是怯懦的表现，而是在看到那诡异的力量之后，由心底深处升起的一种绝望。

凌倚苏看见了沈峰。转过身独自抱着肩膀，望向幽幽的海面。她此时不想再为自己辩解。她感到自己的内心被什么东西刺伤了，也许沈峰是他们这些人中唯一能够拯救这场灾难的人。而她自己的灵魂，却孤零零地在他们的心中渐行渐远。

海面上很平静，人们三三两两，或站或坐，聚集在船头的甲板上。正在这时，有一个水手走出了船舱，他双手撑在船栏杆上，从左耳上拿下一支烟。接着他又在裤兜里摸出一个打火机，然后歪着头熟练地点上。一星点橘色的火光出现在了深夜中。

忽然，船身猛烈地震了一下，发出“咚”的一声。

“怎么回事？”有人问。

“触礁了？”

“不会啊，我们还没有到浅滩呢。”

“那怎么——”

就在这时，又一次更为强烈的震动发生了，船向左倾斜了一下。那个抽烟的水手没有夹紧，烟蒂脱手了，它随着海风飞了起来，微弱的火光向远处飘去。

“赶快查一下，是怎么回事。”姜剑云朝着后甲板叫嚷着。

可就在这一眨眼的工夫，灾难发生了。船体剧烈地摇晃起来，就像是在暴风雨中一样，上下翻滚。与此同时，人们看到近处的海浪像是忽然活了，它们猛地涌过来，疯狂地撞击着船身。

“不好！海浪被激活了！”一个战士呐喊着。甲板上的人们慌张地朝船舱跑去，而在船舷附近的人则根本站不稳，他们双手死死地攥住栏杆，身体却像是被巨力摇晃着一般。

海浪活了。一阵阵雷鸣般的巨响在舱室里回荡着，仿佛是死神敲响了殉葬的钟声。沈峰感到自己浑身的骨头都要被震酥了，他没有办法控制自己的脚步，双手用力扒着栏杆向舱外走去。

他来到舱门口，看到了海面上的情景。此时此刻，一波波白色浪头正从远处幽黑的夜色中，向他们逼来。

到了这个阶段，基本宣告了沈峰他们的死亡。因为如果是近处的海浪还好，在能量消散之后，它们会逐步恢复平静，那样的话，船就可以继续行驶。

但是沈峰没有想到，奇异海浪竟然能够将白天的能量储存这么久、这么广。此时他大脑一片空白，双眼的光芒仿佛被黑暗中的海水浇灭了，看不到任何希望。

这时，沈峰的卫星电话响了，接通后，里面传出熟悉的声音。

“小峰，你在吗？”

“我在，爸。”

“嗯，你先别慌。让船不要停，一会儿就能脱离危险了。”

“为啥这么说？你要干什么？”

“不干啥。我在后面看得很清楚，那鬼东西正拍你们的船呢。那不算啥，这阵势老爹见多了，不就是海浪吗，再大的浪它也没不了船。”

“爸，你那里怎么样？我怎么听不太清楚你说话……”

沈峰使劲拍了几下电话，他想要听得更清楚一些。

“儿子，老爹这辈子没咋夸过你，但是你记住，老爹一直把你当成我的骄傲。现在你可得听老爹的话，不许停船，给我往前开。老爹来帮你了。”

沈峰猛地回过身，他看到后面父亲所驾驶的大渔船正在转向。

“爸！你这是要干啥啊？你要去哪儿！？”沈峰歇斯底里地朝着电话吼叫，但是他父亲没有再回应他。那艘大渔船这会儿已经掉过头来，朝沈峰他们前进的相反方向驶去。

电话没有挂断，里面传来一阵嘈杂的说话声，像是他父亲在给手下人布置工作。此刻的大渔船已经和沈峰拉开了一段距离。

而就在这时，沈峰听到了父亲从电话里传出的最后两个字：

“开灯！”

耀眼的灯光在沈峰的面前突然亮了起来，他下意识地挡了一下眼。那是远洋渔船专门诱鱼用的探照灯。此时，那艘船上的发电机正源源不断地把电力输送到数排硕大的灯泡上，那光芒如同一柄燃着火的利剑，直刺海浪深处。

海浪瞬间转换路线，紧随着那光芒快速逼近。然而渔船并没有要关灯的意思，它反而开足马力，嘶吼着向远处更加黑暗的海洋中冲去。

沈峰手中的电话落到了甲板上，他呆住了。在目力所及的远处，他眼睁睁地看着父亲渔船的灯光，逐渐熄灭在波涛汹涌的海水中。就像是一尊巨石，永远地沉了下去。

沈峰，得救了。

他们上岸以后，月亮渐渐从浓云之中露出头来，海浪正在退去。人们精疲力尽地躺倒在海岸上，只有沈峰站在沙滩那儿，任凭海水冲刷着他的双脚。

凌倚苏号哭着跑了过来，“扑通”一声跪倒在他脚边。她一面哭喊着都是她的错，一面用力摇晃着沈峰。

可是沈峰却一言不发，他并没有哭，而是低着头，紧咬牙关，双眼死死地盯着远处的海洋。

姜剑云从旁边走过来，张开左臂，紧紧地抱住了沈峰的肩膀。

这时，沈峰猛然间扭过头，一口咬住了姜剑云的肩章。将星弯曲了，血顺着沈峰的嘴角流了出来，染红了姜剑云的整个肩头。

海岸上此时很安静，世间的一切事物都仿佛睡着了，像婴儿一般。可是在这恬静的岸边，所有人冥冥之中仿佛听到了一阵尖利的啸叫声，它穿出云霄，在月光之下的夜空中，不断地震颤着。

两天后

回来之后，沈峰昏睡了整整两天。他在昏睡中又发起了高烧，持续的高热让他的身体产生了不良反应，间歇性地抽搐起来。

在梦里，沈峰无数次回到了当晚那个黝黑的海面，他不断地飞驰在海面的上空，用力呼喊着父亲的名字，可是下面的海水并没有给予他回应，反而持续地增高，拉扯着他的身躯。有几次他感到自己坠入深海之中，可转瞬间又疾驰在充满星光的宇宙里。

反复不断的噩梦伴随着阵阵惊厥，让沈峰彻底崩溃了。他自己也不知道过了多久，终于艰难地从睡梦中苏醒过来。但即使如此，他的头脑中依然充斥着各种色彩和声音，令人发狂。

沈峰醒来后的第一件事，就是向姜剑云询问海浪的范围。而姜剑云接到沈峰的电话后，半晌说不出一个字。

“实话实说吧……它们到哪儿了？”沈峰的气力还很微弱，每说几个字，就要喘一口粗气，但是这句话，他的语气却无比坚韧。

“北面已经进入渤海，东面刚刚通过对马海峡进入日本海。南面抵达冲绳岛，但是根据侦测卫星传来的信号来看，它们仿佛打算绕过冲绳岛，进入日本以东洋面。就在昨天，日本自卫队海军在大隅海峡跟它们干了一仗……”

沈峰闭上眼睛，他努力在脑海中勾画姜剑云口中所描述的情形。

原来，就在沈峰昏睡的这几天里，海面上发生了翻天覆地的巨变。这其中最引人关注的，就是日本同奇异海浪的战斗。

先前由于俄国和中国都在与海浪的对决中失利，于是全世界的目光都集中到了日本以南的洋面上。这次，日本政府准备得相当充分，他们制订了非常周全的应对方案，以期在冲绳岛彻底扭转战局。

可是事情的结局却大大出乎人们的预料。整个冲绳海战，从开始到结束，仅仅持续了不到十分钟。比人类战争史上任何一次战斗时间都要短得多。并且，是以日本的惨败而告终。

当时，奇异海浪在向南行进的过程中，它们并没有朝冲绳岛奔去。而是沿着那条岛链转而向北，来到了鹿儿岛附近的大隅海峡。

日本军方在得到情报后，第一时间判断是海浪打算通过大隅海峡直接进入太平洋。于是他们立马调转船头，向北去迎击，打算在大隅海峡这里，与海浪决一死战。

但是海浪却没有像前几次那样直奔舰队，而是悄悄地停在原地等待着自卫队的军舰。

日本自卫队第一波重型战斗直升机满载着弹药，以密集的队形呼啸着掠海飞了过去，可就在他们抵达海浪上空的一瞬间，海浪行动了。它们利用高速旋转的海水形成了一个个漏斗状的旋涡，旋涡的直径非常大，旋转的海水同海面上的空气剧烈摩擦起来，就在空中产生了数个体积庞大的柱状气旋。

此时，前排的飞行编队想走已经来不及了，还没等他们拉升机头，一架架飞机瞬间就被吸到了海里。要不是后面的飞机迅速提升飞行高度，估计就全沉了。

与此同时，远处的自卫队军舰还在观察前方的动向，正当他们准备瞄准海浪开火的时候，奇异的波涛从舰队后方突袭，没等炮弹上膛，这些舰船便纷纷沉入海中。

日本官方的消息称，当时海浪好像是潜航了，它们绕到了舰队的后面，就像是一个包围圈，在开战的一瞬间，从四面八方同时向自卫队发动了进攻。那根本就不存在什么前线和后方，就是一眨眼的工夫，瞬间覆灭。

沈峰默默地听着姜剑云的讲述，他的愤怒像跳动的烈焰一样烧灼着他的心。这种奇特的生命体不仅冷酷无情，而且进化的速度相当快，只要短短的几天时间，就可以完成如此复杂的协作。如果任由它们发展下去，不仅海洋的使用权会被剥夺，就连人类生存都面临致命的威胁。

“这哪里是什么战争。”沈峰心想，“简直就是对生命的碾压。”

就在这时，姜剑云提到了使用核弹。

“不行。”沈峰立刻拒绝。

“理由呢。”

“你先给我一个理由。”沈峰反驳道。

姜剑云一愣，随后说：“用大当量的核弹烧毁它们，除了这种办法，还能有什么招？”

“太天真了。”沈峰有气无力地回复，“先不说能否烧干净，即使在整个海域布满核弹，后果你们想过没有。不等它们被消灭，核子尘埃就会先遮住阳光，农作物等植物灭绝，人类也就离死不远了。”

沈峰说完以后，姜剑云沉寂了很久。他心里很清楚沈峰所指的这种状况，但是作为一名军人，他只能从这个角度做出判断。当消灭与被消灭上升到一个理论高度时，就没有办法再考虑其他事情了。

“再退下去，我们就没有选择了。除非最后变成它们那样。”姜剑云的语气渐渐弱了下去，夹杂着长久以来的无力感。

“我无法接受以那种形态活着。”沈峰说。

“但是老匡却接受了。”

“在我心里。”沈峰顿了一下，“他已经死了。”

姜剑云无话可说，他本能地点了点头。

“你说的话我终于理解了，沈峰。没错，老匡在他被传真走的那一刻，就已经不再是人类了，他的宿命就是在寒冷的宇宙里被冻死。任何生命都无法逃脱……”

姜剑云还在小声嘟囔，突然沈峰一激灵坐了起来，打断了他。

“等一等，你刚才说什么？”

“啊？”姜剑云没反应过来，“我说所有生命都无法逃脱这种命运。”

“不对，前一句！”沈峰焦急地催促道，与此同时，他在努力地咀嚼着姜剑云的这一席话。

“前一句是‘老匡不是人类了，他逃脱不了在寒冷宇宙中被冻死的命运’……”

“没错，就是它了！”沈峰从床上站了起来，他不小心把电话拽到了地下，“你别放电话，不要放，明白吗？”

“好，我知道，不过你要干……”

“别打断我，让我想想。”

姜剑云摸了一下脸颊，他不明白沈峰这会儿又想到了什么。但是他隐约感觉到，这将会是一个很重要的决定。

于是，他默默地持着电话，等待沈峰思考完。

就这样，约莫过了一个半小时，电话从姜剑云的左手换到右手，又从右手换回左手。他忍着肩膀的酸痛，却不肯挂断电话。因为他知道，这个时刻无论对于沈峰还是他自己，都相当重要。他想在第一时间了解沈峰的脑海里到底发生了什么样的变化。

然而事实证明，这短短的一个半小时，不仅改变了姜剑云和沈峰的命运，它也是全人类命运正式发生转折的一个重要节点。直到后来很长的一段时间，沈峰和姜剑云的这一通电话都被史学家和社会学家极力渲染。

沈峰把电话扔在一边，也不管姜剑云，而是拿起一支笔，就在床单上演算起来。不一会儿，洁白的床单上就布满了密密麻麻的数学公式。

房间里鸦雀无声，只见沈峰时而趴在床上奋笔疾书，时而仰起头望着天花板沉思。床单上面没有空地儿了，他就扯过被子和枕头。时间缓缓地流淌着，他的额头上渐渐沁出了一层细密的汗珠。

终于，在一声大叫之后，沈峰完成了运算。他一扬手把笔抛了出去，用力地向后躺倒。就在他躺下的一瞬间，没有留意到后面墙的位置，脑袋重重地磕在墙面上，发出“咚”的一声。

他条件反射般地坐了起来，也顾不上后脑袋的疼痛，伸手抓过电话。

“完成了，方法可行！”沈峰心情激动地朝话筒喊道。

“你想到什么了？”

沈峰长长地吁了一口气，一边用手揉着脑袋上的大包，一边把他刚才的计算结果告诉了姜剑云。

这是一个相当大胆的想法。他在说之前，再三叮嘱姜剑云，不要打断他，一定要让他说完再做判断。

姜剑云满口答应下来，催促沈峰赶紧说。

沈峰回了回神，然后娓娓道来。

首先，他肯定了姜剑云最后的决定，必须使用核弹。只是有一点，核弹投放的位置不是瞄准那些奇异海浪，而是直接扔到冲绳岛外侧的海沟中。

“这是为什么？”姜剑云一时搞不清楚沈峰的想法。

“你仔细听我讲。”沈峰解释道，“刚才你说用核弹把它们烧干净，这一点是行不通的，毋庸置疑。可是我们如果往相反的方向考虑，不用‘烧’的方法，我们可以把它们统统冷冻起来，这样它们便无法逃脱了。”

“冻起来？”姜剑云丈二和尚摸不着头脑，“你确定要把那些海浪冻起来吗？”

“没错，让整个海洋降到零度以下，把海浪冻结在海面上。”

“可这跟核弹有什么关系？”

“核弹是必需品，但不用太多，几颗就足够了。”沈峰咽了一口唾沫，继续说，“在冲绳岛外侧，是太平洋板块和欧亚大陆板块交界处，那里的地质构造很复杂。地壳常年受到两个板块与巨量海水的挤压，使得交界处极不稳定，海底地震和火山是那里的‘家常菜’。我们要利用这些深入地壳的火山裂隙。用核弹，引爆它们。”

“哦——我明白了，你想让火山喷发，然后烧掉那些奇异海浪吧。”

“并不是。”沈峰斩钉截铁地说，“我刚才已经说过了，我们要冻死它们。”

姜剑云还是没有想清楚这种方法，他实在联想不出这几个要素之间的关系，于是示意沈峰继续说下去。

“火山喷发后，会有两点作用。第一，巨量的熔岩会持续流淌进底层的海水中，它产生的高热高压会阻断一部分来自赤道的洋流。这些洋流都是把温热的海水从赤道输送过来，一直北上到日本以东洋面，然后再向东流去。可是一旦我们在冲绳附近阻隔了它们，这些暖流就会沿着较低维度向东走，并不会到达高纬度的海洋里。然而从鄂霍次克海沿着库页岛东部过来的千岛寒流，会通过日本海，出朝鲜海峡，在失去日本暖流阻挡的情况下，它们会一直流向黄海和东海，直接到达冲绳岛。”

“这时第二个作用会发生连锁反应。黄海、东海和日本海常年处于暖流统治之下，它们的海水密度比较小。而由北而来的千岛寒流温度极低，洋流含盐量高，所以密度很大。它们一旦冲到这些温暖的海洋中，海水密度将急速变化，在这期间会释放出大量的热能，好，我们的目的就达到了。”

沈峰一改先前的迷茫，他的话如同连珠炮般向着姜剑云发射过去，而后者，也开动了脑筋，极力追逐着沈峰这大胆的想法。

此刻，沈峰渐渐平缓了下来，他掀起床单的一角，看着上面的公式，对姜剑云说：

“老姜，如果我的计算没出错的话，那里海面的温度极有可能降到零度甚至零下几十度的状态。海洋是一个十分精密的系统，我们只需扰动其中一点，它就会产生翻天覆地的变化。”

“把它们封死在海洋上。”

"对。"沈峰坚定地回应，"在火山岩浆的阻隔之下，北面的寒流会在中、高纬度之间形成闭环，彻底把这些海浪封冻住。"

"你估计我们需要多少颗核弹？"

"不用多，只要火山足够猛烈，几颗就够。"

"你猜我这会儿想到了什么？"姜剑云问沈峰。

"我知道。"沈峰回答。

"富士山。"两个人几乎同时说出了这个答案。

天色这会儿已经傍黑儿，太阳逐渐朝深海落下去。西面的天空与海水连成了一片，在那里，仿佛有一股炽热的火焰正熊熊燃烧。

五天后

方案的论证并没有花太多时间，只是一些细节上的问题需要清晰化。沈峰在姜剑云的帮助下，迅速组织起一支科研团队，他们把所有会引起的不良后果的选项都进行了具体分解，然后逐个击破。

而姜剑云和谭少卿也各自忙碌着。他们一方面请求中央准许这次行动计划；另一方面也在联合国的帮助下，尽力说服各国共同完成这项任务。

凌倚苏此时心里十分苦恼，却找不到人倾诉。自从沈峰出现在她生活中之后，他一直是凌倚苏最值得信赖的人，要是在平时，他一定会鼓励她积极面对生活中的这些变化。

可是现在，她甚至都不敢去找他。在凌倚苏的印象中，沈峰一定恨透了她。这不光是因为沈峰的父亲，还有那一件件被她搞砸的事情，都成了阻碍她与沈峰交流的高墙。

她需要一次彻底的忏悔，来了却这些焦虑和烦闷。她知道，或许等待她的将是沈峰的冷漠和讥讽，但这些与现在的孤独比起来，又算得了什么呢。

打定主意之后，她鼓起勇气找到了沈峰。

凌倚苏颤抖着站到沈峰面前，直截了当地说："沈博士，这些天我一直都想再见你一面！"

看到她走过来，沈峰皱了皱眉。

"你有什么事？"

"关于你的父亲，我想说，真的很抱歉。"

沈峰转过身，背对着凌倚苏说："不需要抱歉。他是去别的地方执行任务了，希望你能明白这一点。"

凌倚苏的表情忽然僵住了，但很快缓和下来，说："对不起……我——不应该打扰你……"

"你没有，其实我正想找你。"沈峰依然背着身说。

凌倚苏听到这句话，双眼忽然一亮。她简直不敢相信沈峰会在心里给她留位置，还是在他刚刚从悲痛中苏醒过来之后。

凌倚苏感激地莞尔一笑，这时候沈峰转过身来，她望着他的眸子，那里面犹如浩瀚的海洋般宏大宽广。

沈峰没有做更多的表示，他立刻回过身继续手中的工作。可是他能感觉到，凌倚苏的目光始终没有从他身上离开。

就这样，凌倚苏也加入了团队。现在每一个人都义无反顾地为了接下来的战斗而摩拳擦掌。

而在他们的身后，俄国、法国、德国、英国、比利时、日本、韩国……几乎世界上所有的国家都凝聚到了一起，为对付人类共同的敌人出一份绵薄之力。因为他们觉得此时此刻已经是人类生死存亡的危急关头了。

决战马上就要开始了，联合国把这次行动的代号命名为“冰冻惑星”计划。

由于此次引爆的火山大多集中在东南亚和日本，中国随即在联合国提议，将以上地区的人民转移到中国来，在中国的西北和西南地区，辟出大片的土地来安置这些人。

提议很快得到响应，日本国民表示全力支持中国的提案，他们很乐意在这场全人类协作中做出应有的贡献。

于是，人类历史上第一次大规模的跨国移民开始了。中国政府先是全面解封了人体传真技术，随后又在中国西北的广袤大地上建起了数座巨型的人体传真接收基站。而在接下来的几天内，这些传真基站相继运转起来，并很快达到了人体传真信号接收的极值。

就在跨国移民马上要结束的时候，总攻开始了。面对这一重要时刻，沈峰等待得太久了。这些日子里，他一直凭着理智和忙碌的工作来压制愤怒。然而现在，他不需要再继续这么做了，因为就在刚才，谭少卿上将把按下核弹发射开关的任务，交给了沈峰。

沈峰看着银色手提箱里那枚火红的发射按钮，脸上闪出一丝复杂的笑容，随后，他用力按了下去。

核弹发射了。

这颗名为“唐长老”的十万吨级核弹，在大推力运载火箭的帮助下，瞬间腾空而去。它的目标是日本的富士山。

与此同时，在南太平洋深处的核潜艇上，在俄罗斯西伯利亚幽静的荒原上，也都发射了核导弹。它们分别朝着冲绳岛周围，一共六处海底活火山飞驰而去。

沈峰很难说清楚，到底是什么力量，一直驱使着他完成这一项项艰难的决定。或许他会在生命的某个时刻想要停下脚步，那并不是被迫，而是发自内心地打算同之前的生活彻底决裂。

可是这太难了。并不是说他做不到或者不愿意，而是在沈峰的心里，他打算亲眼看着无数牺牲于此的英灵都能在接下来的时刻，获得圆满慰藉。

核弹，终于在全世界的注视下，炸响在西太平洋的海里。脆弱的地壳再也承受不了巨量的压力，在冲击波的碾压下，裂开了一道道口子。岩浆涌了出来，火山的喷发形成连锁反应，冲绳一带的外侧海洋，像是被烧开的锅，浓烟伴随着高温水蒸气直冲云天，在海面上形成一大片白色的帷幕。

就这样，一周过去了，海洋观测卫星发现北上的赤道暖流开始因为岩浆壁垒的阻挡而转向。更远处的千岛寒流则长驱直入，一股接着一股更强的寒流，让整个东亚地区重新回到了冬天。

半个月后，当沈峰再次来到岸边时，他已经裹上了厚厚的羽绒服。寒冷的天空飘散着几片零星的雪花，它们不慌不忙地向下落着，眼看很快就要到达地面，但是它们仿佛拥有与生俱来的本能，丝毫不肯放过这短暂飞舞的机会，而是邀着寒风，尽情地跳着华丽的舞蹈。

十年后　河北沧州　镇海吼公园

一个衣服裹得像气球般的小女孩开心地在海岸边的石子路上奔跑着，忽然，她看到不远处，有座巨型的石狮正矗立在公园的角落里。它昂首挺胸，张着血盆大口，面貌狰狞地怒视着远方的海平线。

小女孩睁圆了眼睛，幽幽地问身后父亲模样的男人：

“这是什么呀？样子好吓人……”

“它呀，叫镇海吼。”男人回答。

“镇海吼呀。那它在这儿干什么呢？”

男人笑了笑，蹲下拉住了小女孩的双手，用嘴轻轻地往小女孩肉嘟嘟的小手上呵着热气。

“因为海里边有可怕的恶魔，镇海吼在这儿能够封印住它们。你看，它正看着那边呢。”

小女孩欢闹着跑开了，她天真无邪的样子，就好像海面上的冰晶一样剔透闪亮。

男子见小女孩越跑越远，于是连忙招呼道：“喂——沈凌，不要跑太远啊，爸爸赶不上你了——”

就在这时，喊叫声仿佛惊扰到了天上的云层，一束阳光从乌云中转了出来，洒在男人的肩膀上，一颗弯曲的将星正映着光辉，闪闪地跳动着。

重启地球

文\孙望路

序幕

清晨，巴西北部的阿尔塔米拉市从沉睡中苏醒过来。仿佛听到了集合号一般，人、车辆还有机器把马路塞得水泄不通，甚至媒体都戏称阿尔塔米拉是“贝卢蒙蒂蓄水池”。

在几十公里外，贝卢蒙蒂大坝矗立在欣古河的河口，喧嚣的水声不绝于耳。作为发电装机容量曾排到世界第三的贝卢蒙蒂大坝，此刻却只为阿尔塔米拉周边地区的人畜提供饮用水。为了满足需求，早就被否定的多个大坝建设计划被重新提起，且在几个月之内就批准实施。

在大坝不远处的斜坡上，有人搭建了一片片窝棚，成为移民们理想的驻留地。天还没亮，无数移民就从睡梦中苏醒，坐车沿着亚马孙高速公路进城了。

亚马孙高速公路和亚马孙铁路已经无法满足该地区的贸易需求。政府将在帕拉州建设累计 3 万公里的铁路，几乎达到了原有铁路里程的 2 倍。在这近乎停滞的世界里，这一切堪称奇迹。不过鉴于帕拉州与赤道如此接近，这并不奇怪。

车子开到阿尔塔米拉外沿就无法前进了。白人女孩敏捷地从车上跃下，一边保护着兜里那可怜的财产。她加入了步行军的滚滚洪流。

摩天大楼在两边拔地而起，跨国公司接连进驻。别墅区的富人把房屋装饰得富丽堂皇，大型宴会几乎每天都开，食物的鲜香从里面飘出来，挑逗着每一个过路人的神经。

繁华，无法停止的繁华，绑架着城市的一切，走向癫狂。

有些房子甚至还没建好就已经被售卖出去了。白人女孩从一幢在建居民楼旁路过，向大楼的 26 层投去匆匆一瞥。在未来，那里将有一角属于她。

今天很值得期待。她终于找到了一份稳定的工作，在肯加姆街小学担任教师，不用再依靠兼职辛苦赚钱了。

她敏捷地穿过大街小巷，从各种不同风格的建筑旁路过。阿尔塔米拉市的生活称不上惬意，本就糟糕的城市布局被持续的高速扩张捆绑着前进，走向一条死胡同。每天只有慌忙、混乱还有无尽的等待，很多人都不知道自己究竟靠什么坚持下来的。

终于，她到达了小学门口。

一幢破旧的旧式楼房，门口有一片由花圃改成的操场，这就是肯加姆街小学的全部资产。但已经少得可怜的资产仍在缩水，在建的卡努特大楼已经侵占了一小半操场。无聊的工人在已经建好的墙壁上挂上篮球筐，算是给小学补充了体育设施。即便如此，小学依旧热闹非凡，年年都有数十名孩子因为教室空间实在不够而无法入学。

白人教师担任着最低贱的教职，她在窗外棕色妇人的傲慢凝视下走进教室。教室是由住宅楼改造的，墙体被打通。墙顶上保留着加固的支架，时不时会因楼上五年级大孩子们的躁动落下点灰。

她蹑手蹑脚地穿过桌椅组成的丛林，来到只属于教师的位置上。讲台两侧都加上了课桌，几个孩子挤在那里，用好奇的小眼睛打量着她。

没有比这更糟糕的开始了，但是她必须这么做。如果干不下去，她将还不起那间未建好的房子的贷款，还会因为失信而被巴西政府驱逐出境，只能经过海路返回美国。

“噢！天哪！那还不如死了更好！”一想到冰河期的严寒还有美国南部更加残酷的生存状态，她立马坚定了信念，轻启涂着劣质口红的双唇：“我是你们的新老师，毕业于美国哥伦比亚大学。”说最后一句时，她有点痛苦，咬着牙在黑板上写下了自己的名字。她环视四周，期待着孩子们热烈的回应。

几乎所有的棕色小孩都沉默着，用一种接近蔑视的眼神看着她，唯独十几名白种人、黄种人和黑种人小孩跃跃欲试，起码对她报以笑脸。

这还不算最糟糕的，因为孩子总比大人好对付。女教师只得使出浑身解数，起码得让这群孩子乐意说出他们的名字。半个小时过去了，棕色妇人从窗外消失了，这意味着她的第一次考核过关了。

白人教师长舒了一口气，她正好读到课文——成为你最尊敬的人。课文勾起了她的某种回忆，她突然问："有谁能告诉我，谁是你们最尊敬的人？"

坐在讲桌旁边的白人小女孩举起手，她是最积极的学生。

从口音上分辨，她们来自同一个国家。女教师看向那张和她近似也曾经养尊处优的面孔，不由得泛起一阵酸楚："告诉我，美丽的姑娘，你最尊敬谁？"

小女孩脸上闪动着某种光芒："我的爷爷。"

"为什么？"女教师问道，她本来以为会是美国的著名总统，抑或是父亲、母亲之类的人。

"因为他在北边改变世界。"

北边？那个所有人都选择逃离的北方吗？女教师愣了一下："孩子，所有人都在改变世界，你能说说他具体在做什么吗？"

班里的同学发出耻笑声，甚至有人吹口哨。有个小男孩直接说："她是新来的，净吹牛！"

小女孩面部坚毅，竟然带着某种神圣的口吻说道："不能，我答应不能说。"

女教师摸了摸她的脑袋，这已经是能隔着桌子做到的最亲密的动作了："真是好孩子，他一定是一个伟大的人。"就在这时，她看到女孩的姓——劳伦斯。

一

"地球已经停滞了。"美国前总统阿什利曾经在就职时如此评价冰河期的到来。

布莱克觉得总统的话没错，火车已经在安克雷奇等了三天。作为阿拉斯加最重要的港口和铁路汇集地，安克雷奇萧条得甚至不如美国南部沿海的一个小镇。

但更麻烦的是，就连那些最基本的货运集散功能，身为一州首府的安克雷奇都无法保证。

每次布莱克去问管理员，管理员都会一本正经地告诉他："北面的铁路被雪埋了，前面已经用临时轨道代替。按照经验，每天只能过两班。"

他知道临时轨道是个什么玩意儿。阿拉斯加没有人力把那些轨道从厚实的冰雪中拉出来，只能选择性地放弃了一些路段的铁路，转而在雪层上铺设用新材料 3D 打印的临时轨道。但这玩意儿在凛冽的寒风暴雪中也不是非常靠谱，所以运力有限。

"那么前面还有多少班在排队？"

管理员懒得回答类似的问题，扔过去一张打印表。途经中部的麦格拉斯一栏，A 级优先 6 班，B 级 18 班，至于C 级，布莱克的名字前面还有 35 班。

"如果你着急，物资也重要的话，我建议你去破冰船出租公司问问，说不定会有麦克级破冰船出租，如果你的目标不是太靠北的话。"管理员一脸严肃地提议道，他并不喜欢看到脸上有伤疤的前军人布莱克先生。众所周知，战争创伤很容易引发各类精神疾病，更何况现在世道差得出奇。

也许原始的麦克级破冰船在十几年前确实能把货物从安克雷奇带到诺姆。但现在不一样了，除非出动格雷级的巨型破冰船或者核动力热辐射破冰船，要不然就连斯特利克都无法到达。如果你从斯特利克出发，在冰面上向西走上一百公里，就会发现一两艘被卡在冰层中的麦克级破冰船。

布莱克就是从诺姆那边过来的，对这一切再清楚不过。

“该死的鬼天气！”还有该死的战争，他在心里咒骂道。如果没有上一次战争，国家也没必要在白令海峡布置那么多军队，镇守不毛之地。两个对抗了数十年的大国，即便地球停滞，依旧在进行隔空打拳的“友谊赛”。

冰河期又来了，唯一不确定的是它会持续多久。历史上，结冰的白令海峡曾经让人类祖先成功跨越大洋，进入美洲，谱写了新的篇章，而此刻却满是钢铁文明的冲撞。

布莱克知道，A 级优先的，肯定是军队的东西。

他无法解决这个问题，手上的东西绝对不能被人知道，能低调就尽量低调，不过好在这也是计划中的事情。他拨通老熟人的号码：“嘿，维尔少将！”在印象中，维尔少将是一个矮小精悍的军人，拥有远超常人的贪婪，不是一个好打交道的对象。

对面的声音有些慵懒：“原来是布莱克，劳伦斯上将现在如何？”

“好好地在诺姆基地待着。将军，有件双赢的事情，我可以合作。”他知道少将并不是真正关心劳伦斯上将，两位将军间的矛盾在整个阿拉斯加是近乎公开的秘密。

维尔干笑了两声：“呵呵，好。”

布莱克几乎能感觉到对面的激动，毕竟这种事情也不是第一次了：“按照老规矩，你帮我办妥，火车会经过驻地。但不允许任何人检查，这是基地的规矩。”

“没问题，但是亲爱的布莱克，最近事情太多，我需要考虑一下。虽然我们驻扎在最需要供给的地区，但拥有一个无法解释的运输量也很难说服公众，就比如上次有人运送了一火车避孕套，公众还以为我们的战士靠避孕套给枪防水保温呢！”

“二战”时美军确实采用过用避孕套给枪械防水的土方法，但时代已经不一样了。布莱克作为老军需官，和商人也打过不少交道，现在北边还有哪座城市能消费得起一火车避孕套？还有说服公众的问题，这简直是笑话，哪个平民敢对着军队的枪口说不？

他知道这是少将一贯的杀价手法：“说吧，你想要多少钱？”

“40万！”

“不行，10万！”

“30万！”

“20万！”

“25万！布莱克先生，我已经够优惠了。”

布莱克回想起将军的吩咐，笑了一声：“你肯定希望我说成交，但20万就是极限，不可能再多了。”

维尔愣了一会儿，仿佛在琢磨，然后说：“成交，就20万。记得打到我在南美银行的户头上。”他笑着挂断了电话。

布莱克狠狠咒骂了这位老朋友，但任务紧急。至于维尔在南美银行的户头，换在十几年前早就能被军事法庭以叛国罪起诉。一场世界大战之后，敢于公开批评军队的人已经从美国彻底消失了。

就在这时，一个西装革履的家伙在人流密集处举行演讲，这体现出美国依旧拥有所谓的民主。但与原来的政治精英不一样，他们是彻头彻尾的骗子、马屁精和无赖。

民主只是个空壳子，即便是总统都无法有效控制全境内的军事力量，各州的将军成为地方的实际控制人。打个比方说，如果布莱克随便拦下一个人问，百分之五十的人肯定不知道现任总统是谁，但却能说出五角大楼每一位上将的名字。政令出于五角大楼，这则讽刺标题曾出现在《时代》杂志上，然后《时代杂志社就被一群军人用武力关闭了。

又一辆火车从车站出发，布莱克望着车厢上的政治宣传画，哑然失笑。宣传画从反面说明了一切，飞离美国的小鹰从南美大叔的手中逃回美国本土，还不忘大喊一句："我错了！美国才是天堂！"这种欲盖弥彰的宣传就像笑话，好事的涂鸦爱好者在后面加上了一句："那就没有地狱了。"

所有高官权贵心照不宣。只要地球继续停滞下去，不仅是美国，整个北半球的强国都得完蛋。有钱人纷纷转移资产，去往更加温暖的南方。南美丛林被砍伐，大片荒土被开发成住宅，在摩根等知名财团加盟后，南美银行迅速成为全球资本最雄厚的银行财团……

移居南美的美国人突然发现，掌权的那群人和国内的财阀竟然差不多，简直是一个小美利坚，拥有美国年轻时代的所有梦想。当然，布莱克也没有免俗，把3个孩子全部送出美国，起码他们都在南美有了立锥之地。

在经历了5天的等待之后，他终于随着火车上路了。几乎每到一个城市，他仍然需要等待，但这已经好多了，起码火车在序列上标有A级的优先级。到达阿拉斯加中部的麦格拉斯之后，车队的情况更好了，因为这里的铁路线全都转到了地下，如此大手笔的工程是战争前紧急打造的。为了抵抗俄罗斯部队的"北极熊"计划，美国当时不惜血本打造了一条黄金运输线。

布莱克关上车载笔记本电脑，日复一日的行车记录实在是太无聊了。

手下人发来了情况汇报，说除了最后一节车厢，其他的货物全部检查完毕。

车上只有他知道那节车厢运了什么。他给手下回信："小伙子们，没事的来前面暖和暖和，我们可以玩德州扑克。"

回复很快："布莱克，你可别又输得只剩内裤啊，我们已经看腻了。"

看到回复，他笑了笑，心里不由得暖和了一些。这些年轻而未经战事的小伙子们，才是国家未来的希望。

二

它是世界上最强大的眼睛，但却看不到希望。

漆黑的太空中，一颗卫星运行到地球巨大的阴影下。它小心翼翼地喷气，努力调整着姿态，仿佛夜空中有某根无法逾越的红线。直到某一分钟，它突然下定了决心，猛然一减速，下降到更低一点的轨道，这让它无限接近极昼的分割线，就像一个偷窥狂一般，从暗处睁开了双眼。

这是"布什"号最擅长的舞蹈，舞蹈于大国之间，也舞蹈于政客、军人与利益团体之间。如果不这么做，NASA（美国航空航天局）就会面临资金问题。政令出于五角大楼，也只有军队有钱。

整个越界行为只花了3分钟，但是即便如此，也是冒着巨大的危险。NASA官员在地面上捏了一把汗，它是上次战争后硕果仅存的军用卫星，而此刻正在撩拨北半球大国那脆弱的神经。3分钟差不多是俄罗斯太空军的反应时间，如果他们没有事先准备的话。

它能看到人世间最多的苦痛。最北边远至北极圈，那里空无人烟，巨大的暴风雪仍在继续，一片模糊；最南边是太平洋上某处，水汽在向赤道附近云集，一个巨大的气旋将形成，成为海上最强大的统治力量；最东边可以看到西伯利亚的中西部，无数古老的俄罗斯城市被彻底抛弃，唯独雅库茨克还有人烟，人民仍在等待市政府发放食物，而政府却只剩下从仓库中挖出来的霉变食物；最西边是美国的阿拉斯加，这可以说是同纬度最繁华的地方，铁路工人正忙着在暴雪中铺设临时铁轨，但才铺下去就被暴雪淹没，一列火车刚从安克雷奇出发没多久，目标直指中部中转站麦格拉斯。

世界在发生某种微小的变化。

三

大约半个月后，布莱克回到诺姆的第一件事情就是立刻向上将报到。他的小伙子们会受到短暂的保密审讯。

他穿着厚重的衣服，一步一步走向基地深处。位于诺姆的秘密基地，当然在战后这里早就不是秘密了，因为这里进行过臭名昭著的药物开发，一种被称为基因毒剂的东西从这里产生，然后成为新一代的毒品之王。国际军事法庭上，前任基地总指挥官克拉克少将被判处终身监禁，前任技术主官拉什被判处 20 年有期徒刑。

即便有不光彩的历史，基地也没有被废弃。战争中立下大功的劳伦斯上将自愿来到这里。他也不知道上将为什么要来到这块废弃之地，就像不知道上将为什么要他秘密运一颗氢弹，还非得到达诺姆后再绕向白令海峡驻地。他服从了命令，起码用火车运氢弹也很有趣，而将军又是值得用生命追随的人！

他凭借身份卡和体貌特征进入外层，但进入内层可就没那么容易了。早在基因毒剂面世之前，小范围的基因改造就不是什么稀奇的事情。

布莱克脱得精光，躺在病床上，被检查人员里里外外研究了十分钟，甚至就连私处都要认真比对。那些惨淡的历史伴随着伤疤，被旁人欣赏。这是最好的通行证，但也是最坏的。如果换在几十年前，如此严格的审查肯定会被控诉侵犯人权，但此刻没有人会在乎了。

世道就是这样，所有的人都无法逃脱。

比起那些见了上帝的同僚，他是幸运儿中的幸运儿。跑运输绝对是美差，要不然他那废物一般的儿女们怎么有机会移民南美？

在大会议室里，布莱克见到了上将。这里比过去还要繁忙，不时有人走来走去，大屏幕上一串串数据在不停跳动。数据串每天都会用不同的方式加密，除非是超级计算机配合上超频的摄像机，要不然根本无法从屏幕上看出端倪。

年近70岁的上将坐在门口，用极尽热情的声音欢迎布莱克："欢迎回来，布莱克。"

布莱克点点头："很高兴为您服务，指挥官。"

劳伦斯上将有一双蓝色的瞳孔，皮肤上满是褶皱，原本英俊的面容随着头发一同离去，好在他习惯戴帽子，挺拔的军帽遮盖住了苍老的遗痕。他在上一次战争中赢得了巨大的功勋，敌国视他为魔鬼，本国视他为英雄。一度大众甚至认为，他会竞选总统，结果上将却自愿来到阿拉斯加主持工作。他说："路上有没有遇到意外？"

"在亚基马去西雅图的路上曾经遇到偷食物的盗贼，但他们趴在车厢上被小伙子们发现了。那两个倒霉蛋被我们带到西雅图，当地的探长表示将罚他们扫雪两个月。还有，在安克雷奇耽搁了13天，我按照老手法让他做了一些变通。”布莱克尽量轻描淡写地把事情说过去。

“又是维尔少将，花了多少？”劳伦斯就像聊家常一样随意问道，同时翻看一大沓资料。

这让布莱克松了一口气，看来上将只关心他浪费了多少资金：“20万，和您说得一样，维尔少将这次出人意料地好说话。”

“哦。”上将不置可否，“其他事情都办妥了？”

这是双关，布莱克知道将军在问什么：“办妥了，我已经托人把您儿子夫妇以及孙女……”

劳伦斯合上了资料，示意结束对话。他召唤副官，让副官送布莱克去休息。

布莱克与副官一前一后，身后跟着卫兵，下降到荒废已久的地下区。这里埋藏着基地最不光彩的过去，斑斑血迹至今都没有完全洗清掉。相传夜晚死去的人的灵魂会在这里徘徊，给生者带来诅咒。突然而来地，他感觉到了一丝紧张，脸上有种麻麻的感觉。

短短的几十米路，仿佛走了一个世纪那样漫长，就像这停滞的地球一样，这该死的冰河时代。

副官突然停住了脚步，他回过头，那双精明的眼睛中有一种无形的压力：“布莱克先生，将军以违抗的名义逮捕你。”

两名卫兵冲上来把布莱克按住，扣上了镣铐。

他惊愕之余还没反应过来，难以置信地睁大了双眼。他的配枪还有证件等东西全部都被卫兵夺走了，他被扭送向关押区，却只能大喊：“这一定是一场误会！让我见将军！”

副官毫不理会他的哀号，只是原路返回。在他身后，这场大戏拉开了帷幕。

四

俄罗斯总统因为雅库茨克市的饥荒事件心情不佳。当他坐上车准备前往机场时，两名高官拉下车门，硬是蹭了上来。

科技部部长先声夺人：“总统先生，关于维持基础研究基地的费用，我觉得您应该……”

总统粗暴地打断了他的话：“等我回来再说，我要去参加亚欧农产品商业交流行会，这事关来年的国民生计。部长先生，比起你那些没用的基地，不如先担心雅库茨克市市民断粮 3 天的问题！”他看向窗外，看到士兵们正在驱赶那些试图乞讨的贫穷市民。

此时车队刚刚出了警戒区，路边愿意为了一块面包而卖身的人到处都是，但更多的人却是连一块面包都没有。食物救济处的队伍一眼望不到头，还没领到食物的居民们一脸木然地站立着，只是努力裹紧身体，活像做工粗糙的俄罗斯套娃。俄罗斯民族从来都是一个坚忍不拔的民族，早就习惯了饥饿。担忧的神色从总统面庞上一闪而过，他知道人民需要的是一个凉爽有食物的夏天。

科技部部长刚想反驳都是因为雅库茨克的部分居民没有按照要求撤离，按照疏散方案，那本该是一个被放弃的城市。但瘦弱的他还没说出口，就被身后的人压在了身下。

那是总统府的特聘顾问，他呈上一封没来得及装订的报告：“请务必看一下，这是科技武官传回来的。”

“等我回来再答复。这难道比可能错过签约更重要？”总统看了眼表格。

“是的！这很重要。”顾问向前再进一步以示强调，科技部部长的哀号声更大了一点。

总统怀疑地看着他，此刻车队已经接近机场，军队设施的数量开始增多。终于摆脱了观看民众的惨状，他确实松了口气：“哪里来的？”

“来自驻扎在美国阿拉斯加州诺姆基地的科技武官。”

这一句话引起了总统的重视，他知道诺姆基地，上次战争中最臭名昭著的黑暗科研基地。战后，中、俄都在那里派驻了科技武官，就像美国也在莫斯科近郊派驻了科技武官一样。他翻了翻报告，才看了几行字眼睛就离不开了：“他要和我们合作？这个计划叫重启地球？”

“是的。”顾问毫不犹豫。

总统几乎要笑出来：“这种计划怎么可能成功？”

“按照他和美国很多技术官的看法，成功的可能性很高！”

此刻接引的人已经来到车门旁，催促总统快点登机。总统还是不敢置信：“难道我们要相信一个双手沾满俄罗斯公民鲜血的人？”

顾问犹豫了一瞬间：“但是他军誉良好，甚至可以说是上次战争中美国唯一尊重国际公约的将军。总统先生，我们不能带着战争时代对抗的眼光，这是一个超越国与国的计划！”

接引的人在车外再一次催促总统。

“让那群奸商再等我五分钟！”总统向外面的人怒吼，随后转过头，“那他值得我们信吗？”

“我不知道，但是据我所知，还是相信的好。我想说，如果他不是老实人，那就是本世纪最伟大的奸贼。找我们合作，对他来说也是很冒险的事情。”

总统回想起冰河时期到来前的美好时光，想到那些瘦骨嶙峋的市民，想到了那些为了食物而整个民族被踩在脚下的尊严，突然说：“我还有选择吗？你，答应对方的请求，继续联系。下面那个家伙，召集最优秀的科学家，核实可行性！要不然你就别想要资金了。有了结果之后立马汇报，无论我在哪里！”

他说完立刻冲出了轿车，在接引的工作人员的帮助下迅速登上飞机。转瞬间飞机启动，把在苦痛中挣扎的莫斯科甩在了身后。

五

一张巨大的照片被放在指挥大厅，数十名军官正在仔细辨认照片上的细节。照片来自1个月前，唯一的军事卫星“布什”号冒险进入警戒线拍的。上将召集阿拉斯加的中高层军官参与会议，只有驻守白令海峡的维尔少将缺席。目的是讨论北极可能存在未知的秘密基地。

“我不认为他们能比计算机发现得更多。”副官如是说。

“地球好像停滞了，我们却在干什么？”劳伦斯对照片兴致缺缺，“一艘核动力热辐射破冰船，平均每两个月从俄罗斯唯一的不冻港出发一次，目的地未知。如果仅仅知道这些，天上那些家伙就白冒险了。”

如果将图片的右下角一直放大，就可以看到一个类似椭圆形的东西。按照计算机的比照结果，该船是核动力热辐射破冰船，隶属于俄罗斯，被称为“探北”号。早先基地通过预警机曾经发现该船的存在。

军官们正在激烈争论，推断秘密基地的可能位置在北极圈附近，那里可能布置了高等级的屏蔽，加上了伪装，所以一直没被发现。

上将从副官手上接过披风，静悄悄地从大会议室内走出。

那些军官以为他累了，相反，他不在，讨论反而更热烈。与民众不一样，军官在这个时代充满了张扬的活力。

年迈的上将突然问副官：“有老鼠逃走吗？”

“没有，我们捉到了动物园，得感谢会议召开的时机。”中尉笑着说。在他身后，一大群士兵围住了大会议室的出口。里面那些军官依旧不知道发生了什么。失去中高层军官的指挥，阿拉斯加的驻军会陷入混乱，当然得排除维尔少将驻守的白令海峡阵地。

“一个人都别放出来，为了重启地球。”将军冷冷地说道。

“是的，长官！为了重启地球！”副官坚定地说。

六

刚刚和老奸巨猾的粮食巨头们大战三百回合，在同一个下午又连续出席了不下四场私人宴会，可怜的总统先生马不停蹄地飞回了圣彼得堡近郊的现代农业研究所。

著名转基因科学家带他参观了最新的成果——据说能两年一熟甚至三年一熟的转基因农作物。总统看着农妇们满怀热情地在大棚里照料那一株株瘦弱的小苗，活像护士照顾保温箱里面的婴儿。但他看到天然气加热器之后才明白，即便改成两年一熟，还是要依靠天然气提供热量，真可谓“天然气喂出来的庄稼”。

有，总比没有好。总统脱光了衣服，往浴缸中一跳。他要思考一会儿该怎么热情赞美研究所的成果。

真是“跨时代”的成果，成本竟然比直接买还要高！他对着墙壁大骂了好几句“蠢货”。

就在这时，一位不速之客闯了进来。

科技部部长拿着资料，瘦弱的身躯如同颤抖的芦苇。他的眼睛仿佛刚从天鹅绒染缸里捞出来一般，他的叫声像乌鸦一般难听：“可行，可行！总统先生，这是天才一样的计划！我们很谨慎地计算过，它能将冰河期缩短几十年！”

总统翻了翻最后的结论，站起来大喊道：“终于要有夏天了，我们不用在北边等死啦！”

不顾自己还没穿衣服，他从浴缸里跳出来，裸奔出房间，对着外面目瞪口呆的警卫大叫道：“立马准备飞机，我要回莫斯科！快点，我说的是马上，立刻！你们这些蠢货！”

看到只穿着浴袍的总统，高级顾问们都努力压抑住了笑。总统裸奔的事情在多年之后会成为这个重要决定的花边注脚。

“这份计划有什么问题？”总统开门见山。

“总统先生，我不得不说，太冒险了。你觉得有多少国家能看到其他国家发射弹道导弹而无动于衷？搞不好就会发生一场核大战！”

“而且，破碎的冰面将形成冰凌灾害，北部所有的港口设施会被摧毁，我们会失去对北极的控制权！”

“外交上，我们也不好交代，随意发射核弹，制裁可能会接踵而至。那些粮食商会趁机盘剥我们！”

前三个声音毫无例外，都是反对。

最先发现这份计划的高级顾问站了起来：“我们的油气资源还能撑多少年？我们还有多少外汇？”

所有人沉默了。

他直接走到总统身后，那里有一幅巨大的地图，拿起笔，画了一条很长的线："冰凌灾害，如果爆炸点选择得当，并不会那么严重。沿着这条线往北，不是基本上被我们放弃了吗？北部的港口，北极的控制权，呵呵！那是上帝才能控制的地方！至于外交风险，我们有一个秘密基地，在这里！"

基地恰好在北极圈内，据可靠消息，这座基地从未被美军标识出来。俄罗斯继续费力维持它的唯一原因，就是为了保持核威胁能力。

看着呆若木鸡的众人，顾问笑了笑："谁说氢弹一定要用弹道导弹发射呢？"

听到这句话，总统深深吸了口气，下意识地往胸口处寻找签字笔，仿佛下一秒就要签字一样。他这才发现自己只是披着浴袍，于是便用一句话定了基调："听说劳伦斯将军想加入这场会议，邀请他接入！"

"可是总统，您的形象……"

总统狠狠地拍了拍桌子："去你的形象！这就是俄罗斯的形象，我们就只披着最后一件单衣，马上就要裸奔了，蠢货！"

他扫视了一遍满桌子衣冠楚楚的顾问们："我们要重启地球！"

七

副官从后面追赶上闲庭信步的劳伦斯，从他的表情看，该做的事情都已经做完了。

上将的目光慈祥："看来中情局还算忠于职守。说说五角大楼是怎么说的。"他都可以想象得出，通信被切断后，中情局特工跌跌撞撞地坐飞机出发，逃回去报信的场景。

"他们警告您，希望您考虑一下这么做的后果，这是在绑架整个世界。”

劳伦斯只是笑笑：“这群绑架了国家的无耻之徒。”他到现在还记得，在议会上看到军人拿着枪的情景，议员们鸦雀无声，只是默默地对所有提案投赞成票。与20世纪初托拉斯控制的美国国会不一样，现在的国会完全被军队绑架了。美国臃肿庞大的民主机构，再加上军队内部派系林立，可以想象即便以他的影响力，就算担任总统，也无法说服各位将军达成一致，所以他才会选择如此冒险的计划。

他问副官：“你是亲自和中情局特工接头的吗？”

“是的。”副官答道，“可是为什么要这么做？”

“你不会明白的，卫兵，把他关起来。”劳伦斯看着副官。

副官此刻的表情和当初的福克斯一样精彩，但是很快冷静下来，让卫兵铐上了手铐。他知道将军做什么事情都有道理，这一定也是计划的一部分。

劳伦斯上将整理了下军服，上面有一小块咖啡的印记。他款款走进计算中心，努力掩饰双腿的颤抖。身体一天不如一天了。做完这件事情，他就能休息了。

计算中心鸡飞狗跳，所有的人都在奔忙。

屏幕上是有史以来最完整的北极模型的初步框架，从气流、水流、冰层、海水深度等方面描述了那片不毛之地。

“计算得如何了？”上将捉住技术负责人。

原来胖乎乎的技术负责人几乎瘦脱了形：“给我们数据，运算还需要3天！”

“不能那么久。”劳伦斯虽然语气平淡，但无可置疑。

“那我们可以少考虑一点参数。”技术负责人开始考虑该忽略哪些环境变量。

将军摇摇头:“不行,我们有助手,开放连接。”

网路被打通,数据被共享,无数的环境数据涌入。计算机智能划分了计算任务,模型完善使进度一下子快了很多。

“这是俄罗斯语?”技术负责人惊讶地看着将军,“如果将数据分包给俄罗斯,那么系统会很容易受到黑客攻击!”

劳伦斯上将试着举起咖啡,最后因为双手颤抖而放弃了。他没有理会负责人的警告,站了起来:“我带给你俄罗斯的支持,你还有8个小时,这是我最后能做的了。”

技术负责人点点头:“按照趋势,绝对没问题,长官。最后汇报一下,我们已经建好地球完整的模型框架,等到北极的数据补全,将对13200个参考目标点进行运算,以从中找出两个最佳解决方案。通过氢弹轰击北极,迫使冰川南下,加速洋流,以减短冰河期。最大的问题就是选择落地点,考虑到弹道导弹的误差,还有氢弹因当量差异导致波形上的误差,风险相当大!”

“如果只有一颗氢弹,会怎么样?”与其说是问,不如说是提醒。

“北极的大冰川将被全部震碎,形成有史以来最大的冰凌灾害!我国和加拿大北部会被夷为平地。”技术负责人满头冷汗,“如果爆破波正好在最外围抵消,那么冰川会以整块的形式,正好可以用巨轮拉过白令海峡,借着气流刚刚平稳的机会南下。”

上将满意地点点头:“记住你的职责。”

他开始回想,究竟还有什么事情没做。一切都已经安排妥当,就只差给孩子写一封信。他不知道孙女在巴西能不能过得好。

算了。他提起笔,还是放下了。他没有机会再见到她了,即便写了信,又有谁会帮忙传递呢?

想着想着,他竟然坐在座位上睡着了,嘴里还念叨着重启地球。

八

它又来了。

它是天空中最孤独的舞者，这一次大胆了许多，虽然俄罗斯没有明确表态，但中国认可了它的行动。

劳伦斯上将偷了一颗氢弹的消息已经被秘密通报给各国首脑。世界都在猜测事情的发展，首脑间保持着某种隐秘的交流，各国敏锐的民众也发现了气氛诡异。

维持同步轨道让“布什”号消耗了巨大的能源，毕竟这里并非赤道上空常规的同步轨道。但这样的消耗是有价值的，因为它能有效拦截弹道导弹的天基武器，唯一性无法被取代。

它看到飞机编队正在飞向安克雷奇，白令海峡的驻军坐火车向诺姆进发，加装了巨炮的格雷级巨型破冰船在冰面上艰难跋涉，遇到了卡在冰面里面的麦克级老前辈，兴奋的海军成员撬开麦克级的舱门，试图寻找遗留下的宝藏。

诺姆市，这个名声不显的北方小城，此刻像捅了马蜂窝的倒霉蛋一般，被乌泱泱的军队在五角大楼的命令下进行合围。

五角大楼的指令是绝对的。据可靠消息，劳伦斯上将拥有两枚弹道导弹，但只有一口发射井。而且如果他不选择马上发射的话，导弹基地将会被特种部队攻陷。而“布什”号恰好补充过弹药，有一枚“针”。

监视屏幕上，一颗美制弹道导弹正在加速升空，它将进入近地轨道，将威胁全人类的安全。

毫不犹豫，“布什”号突然开始快速旋转，从它的下半部射出一根细长的“针”，反冲的作用让卫星暂时失去了平稳，更像是某种舞蹈。“针”是一款太空动能武器，被誉为“太空达摩克利斯之剑”，利用重力作用增大打击能力。

“针”进入大气层，与大气摩擦产生绚丽的光，直奔弹道火箭而去。

人类的两种终极战略武器，在互相奔赴对方，也是在拥抱华美的死亡。

在近地轨道，一朵绚丽的烟花爆炸了，半个地球的人能在夜空中看到它。

地面指挥部发出欢呼声：“我们是英雄！”欢呼声响彻指挥部。

在欢呼声中，一个微小的声音却被忽略了。一名技术员发现，爆炸的规模和想象中不太一样。但事实上，新式氢弹的引爆机理和旧式的不太一样，有时候虽然被空基武器击毁，但很难说有没有真正爆炸，一切都需要看海上搜查的结果。

不过3分钟之后，导弹基地被攻陷的消息传来。即便还有弹道导弹，劳伦斯也不会再有机会进行任何发射。于是，他的怀疑最终也消失在了庆功酒中。

九

维尔少将现在是阿拉斯加地区的最高指挥官，他去往指令室，最后看一眼美丽的天空，在几秒前，那里曾有一朵异常美丽的烟花，那是改变世界的号角。

前线部队很快会把劳伦斯的基地掀得底朝天，不过上将肯定会先投降。矮个子将军已经厌倦了在白令海峡的驻守，两个国家何必在此干耗下去。在长久的军事政治生涯中，他早就摒弃了国家的那一套理念。

少将下意识地握紧了口袋中的枪械。一把古老的左轮手枪，样貌和他祖先在南北战争中缴获的左轮手枪一样。那个时候，先辈们是解放者，现在他依旧要当解放者。

只要世界继续停滞下去，北半球迟早会完蛋。

现在他还有 13 分钟，这可能是唯一的机会。因为劳伦斯和维尔都不知道，NASA 究竟给“布什”号装备了多少根“针”。但发射之后，“布什”号起码需要 15 分钟冷却和二次装填。

这是最好的机会!

技术员们早就设定好了目的地，北极上的某个点，现在要做的就是等待命令。

维尔通过了权限验证，这颗弹道导弹只需要他和劳伦斯将军的权限。而劳伦斯将军早就授权过了。他想到这些年来假装和上将决裂，处处针对劳伦斯，真是唏嘘不已。上将究竟从什么时候开始布局，从哪里弄到的氢弹，已经无法得知。

“发射，让我们重启地球！”他下令。与此同时，驻地以北 3 公里处，一块伪装物被气压顶飞，重重地摔在不远处的冰面上，粉身碎骨，露出下面狰狞的人类武器。

“倒计时！”技术员的声音洪亮。

“10，9，8……3，2，1！”

弹道导弹升空，与此同时，维尔少将举起了手枪，对准了脑门:“来生再见，我的老朋友。”

“呯！”脑浆和鲜血迸溅。少将笑着结束了自己的生命。什么样的人不会说话，只有死人，但以后活下来的人会记住他。他的灵魂将随着那颗弹道导弹一起越飞越高，直达天堂。

十

五角大楼哗然了，世界各国的询问接踵而来，他们却没有时间去应答。第二枚弹道导弹也发射了，发射者竟然是维尔少将，他和劳伦斯上将是死敌。

中计了。五星上将们围坐一团，对着近十年来最大的危机面面相觑，不知道该如何是好。即便“布什”号拥有第二枚“针”，拦截也来不及了。这才是劳伦斯上将的算计，毕竟他才是上次世界大战中最出色的战略家。

与此同时，俄罗斯克里姆林宫内，总统最终确认，那颗藏在爆炸点的氢弹将在指定时间爆炸。他和高官顾问们围坐在一起，静静地等待最后的结果。宫外被记者围得水泄不通，但是克里姆林宫的意外沉默让他们有了更多想象的余地。紧张的气氛在俄罗斯高大宽敞的建筑间游荡，挑动着每一个俄罗斯人的心。

此刻，在北极荒原上，一辆雪地车满载着成员头也不回地逃亡，在他们身后即将产生世界上最壮丽的蘑菇云。他们不知道自己究竟能否躲过这场爆炸，只知道即便死去，他们也是民族英雄。不知道有谁起了个头：“俄罗斯，我们神圣的国家！”从技术员到战士都唱起了俄罗斯国歌，他们满含热泪，声音越来越响亮！

视线转向诺姆市，劳伦斯上将被人押着从基地的最深处走出来。阿拉斯加地区的中高级军官、军需官布莱克甚至劳伦斯的副官等人终于被荷枪实弹的美国大兵们解救出来。他们压抑着某种感情，目视劳伦斯用颤抖的双腿一步一步往前走。前上将是满足的，他伸出手，用力朝众人挥一挥手，然后被宪兵押上了前往华盛顿的专机。近乎所有的军官都行了军礼，送别这一时代最伟大的将军。

阿尔塔米拉市即将入夜。小女孩带上唯一的布娃娃，挥别美丽的女老师，坐上父母的车子。她不知道父母要带她去哪里，他们将离开阿尔塔米拉。父亲严厉地告诫她：“记好了，你不姓劳伦斯，你姓怀特。”她乖巧地点点头，反正听话就对了。莫名其妙地，眼泪从她脸上划过，她突然哭了起来。她望向北方的天空，祈祷许愿。

几分钟后，两颗氢弹同时在北极点附近爆炸，产生的冲击波即便是在太空都能看得见。成千上万吨的冰雪被掀飞，数百万立方米的水汽被蒸发，沸腾的爆轰波比蘑菇云更加灿烂，在那里一切都将成为浮云，真是如同天国一般梦幻的场景。冲击波出现在遥远的冰面上，把降雪和冰块吹飞了，朝着北半球各国汹涌而来。

这将是人类的末日吗？

尾声

美国最高法院外人满为患，无数人关注着最后的结果。

拥有旁听权的人并不多，布莱克作为受害人之一，有权旁听。他看着满满当当的被告席，忽然明白了将军的做法。他本应该属于那里。

劳伦斯上将是受审的最高级别军官，虽然主要执行者维尔少将已经自杀身亡。很多事情因为关键人物的死去无法考证。被告席上起码有一半以上的人无法定罪。

即便如此，其余的罪行足够判处前上将绞刑。

劳伦斯风采依旧，丝毫不觉得有什么可惜，他首先向全法庭的人鞠躬。

也许是错觉，布莱克感觉上将特意看了他一眼，那一眼是什么意思？他不懂，想知道将军说什么。

庭审持续一整天，择日宣判。

轮到最后的陈述了，劳伦斯伸出双手，仿佛要拥抱上帝：“我承认我有罪，但所有人全是按照我的命令行动，军人服从命令是无罪的！”

眼泪夺眶而出，布莱克多想站起来大喊，但是他不能那么做。将军在努力保全他们，他有什么权利践踏将军的努力呢？即便劳伦斯将军的副官，也因为和中情局联络并且被他关押而洗清了嫌疑。

最严重的罪行是叛国罪，这项罪名突然之间显得有些可笑。在世界级的气候变化面前，国和国的差别真的很重要吗？人类为了国与国的芥蒂而杀戮争斗，那才是真正的无知！

这一秒，他终于有点明白将军的意思了，计划的细节就像电影一般在他脑海里回放。

此刻，数座大冰山正在由巨轮拖曳着向南方前进，它们将带动热和盐的交换，形成新的洋流。按照科学家的计算，冰河期起码会提前几十年结束。而风起云涌的政治活动也在国内酝酿，将军们拥有的权力正在受到挑战。各种类型的变化在世界各地发生着，一切都在变好。

地球终于被重启了！

大地的愤怒

文\封龙

一

山色渐渐隐没于夜色中，项目组的成员陆陆续续从深井中爬了出来。李远同往常一样坐在一口深井旁边，沉默地想着事情。

一个十来岁的少年坐在李远旁边，和他一起看着深井，少年的眼中发出一种光彩。少年忽然问道："博士，你们真的可以预测地震吗？"少年居住的这个山区位于环太平洋地震带上，近年来这一带地震不断，然而从中央到地方的地震预测局却无法准确预测地震发生的时间，有时还会发出错误的预报。错误的预报对当地居民来说也是一种灾难，不但会引起恐慌，还会有实际的经济损失。不过这个问题是世界性的，预测地震是目前人类科技的一道屏障，还没有人能打破它。

从深井返回地面的一个研究员听到了少年的话，反问少年：“你怎么知道我们可以预测地震？”

“是村长说的，他说你们在地下埋下一个什么……什么器来着，反正就是埋了以后就可以预测地震啦！”

研究员们善意地哈哈大笑起来，这个山里的少年是他们繁重工作之余的一个乐趣。

李远嘴角也有了笑意，他问少年：“石头，你知道地震是什么吗？”

“我奶奶说地震就是土地之神的愤怒，他在惩罚我们。”

越来越多的研究员们回到地面上了，他们听到石头的话全笑了起来。

“你奶奶说得很对，我们要预测地震就得知道土地之神的心思，我们现在做的就是在土地之神的心脏安装听诊器，这样只要他想冲我们发火，我们就可以提前知道了。”

石头想起了村里的赤脚医生的听诊器，他开心地点点头：“你们是用听诊器听大地之神心里的声音啊！”

李远点点头，他的项目组刚刚完成了这个地区 2 000 个应力感应器的安装，现在整个 X 地区地下 3 000 米左右的地质层中铺满了这种感应器，它们时刻监控着这一带所有的地动波，并将数据上传到地面的终端，所有的信息被汇总之后，经过计算就可以得到未来的地震预测的数据。这就是由李远的项目组开发的叫作“大地”的系统。这个系统是不是真的可以准确预测地震，还要看以后的实战。

一个研究员对李远说道：“头儿，他们都回来了，安装工作全部完成了！”他因为太激动，声音显得有些颤抖。

李远站了起来，说道：“好，我们为这个项目整整忙了一年，同志们，胜利指日可待啊！”

人群爆发出欢呼声，人们使劲将帽子抛向已经漆黑的夜空。

李远看着这些熟悉的面孔——这些写满疲惫而又充满希望的眼神，心里感慨万千。这个项目组由于经费有限，百分之七十的经费用在了感应器数据接收仪上，因为传感器埋到了很深的地方，很多常规的技术手段无法将数据传输到地面，而采用有线传输的话成本太高，尤其是后期的维护费用更是高得离谱，于是李远咬了咬牙，为感应器配置了中微子信息传输，虽然贵了点儿，但是可以非常完美地完成任务。

由于经费短缺，所有设备的安装都是由研究员完成的，这些本来应该坐在办公桌前的文弱书生默默承受了一年多的风吹日晒和体力劳动，李远知道这是因为他们心怀理想啊！

李远等着欢呼声渐渐平息下来之后说道：“今晚我请客，咱们去镇上的饭馆里庆祝一下。”

夜深了，项目组的人们还在镇上唯一的饭馆内高谈阔论，畅想着来年的诺贝尔奖，畅想着一个人类已经战胜了地震的全新世界，他们喝光了饭馆里所有的酒。李远悄然起身，他独自一人回到设于镇政府院内的临时办公室。

李远启动计算机，这就是“大地”系统的终端，李远将所有的参数输入了系统的数据库，他闭上眼，等待那些深埋于地下的感应器如同精灵一样源源不断地将数据传送到这台电脑中。

在安静的夜里主机散热风扇的声音无比清晰，李远静静地听着这声响，等待数据最后的汇总。丁零零……忽然他的电话响了。

李远接通电话，不出所料，是冯龙飞：“老李，你们的进展如何？”

“安装工作完成，正要开始调试系统，你呢，有什么好消息吗？”

“东方公司对这个项目感兴趣，想谈谈，我明天就见东方释，也许这次我们真的可以完成真正的‘大地’了！”

“不要太乐观了，这是一个烧钱而又毫无商业意义的项目，你我清楚地知道这一点，最好不要把希望寄托在商人身上……”

冯龙飞打断了李远：“放心吧，我也不是只找了东方公司，军方有个项目想借助咱们的技术，也可以和他们合作，还有CERN[①]也表示对这个项目感兴趣……”冯龙飞顿了顿又说道，“你看只要你的试点取得成果，资金是小意思。”

“我的这部分你不用担心，这个月就可以出成果，你那部分多努力吧。”

“老李，我们是不是接近成功了？”

“是的。”李远淡淡地回道，“你早点休息。”

“你也是。”

李远挂断了电话，计算机中的数据已经处理完毕，屏幕上弹出一个对话框，询问是否生成24小时X地区的地震预测报告。

李远选择了生成简易报告。

几分钟后一个报告单在屏幕上生成了。

---

① CERN：世界上最大型的粒子物理学实验室，也是万维网的发源地。整个机构位于瑞士日内瓦西部接壤法国的边境。

滤过无效体波数据，选取L ≤ 2.5级，T ≥ 18s的P波[①]，S波资料如下：

2041-03-01　23:12:34（104° 19′ E，29° 1′ N）34s动态范围33德B振幅微弱，速度48米/秒

2041-03-02　00:12:45（102° 15′ E，30° 11′ N）45s动态范围42德B振幅弱，速度11米/秒

……

……

……

地区内地震发生概率最高为0.00000000000041%（104° 12′ E，30° 1′ N）；最低为0.00%（102° 46′ E ~103° 35′ E，29°　41′ N~30° 19′ N等）

此区域平均地震发生概率为0.00000000000021%

无预警。

看着这份报告单，李远笑了，终于可以睡个安稳觉了。事实上，从12岁之后李远就没有睡过一个好觉，他的潜意识中总在幻想晚上将会发生地震，这十几年他也看过不少心理医生，不过收效甚微。今晚一切都不一样了，李远知道守望者开始守护这片古老的土地了，对于李远来说，对于所有X县的居民来说，甚至对于所有的人类来说，明天将是一个崭新的未来。

---

① P波：地震波的一种形式。地震波按传播方式分为三种类型：纵波、横波和面波。纵波是推进波，最先到达震中，又称P波；横波是剪切波，第二个到达震中，又称S波；面波又称L波，是由纵波与横波在地表相遇后激发产生的混合波。

二

X县的县委书记很有涵养，他显然已经对李远的话不耐烦到了极点，然而他并没有打断李远，而是听李远说完，然后沉思片刻，回道："李教授，您看，是这样的，其一，您不是地震局的；其二，您不是中科院的，所以您的预测结果是不是先和地震局联系，由他们确认之后，我们再开始通报……"

李远忽然有种感觉：自己正在一个废弃的空屋子里呐喊，即使再大的声音，也不会有人听到。

经过一个月的调试，守望者系统正式投入使用。冯龙飞和东方公司谈好了条件，准备派代表团和李远接触，考证"大地"系统之后就签订合同。

本来一切梦幻般顺利起来，然而就在昨晚这一切又被推翻了，仿佛是命运在提醒李远：永远别想顺利！

昨晚李远查看预测报告，报告显示几天之内可能有1.0~2.0级的小地震，这对于这个区域来说不是什么大事，李远也就没有放在心上。然而，在凌晨四点，警报如同雷鸣般响起。

李远醒了过来，他扑到电脑前，一个警报赫然显示在屏幕上：21个小时后X县发生地震，预测震级6.1级。

李远揉揉自己的眼睛，这是真的。

李远立刻调出详细的报告单，然后叫醒研究员，他们一起仔细核对了数据，终于确认：地震真的要来了！

李远给冯龙飞打了电话，冯龙飞听到真的有地震了，第一反应是证明“大地”的机会来了，然而他很快就和李远一样重新陷入深深的忧虑中。一个问题横亘在他们面前：谁会相信他们？

李远的“大地”系统在学术界并没有得到广泛承认。没有官方的承认通常就不会有民间的承认，这也是他们得不到资助的重要原因。

现在问题就是这样，他们可以预测到地震，然而没人愿意相信他们。

李远一边让冯龙飞联系中科院的朋友，一边自己先找到了县政府。李远解释了近一个小时，才发现自己是在浪费时间。

县委书记指着地图上一个点说道：“李教授，您看，您说的这个地方，这里有我们县的支柱企业精业钢厂，如果您的预测错了，将导致钢厂损失近1000万元，这个责任没人敢负啊……”

李远从政府大院出来时，已经是上午9点半了，距离预测的地震发生还有不到16个小时。李远懊恼地想，真该先去当地的地震局，虽然他们一样不会承认自己的理论，但是起码可以从一些其他的征兆中让他们相信即将发生的地震。

在路上，李远接到了冯龙飞的电话：“老李，我现在去国防科工局的路上，还记得唐云上校吗，他想和我们项目组合作，我感觉现在这个情况也只有他可以帮我们了。”

李远听到唐云这个名字心里咯噔一下，他半天没有说话。电话中冯龙飞的声音有些焦急：“老李，我们没有别的办法，只能和她合作，避免灾难造成的伤害不就是我们的目标吗，不要再犹豫了！”

“好的，你尽快解决，我去X县的地震局，我在那里等你的消息。”

局长看着李远递给他的数据，沉吟了一会儿，问道：“这些数据可信吗？而且这些数据全是无效的P波和S波，我看不出为什么它们预示着几个小时之后的地震。”

“是的，如果单看每一束波，它们的振幅都很小，传播速度也有限，可以忽略不计，然而当您将这片区域当作一个整体，然后综合计算这些波动，看似无序纷乱的波动其实都暗合着某种节奏，就像蝴蝶效应……”

局长不以为然地打断了李远：“同志，我认为在科学研究中还是不要加入一些很虚妄的东西进去……”

李远还想解释，然而局长已经开始和李远握手了：“您的数据和理论我们都会详细研究……”

李远说不出话来，他仿佛刚刚明白不会有人承认他的系统。这时李远口袋里的手机忽然响了，他接通了电话，里面传出小刘惊慌的声音：“教授，宋文书……文书他们……被……被关起……关起来了，Y派出所，他们……”

“别着急，你慢点说，到底是怎么回事？”李远有不好的预感，临走前他嘱咐过小宋，不要擅自去向人们散布地震的消息。

小刘语无伦次地解释了半天，李远终于明白了事情的原委：小宋在李远走后去了当地一个乡镇，他的一个亲戚住在这个镇上，小宋和亲戚讲了地震的事，然后事情一传十，十传百地传开了，结果镇上派出所就派人来调查，双方起了冲突，打了起来，小宋和几个人被拘押起来。

从地震局里出来，李远有些失神，他忽然有了逃离这里的冲动，他知道那些零碎的地震波正沿着某条线路从几千里的地方汇集过来，然后在这里爆发……

李远定定神，先去把小宋他们保出来，他拿起手机刚要打电话，身后便传来急促的呼唤声："李远教授，请留步。"

李远回头一看，发现是一名士兵在叫他。这时他才注意到几辆军卡停在了地震局的门口，士兵们鱼跃而出，他们正在向局里搬运一些设备。

李远的手机又响了，他接通电话，传来冯龙飞的声音："老李，详细情况我就不多说了，你赶紧和军队那边派去的专家一起部署防灾工作和撤离方案吧，这次我们要一战成名了！"

李远告诉冯龙飞小宋的事情之后，冯龙飞答应马上解决，然后挂断了电话。

一个军官从车里下来，向李远敬了个礼："李教授，您好。我是U营的营长陆策，想必您也接到通知了，长话短说，我们将这里的地震局作为3·11行动的临时指挥所，我们马上会安置好设备，请您协助我们一起部署避震工作。"

李远跟着陆策回到了地震局内，局长虎视眈眈地看着陆策和李远，对于他来说，陆策和李远就是入侵者。

"您已经接到通知了吧，请全力配合我们的工作，通告要尽快发出，向当地的百姓发出通知……"

陆策下达完命令，带着李远来到机房内，这里的设备已安置妥当，三名文官模样的军人等在这里，想必是军队的专家。李远将自己硬盘中的模型加载到主机上，然后将数据调出来。

陆策提醒李远："原理不用解释，我们只要结果，我们要根据你模拟的地震情况制订撤离方案。"

李远也明白时间有限，他调试过模型之后，经过一番操作，将模拟的地震情况展示了出来。

五名专家看着屏幕中李远的模型变化，片刻后，其中一位说道："震源位于104°19′E，31°1′N，从北部向南部撤离，以这个点为中心，方圆100里范围是重点疏散区域。"

另外一位专家指着屏幕上地图中的两个点补充道："可以让我们营的士兵首先去这个区域组织疏散，当地驻军熟悉这里的地形，这一区域地形较复杂，由他们去组织疏散这里的群众。"

简单的讨论过后，陆策通过对讲机开始下达命令，这些携带着陆策命令的电波在广袤的大地上开始传播，士兵们有条不紊地执行着这些命令。

李远终于松了一口气，安全了，所有人都安全了。

凌晨一点，李远和陆策一起站在R县最高的塔楼里，R县是X县的邻县，经过计算这里是安全区域，所以这里接收了很大一部分X县的民众。塔楼下面茫茫的人流缓慢地移动着，这是X县疏散来的最后一批人了，这就意味着所有人员都撤离了地震区域。

陆策用望远镜察看群众的疏散情况，李远有些紧张，毕竟这是"大地"系统第一次实战，到底能不能成功还是未知数。

已经凌晨1点半了，前方还没有动静，很多群众聚集在塔楼下面，他们讨论的声音传到了上面："是不是上面又脑残了啊，家里的猪还没有喂就被拉了出来，哪儿有什么地震……"

"要我说这种乱预报的人也应该判刑，判个十年八年的，看谁还敢乱预测、乱指挥……"

…………

听着这些议论，李远脸色有点难看，他看陆策却神色不动。

片刻后，沸沸扬扬的议论声忽然停了，只剩下寂静的夜，和若有若无的夜风呜咽之声。忽然有人感觉到大地的震动了，很轻，然而却很清晰，他惊呼一声："地在震！"

这一带的居民大都经历过多次地震，他们很快就明白过来，地震真的要来了。

一个颤抖的声音说："你们听……"

所有人都屏住了呼吸，终于隐隐约约听到了"轰隆轰隆"的声音，这个声音由小到大，最后变成了巨响，绞磨着所有人的耳膜。

人群中忽然传出一声哭喊："我家的猪……"

陆策的对讲机中传来了前线士兵的声音："营长，地震开始了，请求撤离！"

"撤离！"陆策下达了最后一道命令。

陆策对李远说："李教授，您拯救了这些人。"

"是我们。"李远回道。

电话响了，李远抑制着自己内心的激动说道："我们成功了，老冯，我们成功了！"

三

会议室巨大的屏幕上出现了一张地形图，陆策一眼就认出这是X县的地图。他对全世界的地震带都很熟悉。在这张图上，许多亮点如同脉搏一样跳动着。这些亮点构成一个矩阵，它们的闪动似乎暗合着某种节律。

李远站在会议室前面，他面对着军方和东方公司派来的专家讲解"大地"的原理："这就是'大地'模型，这些亮点是应力感应器，感应器很简单，就是记录地下某个阈值的地震波数据。它们将这片区域的所有地动情况传送到计算机中，再加上之前采集到的本区域的地质信息，组成了现在这个可以预测地震的守望者系统。”

李远操作着电脑，他调出了一组数据，解释道：“这是地震发生前守望者收集到的地震波数据，在一般的地震分析中这种程度的扰动都是可以忽略不计的——这也是当地地震局台站无法预测到这次地震的根本原因——守望者系统中扩大了检测阈值，事实证明可以从这些小的扰动中找到规律，因此我们做出了正确的预测。”

听完李远的介绍，代表团成员开始小声交谈。片刻后，陆策作为代表说道：“我们有两个疑问，第一，地震的成因是很复杂的，你们预测地震的理论基础是什么？第二，要想模拟某区域的地质层，需要的数据是很庞大的，而且地震波数据纷乱庞杂，恐怕是一个天文数字，你们是如何处理这些数据的？”

李远看了冯龙飞一眼，两个人都露出笑容。李远回答道：

“这两个问题都很专业，是我们这项技术的核心部分。我们的模型建立的基础有三个：第一，地震最根本的起因是地核释放能量的过程；第二，全球地质系统是一个整体，而且它是一个混沌系统，著名的蝴蝶效应理论适用于这个系统；第三，采样分析的精确性取决于采样的随机性，它和样本的数量关系不大。

“地质系统中的蝴蝶效应没有气象系统中那么夸张，它的敏感性虽然差几个数量级，但也确实是牵一发而动全身，比如南美大陆的波动，传递到东亚环太平洋地震带上，就有可能放大为一场7.0级以上的大地震。我们的系统采集地壳中几乎所有的地动情况，因为计算机计算能力有限，只能通过抽样分析模拟真实的情况，不过抽样调查结果的准确性取决于样本的随机性，而不是数量，所以这就避开了运算能力不足的弊端，事实证明我们的预测是准确的。”

陆策听到这里，说道："是的，'大地'刚刚投入实验就成功预测了X县的3·11地震（预测6.1级，实测值6.8级），虽然级别预测稍有出入，但是此次预测时间是地震前21小时，这为当地居民撤离和转移财产提供了较为充足的时间。此次预测直接避免了近10亿元人民币的损失，并且地震0伤亡。"

代表团的成员们频频点头，小声交谈着。

"我们的理论最基础的一点就是：全球的地质系统是一个整体，所以现阶段我们的预测还是有不小的误差，一旦我们在更大的范围内建立'大地'系统，那么预测的正确率将越来越趋近100%。"李远顿了顿，接着说道，"我们的目标是在全球范围内建立'大地'系统！"

陆策带头鼓起掌来，显然，李远的解说打动了代表团。

接着，李远详细地剖析了地震波阈值如何选择，如何让取样实现随机性等一系列技术细节。最后代表团纷纷表示满意。

那天，陆策离开时握着李远的手说道："李教授，您的这个项目我一定会向上级报告，这是造福全国人民的项目，这是人类对抗自然的又一个伟大的突破……"

接下来的事情顺利得简直让李远不敢相信，首先是国家科学院同意为"大地"项目立项。接着，东方公司以1亿元人民币的高价收购了"大地"项目的专利，并且为该项目投资，负责全国范围内所有应力感应器的制造，包括为每个应力感应器都装载最新的核电池。在东方公司研制的量子计算机上加载"大地"系统，这直接提高了地震预测的速度与准确性。而东方公司的条件则是为每次播报的地震预测冠名。

而军方为项目提供技术和劳动力上的支持，所有应力感应器的安装都由军方负责。

在黑暗中摸索了许久之后，“大地”项目终于真正开始开展了。

李远真正见识到了军人的效率，与项目组合作的军工团简直全是铁人，应力感应器铺设任务以每天 5 平方公里的速度进行着。

在不断调试中，东方公司的专家提出改进应力感应器参数的建议。经过研究，李远将东部沿海环太平洋地震带上的应力感应器敏感性降低了，以便系统可以更快地处理数据。事实证明这并不影响最后的预测结果。

到 2056 年的春天，“守望者”已经覆盖全国近 80% 的地域，中国东部沿海环太平洋地震带的安装工作已经全部完成。

3 月 18 日，李远和冯龙飞来到 CERN 开发布会，这标志着“守望者”开始在全球范围内推广。

由于东方公司拥有“守望者”的专利权，东方释要求所有安装“守望者”的国家，除了支付专利费，还必须使用东方公司开发的核电池。就这一项给东方释带来了每年超过 10 亿元人民币的收入。

到年底，“大地”系统已经成功预警地震 42 次，直接避免经济损失近 20 亿元人民币。

除夕夜，李远安安静静地陪着妻子和女儿看春晚。李远的女儿莉莉已经 8 岁了，她一年难得见李远几次。

李远抱着莉莉问：“莉莉，爸爸没时间陪你，你生爸爸的气吗？”

莉莉说：“不生气，妈妈跟我说，爸爸在做一件很伟大的事情，爸爸救了很多像莉莉这么大的孩子！”

李远感激地看了一眼妻子乔彦梅，他知道妻子也不容易，这个家的里里外外都是她来操心的。

“不用又说什么‘对不起我和莉莉’这类话，以后多陪陪我们就行了。”乔彦梅见李远一脸惭愧地看着自己，就猜到他想说什么。

“这次我真的有时间陪你们了。”李远刮一下莉莉的鼻尖，说道，“爸爸要提前退休喽！”

莉莉开心地问：“爸爸是不是可以带我去动物园了啊？”

“不止呢，你不是想看大象吗，爸爸带你去非洲看大象，好不好？”

“耶，我要去非洲看大象喽……”

李远看着女儿开心得如同一个小天使，自己也笑了。这个时候的李远对即将到来的厄运还一无所知。

凌晨4点，李远被电话吵醒了，是冯龙飞打来的，他的声音有些惊慌：“老李，出事了！”

李远一下子清醒过来，他了解冯龙飞，冯龙飞平常是个非常镇定的人，他都这么惊慌，说明问题一定很严重。

“一个小时前，X县发生了地震，8.9级，我们的‘大地’并没有预警……”

没等冯龙飞说完，李远手中的话筒“啪”的一声掉到了地上，他的大脑一片空白。

李远在研究所足足待了三天，他核对了从除夕前一天到发生地震之前“守望者”收集的所有地震波的数据，不是X县及附近区域的数据，而是整个环太平洋地震带上的所有数据。然而经过三天三夜的计算，李远依然找不到地震的原因。

李远把自己关在实验室时，冯龙飞只好自己去面对媒体、面对人们的指责。人们习惯了“大地”预报的准确性，他们无法接受如此大的地震“大地”竟然毫无声响。

东方公司的股票一路狂跌，欧洲正在修建的“大地 2.0”也无限期停滞了。

与此同时，学术界又开始攻击“大地”系统。李远为了这个项目曾经得罪了不少人，“李远”一度成为“学术骗子”的代名词。打假专家“圆肘子”从“大地”项目开始之后就一直在微博上骂李远，现在更是肆无忌惮地对李远进行人身攻击，称李远是“伪科学”“江湖骗子”。

然而这些事情李远并不知道，他彻夜待在研究所中反复查看数据，他依然坚信“大地”是完美的。

冯龙飞再见到李远时，李远仿佛是从神农架跑出来的野人：胡子掩盖着脸，眼睛布满血丝，皱纹又黑又深。

冯龙飞看见李远依然在成堆的数据里不停地翻看，摇了摇头：“老李，我累了，我们发明‘大地’是为了改变这个世界，结果改变的只是我们自己……”

李远根本没有听冯龙飞在说什么，他专注于庞杂的地震波数据，只有这样他才能忘记这场刚刚发生的地震，忘记自己的失败……

“老李，别算了。”

李远眼睛没有离开计算机的屏幕，他说道：“我们的模型是完美的，这你是知道的。这个模型是咱俩一手建造的，没有人比你、我更了解它，它是完美的！”

“老李，停下来吧，快停下来吧。”

李远不再理会冯龙飞，他的眼睛发出一种光——病态的光。

冯龙飞见李远毫无动静，他走到墙边按下一个按钮，计算机屏幕一下子暗了。冯龙飞切断了整个实验室的电源。

冯龙飞冲李远吼道:“别骗自己了，我们的模型是有漏洞的，我们的理论基础是抽样调查，随机抽样肯定会有误差，这是无法避免的，我们已经输了，承认现实吧……”

李远粗暴地打断了冯龙飞，他的眼睛中满是怒火:“那怎么解释我们之前成功预测的42次地震!”

“我们这是在掷色子，你知道吗?我们可以赢，但是我们不会一直赢的。只要是抽样调查，那么误差就会像是幽灵一样永远不会消失的，你醒醒吧!”

“我没有输，原因肯定不是你想的那样，我们还没输……”

李远的眼泪忽然流了下来，他如同一个小孩子一样哭了起来。

看着李远变成这个样子，冯龙飞叹了口气，半晌，他说:“醒醒吧，老李，我们输了，只有承认失败，才能重新成功!”

李远擦擦眼泪，看着冯龙飞说道:“我们还有机会，对吧?这个模型还是有救的，对吧?”

冯龙飞摇摇头:“忘记‘大地’吧。我们老了，剩下的交给年轻人吧。”

李远沉默了，他俩如同两个老人一样沮丧地对视着，良久良久不说话……

四

李远被惊醒了，黑暗中他看到屋里的所有物体都在跳舞，大地似乎在颤抖，外面传来“轰隆轰隆”的巨响，李远忽然明白过来，地震了!

他从床上跳了下来，朝父母的房间跑去，然而走廊忽然变得好长，李远怎么跑都跑不到，而两边的墙忽然变成了两张愤怒的脸，它们歇斯底里地冲着李远怒吼，挤压而来。李远的父亲从屋里冲了出来，他抱起李远冲到屋外，放下李远后又返回了房内，去救李远的妈妈。

李远看着曾经无比熟悉的街道变得扭曲起来，一道深不见底的裂痕出现了，烈火从里面喷射出来。李远压抑着内心无比的恐惧，他没有跑，他在等爸爸把妈妈救出来。他无助地看着自己家的门，如同巨兽之口的家门。

忽然房子倒塌了，它倒向李远，李远看着阴影如山般压来，终于尖叫起来，释放自己的恐惧……

李远从噩梦中惊醒。又是这个梦，李远已经很久没有做这个伴随了他十几年的梦了，而今晚它卷土重来。

天还没有亮，周围的人们已经又开始长途跋涉。李远木然地跟着队伍走向茫茫的山区。

这是2062年春天的一个早晨，战火弥漫在这片古老的土地上。

由于石油日渐枯竭，整个产业结构大洗牌，世界局势再次动荡，终于在2061年第三次世界大战如野火般开始蔓延。

Z国作为同盟国的中坚力量，遭到轴心国联军的围攻，盟国的救援部队堵在Z国边界上，与轴心国展开对峙。

李远所在的T市遭到多次导弹袭击，前几次Z国的拦截导弹发挥了作用，将轴心国的导弹拦截在空中，然而当轴心国开始狂轰滥炸式袭击之后，一切情况让人变得不安起来。

李远的妻儿在一次炸弹袭击中身亡，而他侥幸逃过了一劫，然而精神上的打击却击垮了他。李远从此一路北上，和冯龙飞失去了联系。

李远已经两天没吃东西了，和很多人一样，他的眼睛中一点生气都没有，他只是机械地跟着人群移动。

“轰隆隆”……天空中传来战机的轰鸣声，人群马上慌乱起来。有力气的人开始疯跑，没有力气的则跌倒在路边……

李远被人流推搡着，忽然一个孩子啼哭的声音传来：“爸爸，爸爸……”

李远麻痹的神经忽然感到了震动，是小莉吗？李远在人群中寻找声音的来源，在路边一个小女孩倒在污泥中，她绝望地哭喊着。

“炸弹来啦……”一个声音高喊着，声音刚落，“轰”的一声，一枚导弹不知道在哪儿爆炸了，大地似乎一颤。

人群更加慌乱。

李远清醒了过来，他想推开人流去救那个小女孩，然而他没有多少力气，很轻易地被人流冲倒了。

李远面前又出现几天前的画面：自己的女儿莉莉也是这样，炸弹爆炸时自己站在离女儿不到20米的地方，然而却无能为力，然后一切梦想、希望之类的东西都随着女儿一起灰飞烟灭了。又一次，李远在深深的绝望中晕了过去。

醒来时李远感觉自己是在一辆卡车的车厢里，车显然是在高速行驶中，不停地颠簸着。

李远感到非常口渴，他叫道：“水……”

“老李，你终于醒了！”

李远艰难地睁开眼睛，模糊的视野中一个脑袋出现在他面前。李远看了一会儿终于看清了：是冯龙飞。

冯龙飞递给李远一个水壶，说道："给你注射了肾上腺素，总算把你救了回来。"

李远一口气喝了半壶水，他揉着自己的脑袋问道："那个小女孩呢？"

冯龙飞神情黯淡地摇摇头："当时人太多了，我们没能救回来……"

李远愣愣地说了一句没头没脑的话："战争毁了文明。"

冯龙飞道："老李，这次是唐云找的你，还是以前和你说的那个计划，我们没有别的选择，你考虑一下吧。"

李远脑海中浮现出唐云的身影，心里叹口气。三年前唐云就预感到会发生战争，当时李远很不以为然，结果事实证明唐云是对的。李远问道："她现在在哪儿？"

"她刚刚从前线回来，我们的西线打了败仗，战线又后退了几百公里，上面召她回来就是想通过一些非常规的手段阻止前线的溃败。"

"还有多久我们能到？"

"你已经昏迷了8个小时，我们再有1个小时就到。"

"轰"……外面又传出了爆炸声，不过是很远的地方，这个爆炸声有些沉闷。

李远想起第一次见唐云的情形，那是五年前，李远刚刚从国外回来，在这之前李远的论文《地壳中的蝴蝶效应》就引起了学术界的震动，不少人骂李远是"学术骗子"。回到国内后情况也没有好转，李远的理论依然没有得到认可。这让他的研究举步维艰，争取不到资金，李远变卖了家产，终于在X县完成了"大地"的雏形。然后通过这个雏形完成了一次完美的预测，一战成名。

然而在这之前唐云就找到李远，那是一个下午，李远刚刚从国家地震预测研究所回到学校（回国后李远到了某知名高校任教），他吃了闭门羹。

唐云一身军装在办公室等他。

双方都没有过多客套，唐云直言她很欣赏李远的理论，并且认为用这个理论可以研制新概念武器。

李远回绝道："我的技术是用来拯救人的，而不是用来杀人的。"

"博士，和平是建立在战争基础上的。"唐云说道，"武力是实现和平的手段。"

李远摇摇头："我无法接受用自己的技术来杀人，抱歉。"

唐云没有再说什么，她看出没有回转的余地，也就没有再坚持，只是走的时候她留下了自己的联系方式，然后意味深长地说道："博士，你可以再考虑考虑，战争也许很近了。"

李远当时觉得有些好笑，战争？世界形势一片大好，哪有半点战争的迹象。随后他就将唐云的话抛到了脑后。

再见到唐云时李远真有恍若隔世的感觉。

唐云还是那身军装，她在一个防空洞改建的临时作战指挥室里看着地图。她的眼球上布满血丝，神色憔悴，看样子像是很久没有睡觉了。

"博士，您终于来了！"唐云抬头看着李远，脸上一副看到希望的表情。

"我们又丢掉了一个省，现在S省也危在旦夕！"唐云指着地图上的一个点说道，"这里就是人们常说的兵家必争之地，我军已经调了四个师的兵力在这里，然而胜算不大。"

李远认出了唐云所指的S省就是X县附近的区域。

唐云依然是直奔主题："博士，详细的情况我不和你多说了，我想问用'大地'可以制造地震吗？"

李远和冯龙飞对视一眼，李远道："可以，但是无法精确制造，风险很大。"

"不用精确，我们的主要目的就是阻止敌军的快速推进，只要我们顶住了这次进攻，盟军就可以赶到，战争形势就会被改写。"

"我需要数据和足够量的TNT。"

在2·4大地震发生后，"大地"系统迫于舆论压力而关闭，但是由于应力感应器填埋位置太深，拆除它们的费用甚至比安装的费用还高，并且应力感应器本身对地质结构是没有影响的，所以这些感应器留在了地下。

很快军方就修复了设于地表的应力感应器的数据接收器，"大地"重新开始运转。

冯龙飞向唐云介绍道："其实从理论上来说，制造地震比预测地震容易，地震的预测靠分析大量微小的地震波数据计算结果，而制造地震只需要找到敏感点就可以了，可根据"大地"系统中的数据寻找敏感点，在敏感点上加上一些合适的刺激，就可以产生我们所需要的地震。"

李远有些失神地看着计算机屏幕，他对冯龙飞的解释不置可否。

冯龙飞看着李远叹了口气。

唐云道："李教授，我知道您的顾虑，这次制造地震不但会消灭敌人，因为要保密所以肯定也会伤及无辜，然而我们别无选择，如果敌人继续挺进，将会有更多无辜的平民死亡……"

“我知道。”李远打断了唐云，“希望战争可以早日结束。”

李远和冯龙飞立即投入到了计算当中，到下午全部结果都出来了。“大地”计算出近100个敏感点，到当天23点所有敏感点都填埋了足够量的TNT。当敌人进入此区域时引爆这些炸弹，将会引起一场7.0级左右的地震。

万事俱备，只欠东风。

进入S省后，连长约克就有不好的预感。他的装甲连是整个轴心国军的先锋部队，他们率先推进到S省境内。此时近10万人的大部队正在源源不断地开进这个决胜之地。

约克站在一个山头，试图用望远镜观察敌情，然而只能看到一重又一重的山。约克忽然问自己的副手乔治：“你不觉得奇怪吗？”

“什么？”

“你不觉得这次中国的军队溃败得太快了吗？”

“什么，这也叫快？”乔治像看外星人一样看着约克，“我们遭遇了战场可以遇到的所有困难，他们装备不如我们，人数也不如我们，然而他们却不怕死，各种自杀式的进攻……”

“不，不，我说的不是这个，我的意思是这次中国的军队好像比之前好打了。”约克对乔治的误解有点无奈，“中国的军队是以纪律性而著称的，很难相信他们会在没有接到撤退命令而自行撤退，然而我相信他们上面是不会下令撤退的，这里是我们的决胜之地……”

“头儿，我觉得你是神经过敏，从开战到现在他们没有打赢过任何一场战役，现在出现溃败都算是晚的了，我们即将取得这场战争的胜利，该死的战争终于要结束啦！”

凌晨2点，约克从睡梦中惊醒，床在晃动，帐篷也在晃动。约克从帐篷中跑了出来，整个大地都在晃动，不远处影影幢幢的山头如同跳舞的巨人，它们踏着死神的节奏，压了过来。

2064年5月24日，Z国S省X县突发7.0级地震，导致当时驻扎在此地的轴心国联军死伤近7万人，中国军队乘势夺回了S省，与轴心国联军展开对峙。

2064年6月1日，Z国同盟E国东部防线被攻破，E国没有多余的兵力支援中国，Z国再次失去了S省，形势再次告危……

五

路被低矮的灌木掩盖，雾气在林间弥漫着，雷诺带领自己的小分队潜伏在一个刚刚挖好的壕沟里，这个壕沟位于一个半坡上，下面隐隐约约有一条小道。

雷诺非常讨厌在山区作战，中国的残余部队仿佛幽灵一样在山间出没，只要他们一出现己方必然会有牺牲，三天下来，自己的小分队伤亡过半。据雷诺了解，不只是自己的小分队遭遇到了这样的困境，所有的轴心国联军都一筹莫展。

今天上面命令雷诺小队在目前的区域埋伏，说是会有“大人物”从这里经过，然而从凌晨2点到下午3点一个鬼影都没见到，真不知道情报部门是干什么吃的。

忽然不远处传来声响，雷诺向士兵做了一个噤声的手势，然后全部举起了枪。

一队士兵出现在那条小道上，领头的是一个年轻女军官，雷诺注意到女人肩上有三条拐，年纪轻轻就能升到中校，一定不简单。雷诺接着观察，他发现女中校后面是一个没有穿军装的老人，雷诺心头一动:“这恐怕就是上面说的重要人物吧！”雷诺示意士兵们瞄准老人。

当老人进入最佳射程，雷诺小声地下令:“开火。”

女中校反应太快了，她第一时间挡在老人前面，雷诺看到至少三颗子弹打中了她，她和老人一起倒在草丛中，不知死活。

中国士兵马上开始反击，雷诺不敢恋战，他立刻带着自己的小队撤离了战场。他见识过中国游击战的力量，他们派两个人就可以搞垮一个连。在回主营地的路上雷诺还在想自己真的是赚了。

“教授，‘大地’是我们最后的希望，拜托你了……”唐云说完这句话永远闭上了眼睛。

李远此时已经身处临时指挥室中了，说是指挥室其实就是一个山洞，这里有独立的发电装置，可以链接到卫星上的计算机，这里是李远最后的机会。

李远对着计算机屏幕又想起一天前唐云说过的话:“我军已经全线溃败，轴心联军很快就要打到我们的首都，虽然全国各地还在进行游击战，然而这并不能从根本上扭转战局。如果想结束这场战争，我们需要的是进攻……”

说到这里唐云顿了顿，然后问道:“‘大地’是不是可以通过远程控制让德国发生地震？”

李远摇摇头:“这太难了，几乎不可能，德国并没有处于任何一个地震带上，它处于亚欧板块中最坚实的地方，所以要激发德国地震只能在附近的区域进行定向爆破。”

“虽然我们在各个国家都有可观的间谍，但是让他们在现在这个时候在敌国安装TNT不太现实，教授，还有没有别的办法？”

李远还是摇头，没有TNT是制造不出地震的。

“老李，我有一个想法，不知道行不行得通。”一直沉思的冯龙飞忽然说道，“如果我们把整个地球看成整体，从全球范围内进行一些微小的刺激，你说是不是有可能制造出特定地点的地震？”

李远思考了几分钟后点点头：“从理论上说是成立的，但是我们现在不可能让别的国家发生‘微小’的刺激……”李远好像想起了什么，“老冯，你是说感应器？”

“是的，感应器是东方公司制造的，尤其是核电池，核电池由于不稳定，可以通过远程控制加大其输出功率，使其自爆。虽然电池爆炸的威力对于地壳的影响几乎可以忽略不计，但是如果全世界的电池以一定的节律爆炸的话……”

“地震。”

唐云立刻联系了首长，取得了权限，然后潜伏在各个国家的间谍闻令而动，他们安装、修复了全球近10万个信号接收仪。而李远这边也在加紧计算模型，由于计算机计算能力的限制，计算出最后的结果最快也需要24个小时。

然而敌军已经开始在山区扫荡了，唐云保护着李远一直在各个基地中转移，终于在一次转移的过程中唐云因为替李远挡子弹而牺牲了。

李远已没有退路了，他们到了最后一个安全岛，计算也即将完成。

所有的一切已就绪，只待最后的计算结果，忽然不远处传来了枪声，一名少校冲进了山洞：“敌人来了，前哨的弟兄们已经交上火了，他们顶不了多长时间的……”

少校的话还没有说完，“轰”的一声一颗炸弹在山洞附近爆炸了，山洞在摇晃，碎石落在李远的脸上。

冯龙飞忽然喊道:“终于完成了!”

屏幕上显示一行字:

数据处理完毕，目标锁定西欧板块(预测成功率56.45%)，是/否执行?

李远像是和冯龙飞说，又像是自言自语:“2·4地震的幽灵我想我找到了，是不是?这种程度的波动，常规的‘大地’系统是不会分析的，‘大地’的阈值还是太窄，可是计算机的能力限制着……”

“老李，不要再想了，那已经不重要了，开始激活‘大地之怒’吧!”

李远的手指放在enter键上，他看一眼洞内的几个战士热切的眼神，然后毫不犹豫地按了下去。

信息随着电磁波传到了卫星上，又一路奔波传向整个世界，然后爆炸开始了。

全球数以亿计的感应器全部变成了扇动翅膀的蝴蝶，它们爆炸产生的微小能量形成地震波传递着，由上一个传给下一个，然后累加起来，所有的能量最后汇聚到亚欧大陆的西端，史无前例的巨大能量爆发了，即使是最坚实的板块也出现了裂痕，裂痕又不断扩大，然后是彻底的翻天覆地，仿佛一副巨大的多米诺骨牌，在李远最初的一指之力下，这座叫作地球的摩天大厦即将崩塌。

欧洲某个平民感到了脚下的震动，他从厕所出来一脚踏空，落入大地忽然出现的裂痕中，他还没有来得及惊呼，一条火舌便从里面喷射而出，瞬间将他汽化;德国在太平洋某海域执行任务的潜艇被忽然形成的旋涡吸进了深海中，海水巨大的绞力撕碎潜艇就像撕一张纸那样简单；世界第三极珠穆朗玛峰像积木一样被看不见的巨手推倒了……

大地的怒火先在亚欧大陆上传递，德国在内的好几个国家很快被地中海淹没了，所有的山河仿佛成了玩具，被肆意摧毁、蹂躏着；地震产生的巨大能量在大西洋上掀起史无前例的巨大海啸，高达 100 米的巨浪拍在美国东海岸上，仿佛整个海洋都被倾倒在美国，不到一个小时美国便失去了四分之一的城市；各大洲大洋中的那些沉寂已久的火山重新焕发出光彩，它们为大地积攒的怒火提供了出口……

在这些巨变之下每个人都仿佛蝼蚁一般：落入无底的深渊，淹没于滔滔的海水中，埋入深深的厚土……

此时李远在轴心国联军的简易监狱中。看着窗外忽然倒下的山头，李远明白了“大地之怒”还是失控了，肯定不止亚欧大陆，全世界都在发生大地震，李远在生命的最后一刻想：这就是神罚啊！

尾声

二十年后。

“这是什么？”一个孩子从石堆中翻出了一本书。

另一个孩子看到了跑过来：“这是书，据说里面藏着叫作知识的东西。”

“啊，我也听我爸爸说过，只要找到这些东西我们就可以重新建立文明啥的。”

两个小孩抱着书向田地跑去，那里大人们正在开垦，无数的种子正在萌芽，春天来了。

归来之人

文 / 杨晚晴

机器的发展要比道德的进步快好几个世纪，当道德的进步最后赶上机器发展的时候，我们就不需要任何机器了。

——哈里 · 杜鲁门

这是一个雄心勃勃、掠夺成性的世界。现在我明白了战争归来者的孤独，他们就像是另一个世界的天外来客。他们拥有别人没有的知识，那些只能从死神身旁去获得的知识。

——S.A. 阿列克谢耶维奇

DAY 1

我听见大地的哭泣，通过我的皮肤、肌肉和骨骼。

在我前面不远的地方，是一座历史悠久的巴尔干半岛城市，有石头筑起的喷泉和石子铺成的路，有整块大理石打磨出的雕像。此刻，这座石头城市正在高爆炸药和M312 机枪的咆哮声中快速瓦解。主动降噪耳罩部分掩饰了瓦解的惨烈，但爆炸仍以震波形式沿地面传播，导入我的身体。

一场场内在的轻微爆破。

“突击单元AU-107 按指定路线前进。”

“突击单元AU-107 按指定路线前进。”

云端系统下达了命令，同时将设定的路线以亮橙色呈现，如一条黄金蟒盘绕在由多架侦察UAV（无人驾驶飞机）绘制出的 2.5D[①] 实时城市地图中。又一轮攻击结束，在增强视野中，我看到数千个暗蓝色光点汇集成楔形突出部，刺向仍有武装分子盘踞的城市北端。而我身边这几个带着姓名标识的光点则在向地图中那一片猩红色的小范围交火阵线靠近——这就是我的队伍，突击单元AU-107。在这座古老城市的市中心，道路狭窄曲折，运兵车无法通行，M-ATV 全地形车将我们卸下，自行沿干道前往集结点，而我们则步行进入街巷。在我们的头顶，无数UAV 携带着从尖锐到低沉的多普勒效应快速掠过，奔赴杀戮与死亡。我知道它们才是这场战斗中冲锋陷阵的战士——毕竟，它们造价低廉，是可以被牺牲的。

① 俗称伪 3D，是一种结合了 3D 与 2D 的图形技术。

我和我的队员需要不时绕过破碎的街垒。此刻它们唯一的作用似乎只是盛放那些焦黑残缺狰狞的尸体——武装分子的尸体，淡淡的血腥味和什么东西烧焦的气味，通信链路里飞速传递的命令和话语。这情景已经超出我理解的阈值，进入某种既让我恶心，又令我着迷的超现实语境。

我想我的脸一定白得吓人。

“哟，吓傻了，教授？”

通信链路里阿尔的头像闪烁。我转头，看到动力外骨骼里的黑人男孩儿正咧着嘴，似笑非笑地看着我。我没有答话。战术军士尼基跳过砖石与碎屑闷头向前，而我试图跟上她。我从不敢忘记教官说过的话：

“姑娘们，在战场上你们负责做决定，而战术军士负责保住你们的小命。”

我目睹了死亡，但还没做好死亡的准备——尽管联军司令员曾经保证，在战场上我们甚至要比在家里安全。

至少在一个小时以前，他所言非虚。

联军部队的攻势摧枯拉朽。一轮M982榴弹炮（使用惯性制导的“神剑”炮弹，可在40千米之外射中30米之内的目标）齐射加上一轮“复仇者”UAV俯冲轰炸，就彻底摧毁了敌人在库米扬城外的装甲防御阵线。那个扬言要把萨尔第维亚变成另一个越南或者阿富汗的武装力量似乎不堪一击。现在他们只能把熊熊燃烧的装甲部队丢在城外，退入城内与联军近身缠斗——从建筑物里放冷枪或者在街巷中埋设粗陋不堪的IED（简易爆炸装置），士兵们应对前者的方法是用12.7毫米的机枪或者40毫米空爆榴弹把狙击手藏匿的墙体打成四处飞溅的豆腐渣（它有一个官方名称叫“乱射压制”），后者则是派出一台台扫雷机器人，这些身高30厘米出头的小家伙们兴高采烈地冲向疑似爆炸物，在一声声轰响中实现了自己存在的意义。

直到抵达市中心的交火阵线，我们才遇到了真正的抵抗。

那是一栋洛可可式三层楼房，它厕身于一排与它相似的砖石结构建筑当中，几乎每个窗口都在向外喷吐火舌，“哒哒哒”，“咻咻咻”，“哒哒哒”，像歇斯底里吼叫的孩子。街对面友军的“大狗”四足机器人刚一露头就被7.62毫米的子弹发出的暴怒压制，几次出击无果后它弯折液压关节，伏低身体，试图用背上的M307榴弹发射器打开局面，正当它瞄准时，一枚曳着白色尾迹的火箭弹击中了它站立的地方。

“轰！”

尘烟散去后，我听见史酷比模拟出倒吸冷气的声音。

点对点通信请求。在十余米开外，身着棕色外骨骼装甲的战术军士在向我挥手。

突击单元AU-99：“突击单元AU-107，请呼叫空中支援火力，完毕。”

突击单元AU-107：“你们为什么不呼叫？完毕。”

突击单元AU-99：“我们的战场统合分析员挂了，完毕。”

我们几个——我、尼基、阿尔、史酷比——面面相觑。如果“挂了”一词意味着“KIA”（阵亡），那么联军的新闻发言人就该好好筹划一下之后的新闻发布会了。但那不是我们现在所要操心的事。我们在隐蔽处等待，直到侦察UAV的合成孔径雷达、红外扫描仪、声波感应阵列、磁感应器等的数据被云端分析，继而进入我——所谓的战场统合分析员的人造脑区。

建筑平面图（结构分析模型，置信度82%）；

建筑中活动人员分布（红外扫描与子弹轨迹分析模型，无平民，置信度 70%）；

威胁度分析（重武器威胁B-；班级单元的战术机动阻遏效果A-；非战斗人员误伤可能C+；突击型战斗单元杀伤度C-）；

附带损伤评估结果……

建议使用战术及武器……

这一切在我的视野中瞬间呈现，又在几个微秒内被分析。表示攻击的红色十字已经悬在实时地图中的屋顶之上。现在，我需要做一个决定。

我看向尼基，而她只给了我一个凝然倚墙的侧影。

唾沫滑入干涩的咽喉。确认攻击。

半分钟后，死神从天而降。

一枚使用GPS 辅助惯性制导的JDAM（联合制导攻击武器）炸弹由“复仇者”UAV 自三千米的高度投下，呼啸着从屋顶钻入那栋粉红色的小楼，延迟引信随即起爆，高爆炸药与活性金属在空气中结合后产生了强大的冲击波，将楼房从内而外摧毁——橙色的火焰，黑色的尘烟，暴雨般飞溅的碎片。我的骨骼在共振中“嗡嗡”作响。

——想象一个被鞭炮炸毁的蚁穴，只是规模要大上数亿倍。

……

压低重心从蚁穴的残骸边走过时，我尽量不去注意（同时小心翼翼地绕开）那些四处散落，和碎石明显不同的不明物体。地图上亮蓝色光点在我身后鱼贯而行——尼基，阿尔，史酷比。我的队伍（名义上的）。

“啧啧，可怜。”阿尔在共享视野里画了个夸张的红色箭头。在箭头指示的方向，我看到一名士兵正单膝跪地，轻抚“大狗”机器人的残躯。

“愿它安息。”史酷比说。

“电子脑袋可没有天堂。”阿尔说。

“同样也没有地狱，”史酷比反唇相讥，“那儿是为你准备的。”

“闭嘴，你个电子脑袋！小心老子我——”

“够了。”

通信链路里尼基的头像亮起又熄灭。她的声音既不高亢，也不尖锐，而是低沉的、沙哑的，带着一点点疲惫。和从前一样，这个人的每一句话都像是自言自语，似乎从不在乎别人是否能听到。

但每个人都能听到。

于是沉默降临。队伍末尾，那个表示尼基的蓝点忽然停住。我回过头，看见她在废墟旁驻足。

“发现幸存者。”尼基在多点通信链路里广播道。

共享视野里，那个人从砖石堆中露出半截身体。如果不是被喘息吹起的灰烟，你会认为他和废墟是浑然一体的，仿佛一尊蹩脚的人体雕塑。

一尊手握RPG（火箭助推榴弹）火箭筒的人体雕塑。

“呼叫RE——”

“把他交给我们。”AU-99的战术军士打断了我的医疗请求。那个哀悼“大狗”的士兵起身，向幸存者走去。

我迟疑了一下。

“我们的战场统合分析员不在这里。”战术军士说，“除了他，我们谁都不熟悉《新日内瓦公约》——对吧，乔？”

士兵点了点头。他站在尼基对面，身体僵硬，如绷直的琴弦。后者默默注视了他一会儿，转身走开了……有那么一瞬间，我忘记了自己正身处战场。灰烬从熊熊火焰中升起，在铅灰色的天空飘荡，如纷飞的黑色鹅毛，落在尼基的增强现实面罩上，遮住了这个女人唯一称得上漂亮的部分。

那双湛蓝的眼睛。

我感到一阵恐怖，接着是一阵心痛。

“那个人活不了了，”她说，“我们走吧。”

我点点头：“突击单元AU-107，继续前——”

命令被凄厉的报警声打断。在战术视窗中我捕捉到了正呼啸而来的死亡：一枚从某栋楼的某个窗口发射的RPG。黑色的锥体，橙色的尾焰，一轮黑日在我的视野里急速膨胀。这就是结局了，我想——我闭上了眼睛。

奇怪的是，我的一生并没有在脑海中闪回。

DAY 234

“我们需要谈谈。”

我没有理会增强视野中的匿名信息。剃须刀匍匐在脸颊上。推动开关。“嗡嗡嗡”。“嗡嗡嗡”。收割胡须的声音穿透我的骨骼，让我想起M134加特林机枪被过滤掉低频部分的嘶吼。

每分钟三千发，几乎可以咬死任何猎物。

“我们需要谈谈。关于那件事。”

刷牙。把脸长时间浸泡在冷水之中。肺部的收缩感。也许淹死自己并没有那么难……水面之上传来敲门声。“亲爱的，你——好了吗？”

妻子真实的表情显现于卫生间门开启的瞬间：一点点不耐，一点点焦灼。现在，她仰起脸看我，用一个笑容抹去了所有不合时宜的情绪。

“威廉，你今天——很帅。”

“谢谢。”

“那——我们出发？”

我点了点头。

“肖，装聋作哑并不能把一切抹去。”

凯文在客厅等我。这个十岁男孩已经高过我的肩膀，但他依然像小时候一样，不肯正对我的视线。——我想在他心中我永远没法演好父亲的角色：无论是在车祸之前还是之后，无论我是教授还是军人，是英雄还是变态狂、屠夫、刽子手。

我想，我永远是一个顶着“父亲”称号的陌生人。

“嗨。”陌生人向男孩打了个招呼。

男孩挤出一丝笑容。

几分钟后，我们一家三口坐上预约的胶囊电动车。沉默间，城市在我眼前飞驰而过：大片大片的绿地，绿地上衣装鲜艳的人群，银光闪闪的摩天大楼，楼宇间的巨幅激光投影广告……白云，蓝得几近透明的天空——没有烟柱与UAV的天空。

“肖，不管你回不回复，我今天都要把事情解决了。”

忽然间，一阵眩晕袭来。我下意识地用手攥住一侧的裤兜，那里面坚实的物体让我感到安心。

“威廉，你——”安娜把手覆在我的手上，“不舒服吗？”

我摇头。

“我们今天去哪儿？”凯文问道。

“我们先去吃一顿大餐，然后……”

然后就到了摊牌的时刻，我想。妻子的话音被隔绝在我的世界之外，我看到她的嘴唇无声地开合，那曾经令我心醉神迷的嘴唇，那曾经令我痛不欲生的嘴唇。如今，它只是嘴唇，一个呼吸、咀嚼、发声的，神经丰富的器官。

“……这就是我们一天的行程。”妻子将手撤回，摆在双膝之上，孔雀绿的丝绸裙子将那双手衬托得格外白皙，“怎么样，你们二位满意吗？”

凯文用眼角偷瞄我，“史蒂夫不来？”

妻子的脸颊掠过一丝尴尬，“不来。”

“你应该叫上他的。”我说。

尴尬发酵成隐隐的恼怒，“他今天要加班。”

“还是关于战争的报道？”

“威廉，”妻子站了起来，双手盘绞，胸部微微起伏，“我们说好不谈这个的。”

我低下头，“对不起。”

她站在那里，双手分开，各自攥成拳头。她的手指瘦削紧绷，仿佛在一瞬间集中了被精心掩藏的老态。

“我们一家。”她咬着嘴唇，“只有我们一家。”

我点了点头。

片刻之后胶囊车开始减速。乘车助理出现在我的增强视野中。“即将到达目的地。”她用甜美的声音说道，“祝您度过愉快的一天。”

“祝您度过愉快的一天……”这个虚拟人物有一双可以乱真的蓝色眼睛。斑驳的网状结构。……被风吹皱的海面。

我的手臂被轻轻碰触。“亲爱的，我们下车吧。”

乘车助理的影像淡去。我迈开了脚步。

DAY 1

那双蓝眼睛看着我。

“起来。”尼基说。

在外骨骼的助力下我站了起来。增强视野里显示生命完整性报告——除了疼痛造成的神经信号异常传导，我似乎完好无损。

“下次不要闭眼睛。”尼基又说。

我恍恍惚惚地前行，路过突施冷箭的那栋楼房。此刻它的半个外立面倾塌在街道上，堆成一个小小的月亮金字塔，塔尖上是一摊被子弹打烂的血肉。

“希望它不会影响你的午餐。”阿尔说。

我别过脸去。

“教授，”阿尔举手向上一指，“你难道不想感谢一下天上的那些小小鸟吗？”

抬起头，我看到漫天飞舞的“蜂群”——军方的大人物称其为UAV网络。除了装备异频雷达收发器，为战场提供移动热点，一部分UAV还装载了反射镜片。当危险降临，它们可以把来自地中海舰队的大功率激光瞬时投射到战场上的每一个角落。

战术中继激光防御系统——天空中的保护神。

当然，就像教官曾经反复强调的一样，如果你希望保护神能够一击命中，那么最好用多个交叉视点来锁定来袭物体。

下次不要闭眼睛。

也许这次我只是运气好而已。

……

“你们知道吗？现代军队的最大成就不在于武器的革新，而在于通过纪律约束和价值灌输，让士兵直面自己的死亡。”

在C-17运输机四个引擎的震耳咆哮声中，我试图找回那个破碎的自我。我们正身处距库米扬城32千米开外的营地，在这个13平方千米不到的区域内，拥塞着上千个军用帐篷和几条临时跑道，四周则有自动哨戒炮、巡逻机器人（此刻史酷比也是其中一员）和战斗UAV拱卫。装载着钢制建筑预制件的C-17运输机正源源不断地奔赴此处，几天以后一座军事要塞将在此处，在建筑机器人的手中拔地而起，届时我会有自己的营房（配备淋浴间和抽水马桶），但在那之前我们必须在帐篷下忍受彼此的气味和声响。

但起码我们是安全的。

“就比如你要盯着那枚飞向你的火箭弹。”阿尔灌下一口占边波本，将酒瓶递向尼基。这个高大、面容粗野的青年卷着袖管，肌肉虬结的小臂上纹满青色的、凹凸有致的妖冶女郎和模糊不清的脏字，表达着属于街头和荷尔蒙的独特审美。

后者没有对这种审美做出任何反应。

“对。”我点了点头，“战争是反人性的，然而它又是人性的一部分。”

阿尔悻悻地收回酒瓶，又灌了一口。“这话有点儿费解，教授。”

我舔了舔嘴唇，在肚肠里搜罗词语。

“就比如我，”我说，“我的存在，就是要让战争具有人性。”

阿尔挑起眉尖，说：“把人放在决策圈中，将军们是这么说的吧？”

“对。”我点头，“如果攻击决策由云端系统做出，那么这就不是一场人对人的战争，而是机器对人的战争——而这会破坏战争的正当性。”

尼基轻轻哼了一声。我看向她。这个女人顶着一头毛茸茸的金色短发，穿军绿色制式背心，修长的脖颈和结实的手臂上缀满细密的汗珠。尽管始终在低头擦拭M27突击步枪黝黑的枪管，不愿抬头看我们一眼，尽管嘴唇紧紧抿成直线，在橙色的灯光下，她五官的线条还是透出某种只属于女性的柔软。

同样，阿尔也在看她，喉结上下耸动。

“但云端系统做了大部分的工作，不是吗？”阿尔把头转了回来，“大到整个集团军的移动，小到每个战术单元的部署，它都会给出最优的建议。将军们只需选择‘同意’或者‘不同意’，而教授你也只需向UAV或者机器人授权，接下来的一切都由系统自动执行。”

“这就是关键所在，”我耸了耸肩，“最后的决定是由人类做出的。”

“所以杀人的不是机器，”尼基抬起头，“而是人类自己。”

一时间我不知道该说什么。她蓝色的眼神是巴尔干半岛乍暖还寒的春日中的一抹凛冽，我扭开了眼睛。

阿尔勾着嘴角说：“战争，战争从未改变。”[①]

尼基皱了皱眉头，显然并不欣赏他的俏皮话。

“说起来，这并不是我们的战争。”看男孩的表情，他是急于扳回一城，“我，成长在一个充满酒精与谎言的家庭，读过几年书，为了生存，也干过不少下三烂的事，蹲过班房，对这个鼓吹人人平等和天道酬勤的国家没有任何好感；教授，你是来自大洋对岸的高才生，在大学里教——（“战争史”，我提醒道。）对，教天杀的战争史——恕我直言，在这个早已不再崇尚知识的国家，我真不知道你

① 语出游戏《辐射》。

要到哪里去寻找存在感；尼基（被提到的人没有停止擦拭枪管的动作），你是十几岁才移民来的吧？很难相信一个已经有了基本判断能力的人还会被‘山姆大叔’那套伪善的鬼话洗脑……说得难听点儿，我们都是这个国家主流价值观里的边缘人，现在却要来维护它的自以为是——正如我刚才说的，我们在打一场不属于我们的战争，这难道不荒谬吗？”

“那就走开。”尼基突然扔出一句，“没人逼你来这儿。”

我和阿尔半晌没反应过来。我们半张着嘴巴，看着女人将她的枪组装起来，重新录入自己的微生物指纹，校准辅助射击系统，与M27步枪（或者更准确地说，M27步枪上的拟人智能终端）互道晚安后把它轻手轻脚地放进枪箱，然后钻入微气候睡袋，留给我们一个硬邦邦的后脑勺。

阿尔把脸转向我，这个十八岁少年的眼中有一丝费解，一星怒火和一点委屈。“她什么意思？”

我摇了摇头。

远方有滚雷之声。

DAY 234

“嗒，嗒，嗒”。

叉子敲着餐盘，撞击声掠过绿植和大理石人像，在深红色的墙壁间来回弹射，最终洇散在空气中。

“凯文，停下。”妻子说。

男孩嘟起嘴，“我们什么时候走？”

“去哪儿？”

“回家啊。”

妻子的脸绷了起来，“今天我们就在这儿。我们一家。”

我冲男孩抱歉地笑了笑，并不介意他把脸扭开。我知道，这很无聊——现实世界就是如此无聊。在我遭遇车祸之前，都是史蒂夫陪他玩，而在车祸之后，我还没来得及填满他心中那个大大的空洞。

“凯文，”我将手肘撑在桌面上，探身向前，“你为什么要急着回家呢？玩游戏？”

他垂下眼睑。

“你最近玩的游戏叫什么来着，《战争之子》？”

他扬起眼睛，警惕地看着我。

“我也玩过这个游戏。”我说。

有一抹光亮在他眼中一闪而过。我熟悉那一抹光亮，那一抹只有在我们谈论心爱之物时才会出现的光亮。我想凯文和大多数年轻雄性一样，或多或少地迷恋战争，迷恋战争制造的冲突与奇观，迷恋美丽而又致命的武器，迷恋深知自己安全时远距离观赏死亡。在很多人眼中，战争有其独特的美学。我不能为此责怪一个十岁男孩，毕竟，战争根植在人类的天性之中。

——我们是战争之子。

“爸爸，你——”凯文有些迟疑，“真的玩过？”

我轻轻点头。

“那你能不能告诉我——”

“咳。”安娜发出做作的咳嗽声。凯文缩起脖子，意识到自己触碰了这个家的禁忌。

你想让我告诉你，这款游戏到底像不像真正的战争。这个问题只有亲历过战争的人才能回答。我给了男孩一个不以为意的笑容。不，它一点儿也不像。你永远都没法通过战争以外的途径去体会真正的战争——不管它宣称自己有多么逼真。真正的战争充满死亡的恶臭，而当你嗅闻过这种恶臭之后，你的“嗅觉”受体就会发生不可逆的改变，你便从此告别了世界上所有的芳香。

我想我的脸上一定流溢出了某种表情，这表情使沉默突然降临在我们一家三口的小小一隅。半晌之后，安娜的手越过桌面覆在我手上，“亲爱的，我们——我们走吧。”

我感受到了她手心的湿凉，还有在我身上汇聚的视线。我转过头。餐厅的另一边，几个年轻人正肆无忌惮地看着我。这个世界上从不缺少好事者。他们热衷于在虚拟空间追逐和分发热点，会在增强视野里设置热点匹配提示。此刻在某个年轻人眼中，我的头上一定悬着一个巨大的惊叹号。

——然后是公共区域的视点分享。然后是铺天盖地的弹幕。然后是更多的目光。

那一桌上，有人用手比出抹脖子的动作。

我站了起来。

“不要。”安娜缓慢摇头，灰色的眸子里泪花翻涌，“威廉，不要。”

我冲她笑了笑。走向那几个年轻人，周遭的目光如疾雨般打在我身上。出征时他们叫我英雄，现在我是变态狂、屠夫、刽子手。我想人们总会被良心折磨，也总会想方设法来消解这种折磨。我想这才是我的一系列称号之下的真相：一只“替罪羊”。

“先生们，”“替罪羊”停在了他们桌前，“我能为你们做些什么？”

几个人都站了起来，其中一个人足足高出我一头，髯须蓬勃。他就是那个朝我比画的人。

“滚开，杀小孩的变态。”大胡子碾着牙齿。

我把手伸向裤兜，嘴角卷出笑容。

“如果我不想呢？”

DAY 13

“教授，你确定这些家伙是来打仗的？”

我冲阿尔笑了笑。在我们身边一线排开的士兵戴着形制不一的钢盔，穿着脏兮兮的迷彩服，拎着锈迹斑斑的AK12步枪。他们眼神涣散、脚步拖沓，不住地打呵欠，间或叽里咕噜地交谈几句、粗野地笑上几声——阿尔说得没错，他们更像是一群去赶集的恐怖分子，而不是要与我们并肩作战的友军。

“我确定。”我说，“你不能指望每个人都像我们一样装备动力外骨骼和智能枪械——别忘了，他们的政府还欠‘山姆大叔’一大笔钱呢。”

阿尔弹了下舌头：“啊哈。”

我们在约根森林中步行前进，史酷比在前，我、阿尔、尼基和两部“剑”式武装机器人紧随其后，排成紧凑的楔形队列——在由突击模块转为侦察模块后，步兵作战单元AU-107的成员构成、远程支援、战术执行等都发生了相应的改变，以此实现既定兵力下的最大作战效率。我们的友军则拉开一条长达数百米的散兵线。我想他们只是在践行一种把死亡风险平摊的朴素哲学。森林里是密密匝匝的白杨和桦树，春日天空暖阳透过树叶斑斑点点地洒了下来，我听见“沙沙”的脚步声和“沙沙”的风声。

“教授，我有种不好的感觉……”史酷比用它的电子合成声（中年男性的声音，鼻音略重）对我说。

“嗤。”阿尔用鼻孔吹出一声，“没有数据支持，你就是个弱智。”

失去数据支持的可不止史酷比一个。尽管有四只“蜂鸟”扑翼式UAV不断通过LIFI链接（不易被干扰，但会被障碍物阻隔，所以只能小范围使用）向我传送周遭几十米的实况画面，但——无法与战友共享视野、无法查看实时地图，和云端系统提供的战场觉知相比，我能感知到的不过是浓黑中的一豆磷火。如果再假设身边环伺着青面獠牙、蠢蠢欲动的猛兽，这感觉又岂止是“不好”？这就是我们此时的处境：在一片危险的数据“暗区”中蹒跚前行。联军前期空投在约根森林的T-UGS（战术性地上无人感应器）已被武装分子悉数破坏，而飞临此地上空的侦察UAV时常被击落，强烈的电磁干扰使云端系统无法在整片区域建立起有效的战术数据网络，雪上加霜的是，卫星图像也在茂密的森林和武装分子老练的光学伪装下丧失了参考价值。昨天一架“疣猪”（A-10攻击机）冒险低飞，险些被一枚地对空导弹击中。现在，出于安全考虑，所有飞过该地的飞行员都拒绝把高度降到4.5千米以下。

——联军司令部承认，我们的敌人并没有如预期的那样，被优势火力迅速打垮。在十几天的战斗之后，他们找到了联军的弱点：克劳塞维茨所谓的“战争迷雾”——联军宣称已然不存在的战争迷雾。

找到。然后制造。

大片大片的战争迷雾出现在联军尚未攻克的森林地带和山区，它们连结起来，成为横亘在库米扬城和武装分子北部据点之间的天堑。联军的大股地面部队在这一障碍前停住了脚步，司令部派出零散的侦察单元配合装备低劣但有数量优势的政府军（比如一个侦察单元搭配一个完整建制的连）来驱散迷雾——在云端系统做出的战损分析中，萨尔第人是大量且廉价的，萨尔第人的死亡是可以接受的。

“这就是云端系统在做的，”阿尔踏扁一丛褐色的菌类，“给每个人的生命标出价格。”

“是权重。”我纠正道。

“低于某个数值就可以消灭掉，嗯哼？”

“战斗的决策基于一种极其复杂的算法，伦理学、心理学、统计学、人类学、国际法、战争法、意识形态、宗教信仰等因素都是其中的变量——”我深深吸了口气，“但你说得没错。归根结底，我们是在用数字来衡量一个人的生命。”

沉默。鸟儿的啁啾和灰蒙蒙的阳光在林间跳荡。

“如果是由算法来做决定，”尼基的声音传入头盔，“那么你就是多余的。”

我的动作顿了一下，但外骨骼仍依据我的运动趋势将我向前带。

“决定是我做出的，”我辩解道，“算法只提供参考。”

耳罩里“刺啦”一声，我不知道它代表的是尼基的笑，还是一次粗重的喘息。

“没错，”她说，“决定要由人来做——这是人对人的战争。”

有什么在灼烧我的耳垂。那是一种自欺欺人的羞耻感。

“好吧。”我叹了口气，“我承认我的存在是多余的——事实上，从某种意义上来讲，每一个战场统合分析员的存在都是多余的。把我们脑袋里那套系统装在任何一个型号不低于史酷比的战斗机器人身上，它们都会做得更好。我们是战争皇帝的新装，我们的存在只是为了把战争留在人的领域——但反过来想一想，人的判断就有其形而上学的意义吗？人的所有行为决策都产生于大脑，而大脑的底层运作是基于神经元动作电位的“加权投票”模型，更不要说大脑皮层里还有一个叫作额眶部皮质、专门负责道德计算的区域了……我们的神经元网络为万事万物赋值，令我们在不知不觉间做出道德判断，而这不过是一种生物算法。可笑的是，制定战争规则的大人物们认可这种算法，而不认可机器的，就像他们认可5.56毫米子弹而不认可达姆弹，尽管这两种子弹都是用来杀人的——战争的道德，哈。”

“我想我明白你的意思了，教授。”史酷比说，“在如何看待杀人这件事上，你们人类其实和我这样的电子脑袋并没有什么不同，只是你们相信自己有灵魂。”

“蠢货，不是相信，而是——”

阿尔的话语被一声尖啸掐断。接着是一声轰然巨响。震颤的大地、飞溅的枝叶与泥土。近乎静止的春日午后被骤然撕开，而所有人仿佛都带着惯性在时间中定格半秒。接下来：

粗糙的全景画面潮水般涌来，我看到有人仓皇四顾，有人被炮击掀翻，有人没跑出几步便直挺挺地栽倒。在显示弹道分析的同时，离线云端系统将动力外骨骼切换为自动躲避模式，带着我向弹着点最为稀疏的区域狂奔。

……阿尔的咒骂断断续续：“……我……伏击！”

听不到他的声音了。瞬间激增的战场信息挤爆了侦察单元AU-107带宽有限的战术局域网，我们失去了多点通信链路和全局战场分析的支持。在被乱码和噪声填满的增强视野中，我踉踉跄跄地躲避弹雨。大部分战场觉知的丧失使我的世界收缩成一道窄缝，透过这道窄缝我窥到怒放的黑色土花和被拦腰炸断的树木，听到面无人色的友军抱着断腿哭号，嗅到树木、泥土、硝烟和鲜血的混合气息。当我们终于穿过炮击密集区，稍稍站住阵脚，手中的M27突击步枪和M312机枪便开始尖声嘶吼，将子弹射向那些似乎无处不在又无法在增强视野中凸显出来的敌人。

“撤退！九点方向！”尼基在我耳畔低吼，“我来掩护！”

我循着她的指示望去，看到森林边缘朦胧的光——走出森林，也许就意味着走出数据“暗区”……我舔了舔嘴唇说：“尼基军士，我才是下命令的人。”

“那就下呀！”

我思忖半秒，打出战术手势——尼基、阿尔，向九点钟方向撤退！史酷比提供压制火力！

尼基愣了一下，瞬间，她的蓝眼睛里闪出疑惑。然后，我想她明白了：一切都是计算的结果，相比于人，没有灵魂的机器大狗一定拥有一个很低的权重。

——因此是可以被牺牲的。

她朝地上啐了一口。

DAY 234

我回到餐桌前，继续切割盘中的牛排。七成熟，深棕色的外皮，肌肉的纹理，血丝。

妻子用莫可名状的眼神看着我：“威廉，你——”

“你都做了什么，能让那一桌不怀好意的壮汉如丧家之犬般逃走？”

“很简单。”我将牛肉塞入口中，冲安娜和凯文笑了笑，“很简单，我只是抓起桌上的一把餐刀，手握刀刃，将刀柄递向那个大胡子。”

“知道我在战场上是怎么解决问题的吗？”我对他说，“消灭生存价值为负值的人。”那个人瞪大了眼睛——一桌的人都瞪大了眼睛。“对你们来说我是负值，对我来说你们也一样。”我把刀又向前送了一点儿，“你们要抓紧了。有时候，我没法控制脑袋里的杀人机器，你们懂的。”

“他们懂。绝大多数人并没有杀人与被杀的勇气，绝大多数人也从来没有直面过归来之人的眼神。于是他们选择逃跑——如果这一选项存在的话。”

“你威胁他们了？”妻子问。

“对。”

“威廉，听着，”她抓起我的手，“如果你想要我们一家回归到正常的生活中，你就必须忍耐。人是健忘的生物，战争很快就会结束，人们会被别的东西吸引，然后——”

“回不去了。”我摇了摇头。

“抱歉，”她的脸僵住，“你说——”

“安娜，你很清楚，我回不去了——我们回不去了。”

她双手松开。在桌子的另一角，男孩紧咬下唇，用力盯着我。

“安娜，我知道你想做什么。你想站在我身边，支持我、鼓励我，直到我们度过这段艰难时期——安娜，你一直都是这么善良，尽管你已不再爱我了。”我苦笑道，“是苦难把我们连接在一起，而不是爱——这已经不是第一次了，对吗？”

妻子摇头，泪珠在她的眼中滚动。

“肖，你——在说什么？”

DAY 13

单发点射，血雾，一个敌人倒下。失去云端支持后，辅助射击系统还在忠实地工作。这一系统将外骨骼与智能枪械整合，在计算弹道辅助瞄准的同时有效化解后坐力，大大提升了射击精度。有人说，辅助射击系统把战争变得如电子游戏般简单——此话不假，如果你可以忽略随时可能降临的死亡的话。

“教授，还是连不上云端！”阿尔吼道。

我眯起眼睛。世界依旧是一道剪影，但比起刚才已经清晰许多：森林在我眼前150米处止步，空出大片开阔的草甸。我的侧面和身后则是连绵的丘陵，重新连接战术网络的希望在那里。

“退向6点钟方向！”

我命令道，同时用枪口寻找胆敢从森林中露头的敌人。

“下命令的人，”尼基在我身边伏低身体，“你怎么不撤退？你在等什么？”

“我在等那个家伙。”我目不斜视，“算法是预设的，但决定是人做的。不是吗？”

几秒钟的静默。战术军士以一记三发点射回应我。清脆的枪声。弹壳从抛壳窗中蹦出，在空中划出三道金色弧线。阿尔咒骂一声，也蹲了下去，手中的米尼米班用机枪喷吐起了火舌。

……几个身影从森林中钻了出来。是一小股被突袭打散的萨尔第维亚友军、一个60厘米高的履带型战斗机器人和——一只迷彩色四足大狗。“史酷比！”我起身挥手。大狗看到了我们。它的身体微微一顿，液压关节在瞬间完成减速和变向——它在朝我们奔来。90米、80米。有人倒下，带着向前的惯性一头栽进泥土。60米。史酷比的背上溅起火星。50米、35米……

“敌方坦克！10点钟方向！”

10点钟方向。黑乎乎的钢铁猛兽咆哮着从500米开外的斜坡上冲下，用7.62毫米车载机枪瞬间扫倒近处的几名士兵，紧接着调转车头，向我们径直而来——坦克驾驶员找到了附近唯一对装甲构成威胁的敌人，联军的步兵作战单元AU-107。紧跟在史酷比身后的萨尔第人在惊愕中放缓了脚步，T90坦克的125毫米高爆弹就在这时砸了下来，狰狞的火光在我面前的小队人马中猛然爆开——动力外骨骼在几毫秒内做出反应，将我的头部压低，避过冲击波与碎片。下一秒，安全锁定解除，我起身冲进漫天尘埃之中，看到的第一样东西不是史酷比的钢铁外壳，而是一双向前探出的手。略一迟疑后，我抓起那双手，试图将它们的主人从死亡中拖出来。

——动力外骨骼模糊了我对重量的感知。走出尘烟后我骇然发现，自己拖出来的是半截身体。一个只剩上半身的人——天哪，他是那么英俊年轻！——瞪圆了眼睛，仿佛想把整个天空都装进去。

湛蓝湛蓝的眼睛。

我的半边大脑一片空白——

“啪！”一只手拍在我脸上。

“教授，你冷静点儿！”

我晃了一下，艰难找回平衡。尼基的蓝眼睛在我的视野中晕开。在蓝色的世界中我看到天幕倾斜残缺；看到断了一条腿的史酷比在艰难地平衡身体，背部的反坦克火箭筒徐徐升起；看到越来越多的武装分子从林中涌出，扑向丢盔弃甲的政府军士兵；看到一道烟幕墙倏然腾起，遮住了钢铁猛兽，曳着火尾的激光制导导弹一头扎入烟幕之中，不知所踪……

“蠢货电子脑袋，你打偏了！”阿尔喊破了嗓子，“我们完了！”

我们完了。T90从气溶胶烟幕中钻出，黑黢黢的炮管正对着我的视线。瞄准警报响起，增强视野红光闪烁。我拼劲最后一丝力气，才没有合上双眼。

下次不要闭眼睛。

——然后我看到：

一团火光在坦克顶部绽开，在继续奔跑几米后，T90向空中喷出一道明亮的橙色火流，随即在一声爆响中将炮塔高高抛起！AC-130炮艇机轰鸣着碾过天空，在摧毁坦克后用MK-44巨蝮二式链炮在森林边缘掀起一道黑红色的死亡之潮，转瞬间将成群的敌人击碎、席卷、吞没，那些从潮水中侥幸逃脱的武装分子慌不择路地向森林深处退去。

支撑我的力量忽然消失了。我单膝跪地，双手插入泥土，呕出酸涩的胆汁。

“乌拉——”

我听见了人们的欢呼声。

DAY 234

“在我们的婚姻和史蒂夫之间做出一个选择，”我拼凑出一个笑容，“我想这对你来说一定很难吧，安娜？”

妻子的脸色变得惨白。“肖，”她双臂环抱，“有些事情，我们不该当着——”

“凯文，”我没有理会她，而是将身体探向男孩，“你听说过电车难题吗？”

男孩将目光投向与他同样茫然的母亲，然后咬着嘴唇，摇了摇头。

“想象一下，”我说，“一辆有轨电车正朝五个人驶去，挽救这几个人的唯一方法，就是按下开关，让电车驶向另一条轨道，但是这样可能会撞死另一个人——如果你是那个手握开关的人，你会怎么选择？”

“我——”男孩绷着脸，“我不知道。”

“我们拒绝做出选择，不是因为问题无解，而是因为我们不愿承认在人类的种种决定背后是冰冷的算法。”我看向妻子，“安娜，不要忘记我的一半脑子是用来干什么的——在战场上，它用一系列复杂的算法来掂量生命，而现在，就算不用什么算法我们也都心知肚明，对你和凯文来说，史蒂夫才是那个能赋予你们幸福更大数值的人。”

在她的眼底有泪花泛起，“肖，我不明白你在说什么……”

“我不属于这里。我要回去。”我说，“安娜，我能给你的，只有自由。”

“回去？”她疑惑地看着我，“回到哪里？”

“萨尔第维亚。”我笑了笑，“战争不是还没有结束吗？我必须回去。不是为了信仰，不是为了眷恋，而是为了自我拯救。所以——”

“我来了，肖，我在你的城市。”

增强视野里突然弹出的信息令我的身体僵了一下。“你想干什么？”

“我说过，装聋作哑并不能解决问题。既然你拒绝开口，那么我只有亲自来喽。”

我起身，视点在增强视野中迅速画出文字：“你在哪里？我们可以谈谈，但千万不要——”

一个地址链接被丢了过来。

“这个地方你很熟吧？我已经到了，给你十分钟时间。”

我用了整整一秒钟来思考。然后转身向餐厅门口奔去，同时用地址链接预订了一辆电动车。

“威廉！”妻子在身后喊道。

我没有回头，冲入熙熙攘攘的街道。

DAY 13

云端系统显示，这个被光秃秃的田地包围，凌乱地散布着几十座颜色各异木房子的小村庄，叫作“诺夫特洛卡”，是斯图尔人的聚居地。这是我们走出约根森林后设置的第一个集结点。此刻，支奴干直升机正在将断了腿的史酷比、瘪了半个身子的“剑”式机器人和几个重伤的政府军士兵吞入腹中，两架纵列螺旋桨高速旋转着，在村中的空地上搅得烟尘龙卷。

“真诡异。”阿尔挤进我和尼基中间，“我敢打赌，你们在这个村子里找不到一个哪怕嘴上只长出绒毛的男人。”

没人理睬他。

“喂，你们看到那几个女人的眼神了吗？”阿尔继续喋喋不休，

“她们让我感觉，自己不是一个解放者，而是一个，一个——”

“一个敌人。”尼基说。

“敌人。”阿尔咽了口唾沫，“太贴切了。”

——这个年轻人到现在还不知道自己在为谁而战。我摇了摇头，继续埋首于眼前的工作：自行哨戒炮、“毁灭者”全自动后勤平台和几辆REV（机器人疏散车）正陆续开进村庄。通过云端我接入REV，指挥它们对伤员进行紧急处理，随后送往最近的战地医院。而尼基和阿尔则在“毁灭者”的协助下在村外布设战术感应器和异频雷达收发器——这是联军布防的标准流程。敌人随时都可能卷土重来，届时我们需要UAV的火力支持和不掉帧的增强视野。

工作告一段落后，我们褪下外骨骼，用后勤平台上的电池组为其充电。时近黄昏，橙色的夕阳将嘴唇探向地平线，鸟儿和云朵在天空中裁下黑色的剪影。我们席地而坐，小口小口呷着战术背囊里的能量饮料，如啜饮烈酒。

然后是长时间的沉默。

“我很好奇。”当靛青色占据大部分天幕，阿尔开口说话，“在经历了这一切之后，这些人还会不会相信神灵的存在？”

我将目光投向不远处的尖顶木屋。在已然褪色的屋顶之上，金色的十字架在夕阳下氤氲着微渺的光。一座小小的教堂。

“他们——”

“他们只会更加相信。”尼基打断了我，“萨尔第人和斯图尔人是在为神灵而战，但不管结果如何，他们都会从中解读出神灵的意志。”

“为——”阿尔有些茫然，“神灵而战？”

女人和我对视一眼，似乎在犹豫是否该将真相就这样丢给一个长不大的孩子。

我点了点头。

尼基叹了口气：

“萨尔第人和斯图尔人是这个国家里的两大主要族群，属于同一信仰的两个支系，在这片土地数百年的历史中，两个族群经常为教义阐释上的争执打得不可开交……十五年前发生了一场内战，取得胜利的是占人口大多数的萨尔第人。一俟掌管这个国家，萨尔第人政府便迫不及待地将自己对信仰的理解强加在斯图尔人的身上，他们强迫对方学习他们的经典，接受他们的教义，对不肯改宗的‘死硬分子’实施迫害——虽然迫害的具体细节被官方严密封锁，但对于那些心怀虚构正义和宏大使命感的人会犯下什么样的恶行，历史已经不厌其烦地告诉过我们……”

“萨尔第人……政府军……”男孩若有所思，“等等！你的意思是，我们在为那帮混蛋打仗？”

“大人物们关心的是地缘政治、战略影响力、文明与冲突、威慑与阻遏，而非善恶或者人伦这样的大词儿。”尼基将右手探入裤袋，摩挲着，“不管萨尔第人对斯图尔人做了什么，他们至少组建了一个强有力且听话的政府，可以作为‘山姆大叔’在这片土地上的代理，实现其政治意图。所以当斯图尔人终于不堪压迫奋起反抗时，他们认为自己在进行一场圣战；但从地缘政治的角度，这其实是两大国际强权在别人家里进行的一场暗中角力——你以为是谁在向武装分子提供T90坦克、S400防空导弹和电磁炸弹？”

沉默片刻，阿尔啐了一口。

“你瞧，这个世界就是这么肮脏，”尼基笑了笑，“而我们也是肮脏的一部分。”

我的心被狠狠地蜇了一下。我在女人的脸上捕捉到一丝荒诞到绝望的疼痛，这疼痛伴随着星辰的微光，在她的眸子中荡漾。

“伙计们，咱们能不能阳光一点儿？”我硬生生挤出一丝笑容，“这个世界可没有你们想的那么不堪……”

一阵嘈杂。教堂前的空地上蓦然聚起纷乱的光线。我转头，看到老人、妇女、孩子从一侧的树丛中鱼贯而出，被政府军用枪托和吆喝驱赶着，沉默而顺从地走向那个神灵的居所。尼基旋即起身，抬脚向人群走去。我将翻译贴片粘在喉结之上，跟在她身后。

“上尉，你们在干什么？”她向一个面目黧黑、军官模样的人发问，后者正喝令士兵们扳开教堂的大门。

军官转身，灯光在他眼中跃动。

这些人都是可疑的武装叛乱分子。增强视野中跳出文字，为了确保安全，我们要对他们进行集中管理。

尼基梗着脖子。你说这些老幼妇孺是叛乱分子？

军官眯起眼睛看了看我和阿尔，又看向尼基。在忽明忽暗的光线中，两个人用目光对峙着。直到确认眼前的短发女人不会退让分毫，他才开口说话：

“就在刚才，我死了三十几个弟兄。那些杀人犯就是从一座又一座这样的村庄里走出去的——女士，你能告诉我，是谁将他们抚养成人，是谁向他们灌输虚伪的经典，是谁让他们的心中充满仇恨，又是谁在支持他们行杀戮之事呢？”

军官的嘴角卷了起来，露出森白的牙齿。

在这场战争中，没有人是无辜的。话语噎在尼基半张的嘴巴里。军官冷哼一声，慢慢转身，横着步子走向空地——在那里，政府军士兵正迫不及待地将整个村庄塞进一间小小的教堂。笑声、哭声、絮语声和咒骂声在黑夜中升腾起来，枪托毫不留情地砸向人群中不肯轻易就范的“枝蔓”。

此刻的情势在算法的计算范围之外，但我另一半的生物大脑却不假思索地做出了决定。我拔腿向那个军官走去，俯向他沾着血污的耳郭，翻译贴片即时传达了我的话语：

“上尉，我知道你在想什么。这种木质建筑很容易失火不是吗？如果在夜里它由于某种不幸燃烧起来……”

军官回头。“少校，我无法理解你的幽默。”

“这不是幽默。上尉，我严正地——”

突然，一个七八岁的小女孩儿从人群中蹿出，几乎是手脚并用地奔来，然后，巡航导弹般击中了我！我下意识地抬起手臂，将女孩拢住，后者抬头，眼中是一汪令人心碎的蓝。士兵们骂骂咧咧地围了上来，手中的枪乌黑森冷。

我感觉尼基和阿尔站到了我的身后，这令我几乎瘫软的身体得到了一丝虚妄的支撑。

“上尉，立刻停止你们的行动，让村民回家！”我的手指死死抠住女孩的肩膀。

军官咧嘴，“少校，我想你无权命令我。”

我端起M10手枪，指向他的眉心。“那这个呢？”

世界瞬间失语。然后我听见枪支移动时清脆的金属撞击声，听见臂弯中的啜泣声，听见尼基和阿尔粗重的喘息。三个没穿外骨骼装甲的游骑兵和一个手无寸铁的小女孩被围在萨尔第士兵中间，三支手枪对十几杆步枪——好吧，我身上残存的非理性使我们这支小小的队伍再次深陷险境。

军官双手慢慢上举，嘴角仍挂着笑。“好啦，好啦，都是自己人，干吗要这样？听你的就是啦。大家都把枪放下——快放下！”

枪口降低，翻涌的敌意却一浪一浪打在我身上。有很长一段时间我都无法忘记那种感觉：那种被无尽的黑暗和寒冷包裹，肺部被压迫着，置身深海的感觉。在深海中我保持着举枪的姿势，直到一只手挽住了我的手臂。是尼基。她将我的手一寸一寸地压低——或许被压低的，还有我的恐惧和懦弱。

“这就对了。我们是友军嘛，友军怎么能拔枪相向呢？”军官晃了晃拳头，将它轻轻砸在我胸口上，接着干笑两声，把头凑了过来，对着我的脸颊吐出臭烘烘的热气。“少校，我欣赏你的人道主义精神，但你真的以为自己是在拯救他们吗？”

我克制住呕吐的冲动，“我是在拯救你。”

……

“那孩子喜欢你。”尼基吐出一个烟圈，说。

我在她身边坐下，“那孩子？”

“米拉。”

米拉。那个被我“救”下的小女孩。政府军散去后，米拉和她妈妈盛情邀请我们去她们家里吃饭。于是我们在那间拥挤而温暖的小木屋里享用了热腾腾的土豆烧牛肉和伏特加。吃饭时，女孩小鸟般在我们身边盘旋，一会儿把头贴在我胳膊上，一会儿摸摸尼基的手，一会儿冲着阿尔吃吃地笑，一会儿又叽叽喳喳说个不停。大多数时候，我和尼基以微笑回应母女俩的热情——异国的语言会搅扰此刻的温馨，大家心照不宣。吃完饭，母女俩邀我们住下，被婉言谢绝。米拉好失望，但告别的时候还是在每个人的脸上轻轻啄了一个晚安吻。

我用手指轻轻抚摸着脸颊上女孩吻过的地方，说：“它也喜欢你。”

“……真是奇怪啊，”尼基扬起脖子，目光飘向远方，“前一分钟，她们还把我们当作敌人。”

“我想，比起恨，人们更愿意选择去爱吧。”

她的目光下落，定定看了我一会儿。“教授，你今天真叫人刮目相看。”

耳垂发烫，我把脸扭向另一边。军用帐篷里渗出暖色的光线，阿尔的鼾声若有似无。坐在地上，湿凉的潮气正爬进身体，撩起轻微的刺痛。但我已经开始喜欢上这种感觉了——和大地亲密接触的感觉、活着的感觉。也许还有在星光下和一个短发女人说话的感觉。

“你才让我感到惊讶呢。”我说。

“我？”

“你跟他们说话的时候没用翻译贴片。你懂他们的语言。”

“……忘了告诉你，我是萨尔第人。”

我凝视着她的侧脸。

“在十五年前的内战中，我成了一个孤儿。是联合国难民署将我辗转营救到了大洋彼岸。在那之后的很多年里，我曾那么希望自己可以像一个普通的人一样长大、读书和恋爱，希望自己可以去享受平凡而琐碎的忧愁与幸福。但我发觉自己做不到。我想，对个体而言，战争从来就不是单一事件，而是一场旷日持久的改变。经历过战争的人永远被战争塑造着，永远也无法摆脱战争。他们要么终日被战争的阴魂追猎，要么逼迫自己成为一个猎人——而我选择了后者。我想深入战争的血肉与骨髓之中，真正地理解战争。理解，然后克服。所以当我听到故国爆发内乱的消息时，我知道狩猎的时机到了。”尼基用力咂了口烟，烟丝热烈燃烧，发出“滋滋”的响声，“我回来，不是为了信仰、不是为了眷恋，而是为了自我拯救。阿尔说错了，这场战争并不是与我毫无干系——它就是我的战争。”

我迟疑了一下，说：“但你帮助了斯图尔人。”

尼基笑笑，说：“我总是一厢情愿地相信，或者说希望，这不是霍布斯在《利维坦》中描绘的那个人与人为敌的世界。”

沉默短暂地降临，又被远处传来的嗡嗡声刺破。一架巡逻UAV正掠过天空，它尾部的信号灯拖出长长的残影，如横向坠落的流星。

“教授，说说你吧。”半晌之后，她把脸扭向我，“你为什么来打仗？”

“……我……”

“如果不想说，你可以不说。”

“我遭遇了一场，呃，交通事故。”我绞着手指，“头部严重受伤导致语言功能丧失，四肢协调困难，记忆障碍——简而言之，我成了一个废人。你可能听说过，有一种手术可以通过植入拟态神经元来重塑受损的脑区，恢复大脑功能……不幸的是，手术的费用对我的家庭来说是一个天文数字，我们根本无法承受……所以不出意外的话，我—— 一个曾经靠脑力谋生的人，将在福利机构机器人护工的看顾下无知无觉、无忧无虑地了却下半生……”

我朝尼基伸出手。她愣了一下，随即心领神会，把烟递了过来。

“有一天，军方的人来了。他们说，可以免费为我进行手术……代价是，他们要在那部分人造脑区装入一个系统，一个可以和云端无缝链接的终端，而我必须在接下来的三年中为军队服役。——对于一个已经在心里对自己判了死刑的人来说，这是无法拒绝的价码。”烟气滚入肺中，我轻咳几声，“这就是你眼前的我：半边脑袋属于自己，半边脑袋是军方的财产，根据协议，他们有权以他们认为的合理的方式使用它。就这么简单。”

“……该死的世界。”尼基说，“你不该被这么对待。”

“我可不这么想。”我苦笑道，“虽然不愿意承认，但我必须要说，在重塑脑区之前，肖·威廉是个彻头彻尾的混球。这个人沉浸在自己的学术追求中，对世界、对他人漠不关心——甚至包括他的妻儿……所以这未必不是一件好事：当一个人前额叶里的‘自我’损毁时，现代科技可以在废墟之上搭建出一个新的自我。也许是一个更好的自我。”

尼基的手搭在我的手上。微凉。一搭，一握，然后放开。她看着我，而我在她的眸子里看到了银河。

“现在的肖·威廉很好，”她说，“我想，我开始喜欢上他了。”

“我也是。”我说。

我们相视而笑。

“喂，大半夜的，你们两个不睡觉，叽叽咕咕聊什么？还嫌白天不够累？”阿尔在我们身后睡眼蒙眬地嘟哝，“……见鬼。你们见过这样的星空吗？”

我抬起头。——万千繁星，死去的抑或依然燃烧着的。流过天宇的璀璨之河。飘荡在冷寂空间中的云朵。如果不是方圆百里内的灯火被战争熄灭，我们的头顶便不会有如此美景。忽然间我有点儿好奇：那个只敬畏头顶星空和心中道德律的哲人[①]，会如何看待这由战争造就的纯净星空，又会如何看待三百年后依然在道德律的泥淖中挣扎的后人呢？

“……很美，”尼基的目光从我和阿尔身上扫过，“不是吗？”

我压抑着哭泣的冲动，轻轻点了点头。

---

① 指康德。

DAY 234

人们消费战争，而这栋大楼就是他们大肆挥霍的地方。

警戒线。鸣响的警笛。围观的人群。新时代传媒大厦是繁华市中心里的一座孤岛。

看到一楼大厅那个身上捆满C4炸药的人了吗？记者史蒂夫·雷明顿。我想你跟这个人很熟。

我从人群中退了出去。

“阿尔，你想干什么？”

“肖，你都不知道这有多么可笑。在评论和谴责时这些人个个都是英勇的牧羊犬，可当我拿枪指着他们时，这些人却变成了羔羊。而当我向他们表明，一旦有人轻举妄动，我就会引爆雷明顿身上的炸药，这些人就驯服无比了。”

“阿尔，你——想杀死大厅里所有的人？”

“在这个国家里，没有人是无辜的。”增强视野里出现了一个微笑的表情符号。“是这些安坐家中的人高举双手赞成战争，也是他们一边吃爆米花，一边欣赏战争真人秀；正是同样的一群人，当他们终于见识到战争的残忍与恐怖，却想通过撇清自己与战争的关系来抹掉良心上的污点——我们就是那块令他们皱起眉头的抹布。教授，难道这些人不该死吗？”

我将手探进裤袋。“阿尔，你的条件是什么？”

“没有条件。我说过，我要把问题解决掉。”

“通过杀死这些人？”

“没错，这就是我的解决方案。”

“阿尔，我不相信你会做出这种事情。”

“那是你还不够了解我。教授，你难道不想知道是谁出卖了你吗？”

……

“是我偷偷复制了那场战斗的视频记录，把它给了你这个所谓的朋友——史蒂夫·雷明顿。而这个家伙，对，就是这个在大厅里哭得像个娘们儿似的家伙，毫不犹豫地把这段视频变成了他的独家报道，丝毫不在意这会毁掉你的人生——这栋大楼里没有人在意。他们正忙着伏在战争的尸首之上，大快朵颐呢。”

“……为什么要把视频给他？”

“那个呀，又一个微笑，因为我恨你。”

那个东西在我的手掌上。银色钛合金机身。缓缓打开的黑色碳纤维机翼。电磁引擎“嗡嗡”鸣响。我将它抛入空中，实时画面传入我的增强视野。

“教授，你知道我为什么恨你吗？”

“……因为尼基。”

“对，因为尼基。是你把她从我身边夺走。是你杀死了她。”

蜻蜓大小的电磁驱动UAV飞进了大厦一楼大厅。我看到站在最前面的史蒂夫，这个魁梧的男人在瑟瑟发抖，裆部已经湿透；我看到西装革履的男男女女们，远离瘟疫般远离史蒂夫，如羔羊般挤在一起；我看到三个死去的保安，他们仰面朝天，涣散的瞳孔倒映着新时代传媒金色的徽标——振翅欲飞的和平鸽。

在二楼的敞开式走廊上，我看见了阿尔。

——他的手中提着微型冲锋枪，脸上挂着眼泪。

“阿尔，听着，我很抱歉，但事情可以不必这样。”

“……在那么多的夜晚，关于我，她都对你说了什么？”

“阿尔，我……”

“教授，求你。”更多的眼泪从阿尔眼中滚滚涌出。“那个人已经在世界上消失了，如果我得不到她留下的具体话语，那么一点抽象的也行。”

疼痛渗入骨髓。我闭上了眼睛。

“阿尔，你听我说……”

DAY 145

我们在这里太久了。从伊拉克到阿富汗，再到萨尔第维亚，我们的国家一再重蹈覆辙，以为战争可以解决一切问题。但是它并不能。当我们夺回了所有的城市和乡村，战火却依旧在萨尔第维亚内部焖烧。无休无止的自杀式袭击，无处不在的IED（智能电子设备），无边无际的敌意眼神。当大股反政府武装分子退入荒野和丛林之中，联军的伤亡反而激增。

我们被困在了这里。

“我们会死在这里。”阿尔说。

“请使用第一人称单数。”史酷比说。

“电子脑袋，知道你的个性为什么会被设置得这么讨人厌吗？”阿尔哼了一声，“那是因为机器人是可以随时被牺牲的，军方不希望人类对你们产生感情。所以就算哪天你被炸得稀巴烂，我们还是会开开心心地活下去。对吧，教授？”

我与尼基对视一眼，笑着摇了摇头。

自动驾驶的M-ATV全地形车正沿着约根森林边缘前进，这是云端系统指定给我们的巡逻线路。比起爆炸不断的库米扬城，这是一条相对安全的线路。但没有人敢掉以轻心。就在几天前，我们还路过了一个踩到意大利地雷的倒霉鬼——彼时他的政府军同伴正在用汤匙把他的残骸从步兵车的装甲上刮下来。

“教授，我想好了。如果能活着回去，我就去读大学，”阿尔用眼角偷偷地瞄尼基，“或许还可以在学校里找一个女朋友……”

尼基勾起嘴角：“那你恐怕得找个和史酷比性格差不多的。”

阿尔愣了一下：“呸！”

车厢里漾起一片哈哈声，就连挂在车后的史酷比也把它的合成笑声通过扬声器送了进来。

增强视野里出现警示信息。我的笑容冷了下来叫道：“数据暗区！”

数据暗区。实时地图中一块癌细胞般的暗影。当标识地点的字母由黑转白，从暗影中凸显出来时，我看到尼基的腮帮倏地咬紧了。

诺夫特洛卡。

M-ATV还在向前行驶。云端系统下达命令，距诺夫特洛卡最近的三个突击单元集结后前往目标地点，其他战术单元继续执行原任务。

尼基在增强视野里画出了几个圈，将画面分享给我。“距离诺夫特洛卡最近的突击单元有112千米，而它还要等着与另外两个距离更远的单元会合……肖，我们离那里只有64千米。”

“尼基，”我哑着嗓子，“我们是军人，我们必须——”

“为了报答我在这个世界上得到的一点点善意，”尼基的蓝眼睛直直戳向我,“我可以毫不犹豫地放弃‘军人’这个身份。肖，你呢？”

沉默了几秒，我把手搭在方向盘上。

“伙计们，现在由我接管载具，都坐稳咯！”

车辆猛地调头，轮胎尖声嘶叫，扫起扇形烟尘。

“教授！”阿尔在我耳边吼道，“你把我们从云端上断开了！”

“年轻人，我想你搞错了。”我咧开嘴，“在出现掉线问题时，军方的建议是投诉AT&T（美国电话电报公司）。”

尼基冲我眨了眨眼：“少校，我可以理解你的幽默。”

“我不理解！”阿尔叫道，“我们会上军事法庭的！”

“只有一个人会上军事法庭。”我说，“这里应该使用第一人称单数。”

……

几根腾起的烟柱染黑了一大片天空。在肮脏的天空下我们从车内鱼贯而出，以战术队形由村庄边缘向内部接近，同时命令M-ATV做周界警戒。随后一步步深入村庄，我心中的不祥愈加浓烈：家家关门闭户。被子弹打烂的窗户和墙体。硝烟味和血腥气。地上横七竖八地倒伏着政府兵。查看过其中几个后，阿尔对我说：

“死了。不是被子弹打死的，而是——”他做了一个抹脖子的动作，“刀，脑袋都要掉下来了。”

我倒吸一口冷气，踉跄着跨过尸体。用冷兵器歼灭手握突击步枪的正规军……我们即将面对的到底是什么？

“和上次一样，我的感觉很不好。”史酷比说，“不，比那还要糟。”

没有云端，没有支援UAV，没有战术中的激光防御系统——而且是孤军作战。这一次，史酷比没有被阿尔嘲讽。此刻后者正举枪前进，鼻尖渗出细密的汗珠。

他的脸渐渐被火光映红。

……燃烧的教堂。码成柴垛的尸体。暗红黏稠的溪流。这里曾经是村子信仰的中心，然而现在这里是——

“上帝不在的地方……”阿尔喃喃低语。尼基的脚步只是稍稍放缓了，接着便从浓烟的穹隆中快速通过，我紧跟在她身后，“尼基，这一次我们面对的敌人……连神灵都抛弃了。”

尼基微微侧头，脚步不停，继续向西。那个方向有米拉的家。一个曾经带给我们酒精和温暖的地方。一个即使是地狱我们也要去走一遭的地方。

然后我们到了。

木屋的门敞着，屋内空无一人。在那张米拉如小鸟般围绕的木桌上，有两个盘子，盘子里是吃了一半的土豆泥和黑麦面包，有打翻的水杯，桌子旁是断腿的木椅。我和尼基分立桌子的两边，目光相接，这一次我能感觉到，如堕深海的不止我一个人。

“教授，”史酷比在门外呼叫，“收到光学感应器的位置信号……”

尼基冲了出去：“在哪儿？！”

……

诺夫特洛卡西侧。金色的麦田。未被浓烟遮蔽的蓝色天空。沿田间小路行走半分钟，我们看清了那两个高高的剪影。

十字架。也许来自教堂被拆毁的屋梁。尼基缓步驱前，将米拉和她的母亲从十字架上抱了下来。她跪在死者身旁，将她们的头发拢在耳后，为她们合上眼睛，把她们的双手叠在小腹之上……此刻的尼基是一名祭司，死亡被她整饬出一张安详的面庞。

我双手拄膝。干呕。我听见阿尔的牙齿铮铮作响：“去他的……”

有数分钟之久，尼基凝视着不再欢叫与飞翔的米拉。之后，她起身，走向那个半埋在土中、有着全景摄像头的光学感应器。

“肖，”她指着感应器，“你能连上它吗？”

“应该可以，但是……”但是，这不符合信息安全操作规程。我舔了舔嘴唇，“让我来吧。”

设备初始化中，请稍候……

设备初始化成功，用户身份验证中，请稍候……

验证成功。探测到LIFI（可见光无线通信）连接用户，识别号32977，32458，AI77045，是否进行视频分发？

我看了一眼尼基和阿尔，然后选择“是”。

视频被压缩。在LIFI网络中传递，解码，播放。

一片雪花。屏息等待片刻，我失去耐心拖曳进度条——没有想象中的恐怖和残忍发生。什么也没有。

“视频文件损坏，但是……”我和尼基看向彼此，“我们——”

耳罩里警报炸响。离线云端系统检测到木马入侵，立即启动了防御机制，增强视野里跳出红色警示字符：

错误304。系统锁死，30秒后重启。

出于安全考虑，被锁死的还有我们的外骨骼。还有史酷比。

25秒。

麦田里有“沙沙”的声音。四面八方。向我们打来的层层麦浪。劈开麦浪的黑影。

“那是什么？！”阿尔的吼叫带着哭腔。

是敌人。速度快得惊人。

20秒。

“是经过半机械化改造的人，”尼基眯起眼睛，“是一些……孩子。”

孩子。来自这个或者那个村庄，也许嘴上才刚刚长出绒毛。他们杀了许多人，包括米拉和她的妈妈。他们把我们诱入陷阱。他们渴望杀戮，或者被杀。

15秒。

不远处传来柴油发动机的轰鸣声。“是M-ATV！”阿尔叫道，如果不是被动力外骨骼紧紧箍着，我想他会蹿到半空，“快呀！打死他们，打死他们！”

没有枪声响起。

“这是怎么——”

我没法转头，但我听见了阿尔的绝望。

10秒。

根据《新日内瓦公约》，在没有人类授权的前提下，只有在敌人采取主动攻击行为时，机器人才能使用致命武器；对于一群向我们快速逼近但没有采取攻击行为的孩子，M-ATV只能使用主动阻遏武器——一种令人类疼痛难忍的毫米波光束枪。

这时，M-ATV连上了我的应急决策系统。请求攻击。我头颅里的军方财产立即给出建议，而我属于人类的另一半却无法做出决定。

他们还是孩子。而我还抱有最后一丝希望。

5秒。

孩子们没有被疼痛阻止。其中一个已经冲了过来。余光里，他的手臂从处于锁死状态的史酷比的下腹部掠过。下一秒，他跑到尼基面前，和她对视着。在尼基湛蓝的眼睛里，一半是仇恨，一半是悲悯。

我听到她说：“肖，不要。”

我的心被撕裂。

系统重启。

寒光一闪，长刀没入尼基的胸膛。那孩子把脸转向我，嘴角上翘，露出白色贝齿。

无声嘶吼。M-ATV 对攻击行为做出了回应，12.7 毫米子弹把笑脸打成一团飞扬的血花。另一个孩子向我扑来，解锁的钛合金拳头向他的下颌挥去。我看到飞溅的体液，听到骨骼碎裂的声音……

——爆炸。黏性炸弹在史酷比站立的地方掀起一阵钢铁暴雨。待我再次抬起头，阿尔手中的米尼米机枪已经扫倒了整片麦地。

“啊——啊——”

他的号叫如一枚长钉，刺进萨尔第维亚金色的秋天。

而我也开始杀戮。

DAY 234

“她真的这么说过？不要骗我，教授。”

“阿尔，我没有骗你。”

片刻沉默。

“教授，你知道吗，我想念你们。你们是我真正的家人。”增强视野里，男孩的脸上浮出笑意。甚至是史酷比，我想我永远找不到和它一样讨人厌的机器人了。

“我也把你当作家人，阿尔。所以不要做傻事，好吗？我知道这个世界上有一个属于我们的地方，也许我们可以——”

“教授，我看到你了。”阿尔的目光与我相对。“你在那个刺客UAV里，对吗？我猜它是尼基给你的。教授，你早就应该杀了我，你在等什么？啊哈，难道我一个人的权重要超过大厅里那几十个？”

在一街之遥的地方，我痛苦地摇头。

“教授，我想，我并不是真的恨你。我只是……我为之前的事向你道歉。我也收回我刚才的话，这对你是不公平的。”阿尔低下头，“生杀予夺从来都是上帝的事情，他们不该把这个工作交给你。这一次，让我来帮你解决这个难题。”

他用枪管顶住自己的下颚。

“我会代你向尼基问好。”

我踉跄一步：“阿尔，不！”

DAY 144

月夜。万物如披雪。那个人潜入我的营房，破开一汪粼粼波光，鱼儿一般钻进我的被窝。

“你来晚了。”我说。

尼基的额头抵着我的胸口：“阿尔非要和我聊天。”

我轻笑一声：“那孩子。”

“那孩子很单纯……也很可怜。”尼基说，“从非洲到中东，再到这里……他经历了太多不应该经历的事情。”

“而你一直在照看他。”

“他是我的家人。”

“那么我呢？”

尼基翻起眼睛看着我，眼神清亮。“你说呢？”

有一会儿，我没有说话，只是轻抚着她因蓄长而变得柔顺的头发。

“尼基，有件事，我没对你说过。”

“嗯？”

“那场事故。”我说，“是我自己冲进了自动车道……”

“自杀？”

“我发现妻子爱上了我最好的朋友，这个发现令我震惊、愤怒、屈辱，但却并不是我自杀的原因。”沉默片刻，我继续说道，“真正令我痛不欲生的是，我竟然没法否认，对于安娜来说，史蒂夫是比我更称职的丈夫。也许也是更称职的父亲……”

她用手指封住我的嘴唇：“嘘——过去的事，就让它过去吧。”

我点了点头，有液体从眼角滑落。

尼基的手从被窝里伸了出来，在我眼前打开。在她的掌心里，是一个银色的金属球。

“这是……”

“刺客UAV，电磁驱动，小巧、安静、美丽。”她说，“可以从目标的眼睛里穿入，一击毙命。”

“哇，真是振奋人心。”

“以前我替军方干过一些脏活，所以用过几次。”她用两只手指捏起金属球，借着月光，出神地打量着，“有时候这东西会失灵，而在战场上，没人关心它最后去了哪儿。”

“所以你拿着的也是军方财产。”我笑着说。

“现在它是你的了。”她把金属球塞进我手里，“我想你会有办法黑进它的处理器，抹掉它的识别号，重新链接它，让它起死回生——用你更聪明的那半边脑袋。”

我用掌心感受着金属球上尼基的温热。“为什么要给我？”

“你给了我一件对你而言重要的东西，”她仰着脸，冲着我微笑，“所以我要回赠你一件。”

“我的，重要的东西？”

她用手指点了点我的眼角：“你的眼泪。”

“尼基，我——”

“好啦！”她用食指刮了刮我的鼻梁，“我要睡啦，还是老规矩，用中文给我念首诗。”

她侧身，倚在我的胸口，右臂环过我的肩膀。尼基说，陌生的语言会让她觉得这世界不再是必须充满意义的，会让她像小时候那样，在顿挫的美感和温暖的语调中安然入梦。

会让她相信，这世界不只是一片荒芜。

我清了清嗓子：

在赤裸的、高高的草原上
我相信这一切：
我的脚，一颗牝马的心
两道犁沟，大麦和露水
在那高高的草原上，白云浮动
我相信天才，耐心和长寿
我相信有人正慢慢地、艰难地爱上我

别的人不会，除非是你

我俩一见钟情

在那高高的草原上

赤裸的草原上

我相信这一切

我相信我俩一见钟情

纤细的鼾声中。女人睡着了。我轻轻吻了吻她的额头，她的嘴角绽出一缕微笑。

尼基在睡梦中笑了。

——和所有期待着明天的人一样。